2016 中国最佳

短篇小说

主 编｜王 蒙

分卷主编｜林建法

林 源

© 林建法　林源　2016

图书在版编目（CIP）数据

2016中国最佳短篇小说 / 林建法，林源主编. —沈阳：辽宁人民出版社，2017.1（2017.7重印）
（太阳鸟文学年选 / 王蒙主编）
ISBN 978-7-205-08795-1

Ⅰ. ①2… Ⅱ. ①林… ②林… Ⅲ. ①短篇小说—小说集—中国—当代 Ⅳ. ①I247.7

中国版本图书馆CIP数据核字（2016）第274617号

出版发行：辽宁人民出版社
　　　　　地址：沈阳市和平区十一纬路25号　　邮编：110003
　　　　　电话：024-23284321（邮　购）　024-23284324（发行部）
　　　　　传真：024-23284191（发行部）　024-23284304（办公室）
　　　　　http://www.lnpph.com.cn
印　　刷：鞍山新民进电脑印刷有限公司
幅面尺寸：170mm×240mm
印　张：17
字　　数：263千字
出版时间：2017年1月第1版
印刷时间：2017年7月第2次印刷
责任编辑：艾明秋　高　丹
装帧设计：丁末末
责任校对：王　斌
书　　号：ISBN 978-7-205-08795-1

定　　价：35.00元

你的天空为什么总是如此澄澈？

张学昕　　闫海田

一

生活永远是动态的，躁动的，变化多端的，甚至是扑朔迷离、不可揣摩的。那么，相对于生活本身，文字看上去却是静态的，沉淀的，蕴蓄的，往往是不露声色的。这两者之间，构成了距离和空隙，也产生了叙述。叙述生活，呈现生命的千姿百态、波澜万状，成为一个作家的志趣、责任和使命。多年以来，我们曾经总是强调，作家在叙述生活的时候，要发现存在世界的所谓本质，对生活的品质更要作出义不容辞的判断和分析，应该有逻辑地阐释叙述中的人生，因此，感性的文学被赋予了理性的光环。这个光环，有时可以照亮文字里的生活，但更多的时候，这种对所谓本质的寻找，是对历史学家所"预留"盲点的无端践踏。生活的魅力，在一种肆意的、一厢情愿的主观暴力中必然会窒息而亡。其实，我觉得，在生活和叙述之间，连接着无数个神秘的通道，作家的选择主要在于潜伏内心的对生活的某种真挚、内在的情怀，及其在某种情怀支配下的发现、判断世界的能力。就是说，对小说中存在世界的颜色的辨别，更多地取决于精神伦理的操守和灵魂气质的张扬，取决于作家写作中自由元素的挥发。我想，对于一个作家而言，他如何面对已经进入他视野的生活，如何发现并处理好自己与这个世界的和谐或者不协调，呈现自己所看到、体悟到的东西，去确证生活与内心之间的距离和反差，这才是最根本的问题。

这也是衡量作家写作中精神自由度宽广与否的关键。其中，作家情感结构中最突出的部分，就是审美主体的精神、道德、伦理和文化的底线。而对这个底线的把握程度，又直接影响到作家对这个世界的判断。因此，美学的标准，自然、历史和人性的发现，对意识形态的理解和超越，都是影响文本精神维度的重要元素。面对生活、存在世界的苦涩，仍能充满信心地将美好和善良的力量，植根于灵魂的自由里，既是作家的胆量，也是对生活本身和人的尊重。作家的内心一定要像蓝天，高远、自由和澄澈，这样，他头上的那片天空才会永远的湛蓝。无论什么时候，对于这个时代的生活而言，作家最重要的、能够让写作呈现自由、神性的元素，可能就是包容，就是发现。也就是说，发现生活以及生活中的精神、灵魂和行为的细部，是每一次叙述的基础。

我们感觉，2016年短篇小说的整体形态和质地的不凡之处，就在于作家对这个时代生活细部的深入探掘和发现，在于作家感受力和表现力的突进。在这里我使用"突进"这个词，来形容这个年度短篇小说的变化和发展，是想强调在这些文本创造中，已经开始有了更理想和更恰当的小说修辞。因为，短篇小说的写作，既是作家对自己存在经验的提炼，也是小说艺术魔术师的实验场。近年来，我们期待更多作家，越发能够触到时代的中枢神经，感受这个时代的悲悯或尊严，人性的困扰，在写作中调控好道德和非道德的冲动，发掘出生活的奇异性，真实性，做出踏实、贴切的表现，以切近这个时代最具特性的情境。事实上，那些优秀的、有灵魂担当的作家，的确真正细腻地发现了藏在生活表象后的那个终极的价值和存在。一句话，优秀的作家，哪怕仅仅是写作一个短篇小说，也要显示出揭示生活、扭转生活的精神力量和直面世界的勇气。2016年的短篇小说，使我们对当代的小说创作产生了更大的信心。

二

近十余年来，苏童始终醉心于长篇小说的写作，《碧奴》《河岸》《黄雀记》，无疑构成了他文学创作新的里程碑。但是，一个对短篇小说有"生理性"喜爱的作家，对这种文体总是会感到手痒。所以，我们注意到，每一两年，他都会拿出一两个短篇小说，而且这位短篇小说"圣手"的大气和灵动，丝毫也不会减弱。《万用表》在2016年的短篇小说写作中，依然显示出它不凡的力度和劲道，无疑是2016年短篇小说的重要收获。在这里，苏童试图通过一个乡村青年在城里工厂生活的短暂履历，求证出一个时代的精神的"测量计"——灵魂的变化与纠结。大鬼和小康，这是一对年轻的新老工友，他们几乎是一对无法磨合的"冤家"，这不仅源于城乡意识、观念的冲突，还在于时代变迁中世道人心的惊悚、撕裂与沉浮。大鬼就是当代生活在推进过程中，人在寻求生存生机时，狼奔豕突般竭力走出生活和人性逼仄的浪子，而小康这个乡村旧梦的承载者，他没有抵御住残酷生活对他的深层诱惑，他的个性也无法使其保持合理的生存状态，日益显示出社会激变中苦不堪言的生存窘态，在自己的不安和悸动里丧失应有的平静和平淡。

大鬼后来已经无法相信小康的变化，他分明在小康的身上看到了另一个自己的影子和轨迹，但是，小康的人性却扭曲得面目全非。当一个人辨别不清楚一个曾经如此了解和熟悉的面貌的时候，后者自身的反差，恰好构成了现实的魔幻和荒诞。小康之于大鬼莫过如此。

夏天的一个黄昏，大鬼在锦绣街的时装店里看店，发现玻璃门外有一对打扮时髦的年轻情侣，对着橱窗里的模特指指点点的。男孩女孩都面熟，他先认出了谈小菲，她是瓷厂医务室的护士，因为大鬼不正经，她曾经拒绝为大鬼注射青霉素。然后，男孩摘下了墨镜，也就是这个瞬间，大鬼几乎惊叫起来，那个染了一绺金发的墨镜男孩，那个穿着红色无袖衫和夏威夷短裤的时尚男孩，竟然是小康。

大鬼不敢相信，他的离开如此有效地改变了小康，甚至加快了小康的成长发育。小康长高了，变魁梧了，大鬼清晰地看见小康结实的大臂肌肉，上面纹了一个醒目的硕大的刺青，是彩色的，是一条张牙舞爪的飞龙。

可以说，这是一个"影响"的焦虑，是一个人性蜕变者的悲剧，或者说，是人性循环和复制的荒诞剧。一个人在成长和生长中，某些元素不经意的、潜移默化的影响，一个人最初所轻视的、鄙夷的东西，最终却成为自己无法摆脱的宿命及其最终归宿。冥冥之中，命运的力量，性格的悲剧，生长的历史，都必然在这个复杂、变化的时代陀螺的快速旋转中，失去重心和定力。小康在人生懵懂的状态里，终结了原本很朴素、很踏实的存在可能。所以，小康赖以生存的大地和天空，都发出无奈的抖动和旋转，最终被抛出原有的轨道。

无疑，艾伟的短篇小说《小满》，也是另一个无法阻止的悲剧。它所瞩目的是当下社会中常见的"代孕"事件。"喜妹"这个在城里给白老板家做了许多年的奶娘，当年她抛下了自己的儿子"国庆"，把奶水都给了这个别人家的孩子。她看着他长大，长得那么漂亮，可突然就死了。"喜妹"对这夭折的孩子有一种说不清的复杂感情，而相反，她对自己亲生儿子"国庆"却已经变得十分陌生。后来，"喜妹"带着自己的女主人回到乡下，来找她的侄女"小满"，她们想让"小满"为白家"代孕"生子。于是，"小满"接替了"喜妹"，成为"白家"的"生孩子的母亲"。这无法不使我想起柔石的《为奴隶的母亲》。一百年前的那"春宝"与"秋宝"的名字不断地令我慨叹唏嘘，不能自已，因为它真实地写出了一个生为人而不能拥有人之权利的母亲的悲苦。同时，我也想起了蒲松龄《聊斋》里的那个"狼"的故事。两个小儿，各捉一狼的幼崽，分别爬到两株树上，拽其耳朵让它们嘶叫，此起而彼停，终于，令狼的母亲累死在往返于两株树间的奔跑之中。在今天的都市里，那种"为奴隶的母亲"的女性依然存在，"代孕"的"小满"疯掉了，她"狼"一样护着她的"幼崽"，躲到冬天的江边废弃的闸门房里，以野兽的眼光，逼视着想来夺走她的孩子的人们。先前读一些现代的小说，总觉得是隔世之事，因而心中先加了一层护板。而艾伟的这篇《小满》，使我更深切地感受到了柔石或老舍的小说世界，那个世界发生的故事，与我们身处当下的情境，竟然相差无几，时代虽过了近百年，然而，人在已变化了许多的世界里的身份依然没有大变，仍然有"月牙儿"式的"母女相袭"般卖身的女子，仍然还有为富人们生儿子的"代孕"的"为奴隶的母亲"在世代接替，也依然有城市里孤独而自怜的诗人们，走投无路，彷徨着而没有方向。伦理和道德，似乎早已不再是灵魂的"红线"，任何价值砝码的倾斜，都难以阻止悲剧在当代的重演。

其实，艾伟和东西的小说，在精神气质的层面，有着异曲同工之妙，他们仿佛有着一种宿命般的默契，因为两个作家经常在叙述的道路上，有着不期而遇的神交。前者的《小满》与东西的这篇《私了》，在观照现实的视角和心态上，可以说更是貌离而神合。

　　东西近年的创作，同样喜欢将社会热点与新闻事件拽入其小说的叙述之中，这也显示着他对当下现实零距离的切入姿态。我感觉，《私了》的背景，显然指向的是2015年发生的"东方之星"在长江上的翻沉事件。"李三层"的儿子"李堂"在刮台风的江船上遇险，他为了减轻妻子的痛苦，编造了一个"李堂"遇到"富二代马丽莲"的谎言，他拿着儿子的"善款"回到家里，告诉妻子，儿子"李堂"正在跟"富二代马丽莲"在豪华游船上，这钱就是"富二代女友"给的。这个小说蕴含的张力，看上去像是来自"李三层"没有丰富的想象力，来编好他的这个"谎言"的每一个细节，因此，他内心的巨大悲哀，让他只能对"妻子"一连串的疑问说出一个又一个的"你猜"。于是，小说就在这对夫妻的荒诞的"你猜"——"对了"——"接下来呢"——"你猜"的对话中不断地、勉强地向前推进，直到叙述把"李三层"推到崩溃的边缘。他终于潮水一样涌出了深藏内心的悲伤的泪水。这是一对苦难的底层夫妻，"李三层"的痛苦，在他的单调的"你猜……你猜"的底下，终于生长出了强劲的不可阻挡的缠绕的力量，他们贫乏的关于"富二代马丽莲"的想象，也终于透射出灼人的悲哀的光芒。东西的小说，一贯以尖锐犀利的笔触，探进现实的种种不公与困境，正如其《被篡改的命》一样，《私了》将底层人的命运悲剧与灵魂的悲伤写得不动声色，产生出烧灼般的现实最狰狞的部分，以及生命的刺痛感。叙述让"李三层"始终忍受自己的精神、心理的切肤之痛。从丧失儿子的那一刻起，他生命的天空，已经没有任何朗照。也许东西根本无法给他自由释放丝毫悲伤的机会，让他一直这样把痛苦憋在心里，沉浸在苍凉世情的无奈之中。这种在丧子后连释放"悲伤"与"痛苦"的自由都没有的处境，正是中国当下底层人命运的一种隐喻和象征。东西仅仅用一个短篇的叙述将其表现出来，可见其直视现实的态度和勇气，是多么令人尊敬。

　　弋舟的小说，向来以对人内心的深度开掘而著称。从《等深》开始，到《所有路的尽头》，他对当下人的内心世界的展示，无疑显示出独一无二的遒劲而充满膂力，就如同他的写作，于不经意间"突兀"地进入我们的视野，令人惊异。这个短篇小说《发声笛》，弋舟写中风之后的"马政"与他的妻子"王晰"、多年的朋友"夏惊涛"，以及朋友的女儿"夏攀"，对其微妙的内心感受的呈现，足以令人胆战心惊，像是一部结构缜密的独幕话剧，在紧凑的空间里，让我们感叹，原来，人的内心深处，就是一个隐藏着大海般深不可测的黑暗的王国。"马政"是在与"夏惊涛"喝酒的时候，突然间中风的。那时，他正举起胳膊要去敬"夏惊涛"，但突然听他说起女儿要回国了，"马政"便血往上涌，手便不听使唤，无法自己。虽然他努力去完成敬酒的动作，但身子却跌向桌面，一头栽进还没来得及撤下的那盆牛肉羹里。这就是"马政"中风的真正原情景。但他自己竟也无法知晓当时为什么会有如此强烈的心理反应。于是，弋舟慢慢地展开了他一贯擅长的叙述，一点一点地将读者引向"马政"与"妻子"及"夏惊涛"之间微妙的往昔岁月，以及同少女"夏攀"在地下车库里的神秘相遇。显然，弋舟对人内心的展示，并不简单地依循弗洛伊德的所谓"精神分析"的线路，他所展示的"人心"，充分地、千丝万缕地连接着社会与历史的复杂基因。"马政"对"夏惊涛"的强势所产生的"复仇"心理，被挤压到了潜意识的层面，终于转化成对"夏惊涛"的女儿"侵犯"时的"快慰"与"兴奋"。而这才是令他"血往上涌"而终致"中风"的精神和生理的双重原因。但"夏惊涛"的坦荡与真诚，又让"马政"感到羞愧难当，当他看着头顶已秃的妻子低着头为他忙碌，多年的朋友亲自一勺一勺地喂他食物的时候，人性的力量又悄悄地流淌出来。于是，人到中年的感伤，从他含在嘴里用以治疗中风病人练习发声的哨子中，含混地飞荡而出，恍惚之间，有这样的歌声传来——"回头有一群朴素的少年，轻轻松松地走远"。而这些，无疑已使叙述暂时地跳出人性的黑暗，进入了哀叹时间流逝的诗意的层面。

　　近些年来，徐则臣以他不凡且精进的写作，对人的命运在一个时代的变迁或性格裂变，做了耐心、从容而精到的叙述。在他貌似"漂"和"跑"的文本状态里，城市闯入者、"底层人"或现代都市人的挣扎、暗影、郁闷和焦灼，在情感和欲望的大泽里，尽显无遗。这篇《狗叫了一天·日月山》，没有刻意的渲染，没有复杂的人物关系，简单的故事情节，庸常的"北漂"生活，主角虽然是狗，却在狗与人之间留下了大量发人深省的叙述空白。狗狂躁、滚烫的声音如同人声，而人却像狗一样歪歪扭扭地走路，究竟是狗像人，还是人像狗一样地苟活？小说中的人物形象，都是生活在北京的最底层，甚至是"北漂"的移民，压抑、焦虑、苦闷、困窘的生存现实，让他们的内心得不到任何舒展的空间。但是，蜷缩太久的精神终要找到一个释放的出口，狗叫就在恰当的时刻，充当了重要的导火索。表面上看，行健和米萝只是因为狗叫影响他们睡觉而去"收拾"它，但其实质上，这是一种"情绪的转移作用"，在两个人无尽地享受着，在狗为了得到排骨讨好地趴在地上的时候，在米萝一脚比一脚更用力地踢在狗身上的时候，在两个人看着狗够不到尾巴上的排骨汤的窘相而兴奋的时候，他们的所作所为和表现出的状态，早已超越了阻止狗叫的最初目的。他们是把平日里生活中的负面情绪，都转移到了狗的身上，以此来发泄，释放。行健说："要是条德国黑背，你叫了也就叫了，你他娘的连条京巴都不是，就是条土狗，你还有脸了！""我"接着说："那条狗的确没啥出奇的，一条土狗而已。皮毛只是黑白两色，现在黑不是黑，白不是白，随地乱卧，身上沾满了泥土和便溺。风餐露宿在门前简陋的狗窝里，冷惯了，一趴下就习惯性地缩成一团。"试想，难道它的品种高贵，它的叫声，就不会打扰到行健他们睡觉了吗？狗眼看人低，人眼也会看狗低。再进一步想，这样一条风餐露宿，乌糟肮脏的土狗，它的主人以及它主人的邻居又会是什么"高贵的品种"呢？作者从头到尾几乎没有在正面描写"北漂"底层生活的状态上着任何笔墨，但是读者却可以从狗的生存状态和人"逗"狗的过程中更深刻地感受到一切。不知为何，反复地读着狗在拼命地去够自己尾巴上的排骨汤那段文字，总是会令人莫名地想到那些在北京以追逐梦想之名而飘荡的人们。梦想的忽远忽近，牵动着他们的心弦，失望、希望总是在情绪间交叠，不管多么努力，似乎总与梦想相差着一定的距离。

　　小说的结尾处，"我"在书中看到狗的尾巴是具有维持平衡的作用，延伸开来想，那么人呢？如果人失去了"梦想"这个尾巴，是否还能继续维持自身的平衡呢？"梦想"这个词，对于大部分的"北漂"者来说，可能还过于空泛、缥缈，在这个庞大而复杂的群体里，更多的"北漂"，不过是用最基础的劳动力，换取最基本的生存的可能性。对于他们的存在，人们早已司空见惯，熟视无睹，但是，他们的生活形态和精神样态，却隐没在大都市的角落里，无人问津。徐则臣试图用文字将这样一个羸弱的群体照亮，用鲜活真实的细节，把这些小人物垒筑成故事的主角，在平实的叙述中，缓缓地打开这个特定群体在一个时代里的精神暗箱，映射出他们苦涩、弯曲的灵魂怪影。或许，他文字的力量，还不足以抚平其中的感伤、悲凉的褶皱，但他努力地走进了那片阳光永远也照不进的地域，感受他们所面对的冷硬与荒寒，去触摸生命内在的、细致的纹理，使"北漂"成为现实"众生相"中不再沉默的那个。徐则臣写出了他的同代人以及他的前辈们，在这个时代身体和灵魂的双重逼仄，为"这一类"生存的漂流者立下了倔强的纪念碑。

<h1 style="text-align:center">三</h1>

短篇小说的语言、细部、意象和结构，是短篇小说这种文体存在的关键和命脉。其中最重要的，是因为这些元素会直接影响到小说叙述的内在质地。一种语言、一些细部、一种结构，决定着一部短篇小说的色调、意蕴、格局和分量。按照美学家桑塔耶纳的理解，任何一个小说的文本结构，都是由审美的第一项和第二项构成。第一项是文本实际呈现的事物，一个词、一个句子、一个语境、一个人物和一个故事。而审美的第二项，则是潜隐在故事和结构背后的事物，一种蕴蓄，一种象征。那么，我们完全可以从下面的几部短篇文本中，感受到许多仿佛是与生俱来的有关生命、命运的困惑，它唤起我们的，也许竟是一颗无限怅惘的心。

与江南的作家相比，吕新的语言，更显现着一种粗犷的北方气概，但令人惊异的是，在那种粗犷美学基座下，却隐藏着可以细腻到针缝里的品质，他能把细小到看不见的生活的褶皱慢慢充分地铺展开来，一点一点地铺就在我们的眼前。《烈日，亲戚》以几乎没有大的情节的叙述，让我们看到，好的短篇小说，就是应该如此地在细腻而平静的低吟中释放感伤，即使它的叙述语言有多么平静；好的短篇小说，又该是多么地惜墨如金，让我们不舍得快速浏览，唯恐看到小说结尾的翩然而至。"于小青"到乡间的"大姑姥姥"家走亲戚，她看到了"大姑姥姥"是怎样地将"去痛片"大把大把地放进嘴里去咀嚼；又看到有些智力障碍的"顺顺"，怎样无法应对少女的月经，而把黏黏的血液到处涂抹。这被遗留在乡间的"一老一少"，也许是当下农村的逼真的缩影，"于小青"的到来，给吃"去痛片"度日的"大姑姥姥"与孤独的"顺顺"，带来了我们不能想象的慰藉。她耐心地为生满虱子的"顺顺"洗头，跟午夜醒来抽烟的

"大姑姥姥"说起她被捕了十几年的"体仁舅舅"。但她的力量是如此的微小，在这广大的乡间的苦难面前，"于小青"最终只能仓皇地逃离。小说的结尾，当我们看到"手里提着大姑姥姥捎给于小青母亲的一点扁豆面"的"顺顺"，将"于小青"送到村口的细节时，我们已经无法控制自己同情而感伤的泪水。若干精彩的细部，构成了一幅残酷、荒凉的现实图景，这个图景的背后，带领我们进入了鲁迅式的精神主题和当代作家阎连科式的"荒寒"意识之中，存在的无奈感，强烈地侵袭着人心的沙漠。王啸峰的《萤火虫》，以"萤火虫"的隐喻或意象，来概括他的这篇描写苏州"扇画艺人"在市场大潮中，为追求"艺术"与"美"而鳌尽内力挣扎的故事。继承了父亲绘画天分的"二子"，有非常敏锐的艺术眼光，这种艺术的眼光，显露在他做的每一件事情上。于是，当他成为一个美发师后，他的技艺，着实给附近的人们带来了不小的震惊。但"二子"终究只是一个手艺人，在"画扇"与"发财"两个理想之梦相继破灭之后，他像一只小"萤火虫"一样，只有自己的微光。在江南的水乡的夜晚，他平静地自安于继续经营着一个"小美发店"的慰藉之中。不过，在舒缓的叙述里，王啸峰让他的每一个人物，都显露出苏州所特有的小桥流水式的风采情韵，他们温婉而沉静，即使身为男子的"二子"，也表现出一种女性才有的静穆的美好，而"兰姨"则更有江南妇人所特有的神韵，款款牵动人心。这是一曲水乡的歌谣，只不过，它已被现代工业与市场经济打破了宁静，喧嚣与浮躁已隐约其间，泛动着隐隐的、丝丝缕缕的痛楚。仔细品味，小说富有一种悠长的意味，但亦有过于平淡的缺憾，在小小的人生波折里，"二子"与"三子"以及"兰姨"们的人生，都似乎缺少了一种小说所应该具有的使读者心灵跌宕起伏的力量。

　　韩松的科幻小说，一向以"诡异而华丽，深沉而热烈"著称。孟京辉说它"散发出一股技术时代的妖风，像一个新鲜、生猛而痛苦的幽灵"。但当他将迷幻的、擅长虚拟世界的眼光，从深邃的宇宙重新拉回到现实世界的时候，他所看到的人生和存在世界，也同样显得"缥缈、捉摸不定"。而且，这似乎已成为"韩松"观察与描绘这个世界的独特方法。几乎他的所有的小说，都有这种使人感到如在梦中的不真实感，仿佛游弋在一种失常的状态。因此，当我们看到他笔下所描写的每一个人物与细节时，你都会不自觉地产生怀疑的心理——这个人物所说的话，真是从他的内心发出的吗？这个人所看到的事件，真的曾经确实地发生过吗？《采摘》这个短篇同样如此。"我"和其他一些年轻人，陪同单位已经退休的老人们去郊区采摘，老人们虽然退休了，但他们依然抢占与控制着年轻人的资源，而且生龙活虎，有着永不衰竭的精力。看上去，小说从非常真切的、细腻的写实出发，但诡异的是，在小说的结尾，我们却被带到了一个极不真实的地方，我们一下子感到异常的陌生，甚至有些茫然而不知所措。当我们看到"我"与"团支书姑娘"来到一片挂满"白花花的头颅"的树林前时，世界突然变得非常陌生。我们感到前面所有扎实的细节描写，竟然都是那么可疑，而这一点，也许恰恰正是韩松所希望看到的。他喜欢以这种迷离而虚幻的眼光观察世界，也喜欢让人们看到他观察世界时遥远而恍惚的神秘的表情。

从《棋语·靠》到《棋语·扑》，很明显，近年来，储福金已将"棋语"作为一个小说系列来创作了。以"棋道"上的哲理来参悟人生，将下棋时的"棋术"与人的某种固有的性格相互联通，最后直指人生的某种宿命，这似乎已成储福金最近以来小说创作的一个基本套路。不能不说，这是储福金结构世界、禅悟生活的一种艺术方式，是借围棋之语解构或重新结构生活的策略、手段。平心而论，"棋语"无疑带有某种深入的禅机，这在小说的意味上，增加了美感与哲思的空气，但先入为主地设置一个"棋语·靠"或"棋语·扑"的主题，也为小说的叙述方向设置了一个无形的枷锁，这很类似于"主题先行"。因此，这也使小说的写作带上了某种刻意为之的斧凿的痕迹，这似乎会影响到小说意境以及丰富性的生成。但我们最终相信了储福金深厚的笔力，它完全穿透了这种"主题先行"所带来的负面影响，他的故事，在讲述过程中也时时溢出了"棋语"的边界，直抵存在世界的灵魂内核。毕竟，"人生"比"棋道"更加复杂，也更加难以映射。《棋语·扑》中的"常朔"与《棋语·靠》中的"张好行"，采取完全相反的"棋术"，"张好行"一味的"粘"与"靠"，"靠"得人"躲不掉、走不了"，"常朔"则是一味地扑，像猛虎一样，一番猛烈的狂扑，扑得对方阵脚零乱，直到溃不成军，然后趁机取胜。但是，"张好行"正因为在下棋时一味地"靠"，他深知被"靠"的苦处，因此，在现实之中，他反而最怕被别人"粘靠"，以至于他的人生智慧便是"躲"。最后，他还是没有躲开"宿命"对"他"的"靠"。"常朔"在现实中则是将"扑"运用得炉火纯青，他扑向一个一个的女人，扑向权力、名誉、金钱，但在他老之将至的时候，他幡然悔悟，原来"扑"并不能"守"，"扑"成为人生的本质后，他完全忘记了为什么要去"扑"。小说似乎并不在意故事的情节走向，在断断续续的讲述之中，更在意一种禅机的传达。应该说，储福金近些年的写作，播散出一种对小说艺术，尤其短篇小说结构的智力锋芒。结构感，在他的叙述中日益强劲，如同为短篇小说这种文体注入了新的生机，增加了不可忽视的新"手筋"，新元素。

坦白地说，韩少功的《枪手》，其前半部分并不显得格外出色。但随着叙事的展开，小说的张力在后半部分的结构中渐渐增加，而到小说的结尾，它终于积聚成使人震撼的力量。这时，我们终于由衷地赞叹了，韩少功毕竟是韩少功，这种在短篇小说极短的叙述长度中，迅速生成气势和活力的劲道和功夫，二三流的小说家的"三脚猫"功夫断然无法实现。初看，这篇小说的叙事腔调似乎有些漫不经心，而叙事手法则有意识地让人感觉荒诞或者似是而非，但这就如同一个讲恐怖故事的人，故意装作镇静一样，那种漫不经心的背后所隐藏的悲愤，反而更加使人不安。"夏如海"被种种荒诞的巧合、混乱而黑暗的人最终逼到死路之上，这个事实，韩少功让"我"这个叙述人不愿去相信，而祈望着"夏小梅"能够出来证实这个事实并不是真的。"夏小梅，事情是这样吗？夏小梅……你可以通过杂志编辑部联系我，告诉我你失联后的故事，告诉我你哥眼下或许就是我说的这样。"结尾处的悲哀的呼喊，使小说产生了特别的力量。从《日夜书》开始，韩少功在"寻根"多年以后，开始对"文革"的题材与历史有特别的表达信心与热情，且与当下其他表现"文革"历史的作品有着极大的差异。韩少功的"文革记忆"，在"缥缈"之中是带着隔世的酣畅与惊悚的——"他是一个得胜回朝的大王，扯歪了一张脸，把狂喜和骄傲宣告四面八方，等待臣民们欢呼的排浪。""夏如海"砸死了狱警"发癫子"，把羞辱过他的狱警的脑袋砸出了"白浆子"，他终于酣畅地复了被诬陷与羞辱的仇。使人惊奇的是，这风暴般的场景与故事，韩少功竟然是以平静而恍惚的腔调叙述给我们的。而且，我们分明又在这样的叙述里，还体味到了他更深刻、更细腻和孤独的深层结构。

叶弥的小说，始终有着一股不可阻止的倔强的力量。其文风格调、文字的气韵、叙述的视角，自然而朴素，不事张扬。她刚出道时，与上世纪八九十年代的种种潮流，就若即若离，我行我素。倘若将其划定在女性主义讨论范畴，显然是粗糙和草率的；如果简单地将叶弥的大量小说，仅仅归结为"成长小说"，也同样是一种有局限的界定。我认为，难以被"归类"，是一个成熟小说家的标志。从叙事美学的层面考虑，她的小说中似有一种清雅、古典的味道，朴拙而不事技巧，俗世的沧桑之美中还透逸出轻灵。这样的叙述，其中是暗含哪一脉流风遗韵，至今我还未能真正地梳理明白。很久以来，我都在想，这其中，一定有某种秘不示人的"玄机"，只是，她不会在文本的字里行间轻易地袒露出来。因为，叶弥丝毫不屑那种异样情调的浅淡，在素雅之色中，她对自己的内心总是怀有丰厚的期许。这种质朴的品质，是叶弥其人其文一贯秉持的精神面貌。也许，正是对这种品质自觉或不自觉的追求和保持，使得她更加善于在日常生活的场域里，过滤掉粗鄙和痛感，怀着虔诚之心、敬畏之意，让她的宁静的文字，生出清澈如练、回味无穷的气韵，而蕴藉在其中的内涵则丰饶多义。这个短篇小说《天堂里的一座桥》，就是一篇貌似呈现"成长"而实则叙写世态人生的小说。小说虽然选择"少年视角"，实际上，它是想通过这样一个童话般的故事，照见一个时代一群人的存在状况，轻松的叙述后面，埋藏着异常沉重的现实与命运、成长的宿命等一系列的母题。

一座普通的乡村橘子园，被命名为"天堂"，一条普通的小狗被称为"撒旦"，一棵平常的橘子树叫"伊甸"，一个农民工的孩子自称为"耶稣先生"。而五个小伙伴则称为"未来福音"。小说看上去笼罩着丝丝缕缕又浓重的"宗教"意绪，孩子们各自编织的经历、故事，就是他们的梦想，更像是几个孩子在童话世界里憧憬圣经里的愿景。一个孩子意外的溺水，让十二岁的成人礼成为一个仪式，一下子让自己与世界的关系发生了巨变。"老酒鬼"，陈爷爷，"耶稣先生"的爷爷奶奶、爸爸妈妈，他们对道德、价值的取舍，实质上就是在纯真心灵上的胡涂乱抹。孩子们拥抱这个世界时所遭遇的，竟然是无法挣脱的价值冲突和人心向背。我们会想起余华的《十八岁出门远行》，还会猜想一个人的命运与世界之间是否存在某种宿命般的因缘。

奇怪的事发生了，所有的物体在我眼里都变小了，它们集体缩小了一个尺寸。妹妹淹死在小水沟里的原因，是小水沟对她来说就是一条小河。

巴弟淹死在小河里的原因，是小河对她来说就是一片大海。我在月光下看看我的手，我发现我的手也长大了。

我无法确定，此时的心里是喜还是忧。有一点是肯定的，如果我长得足够高大强壮，我就不会淹死在小河里，撒旦和老酒鬼也会害怕我。在幻想中的人生理想实现之前，我得先与这个世界对抗。我赢了，才有机会。

叶弥在小说的结尾写道："我把我十二岁以前的人生命名为'许愿'。"我感到，叶弥在这个小说里，放进了太多的元素，甚至想将这个短篇写成一个寓言。我想，对于一个真正有良知的好作家来说，他的每一篇小说，都是对这个世界，对每一个心灵的虔诚许愿。

记不清建法兄曾经编选过多少个中篇或短篇小说选本了。二十余年来，我为他的一些选本多次写过序言。他对作品每次精细的淘选和爬梳，都是一次次庄严的抉择，有一句俗语：眼里容不得一粒沙子，这句话，用在建法的身上再合适不过。他在选本美学原则的坚持上，近乎倔强和苛刻。但我坚信，他是当代最好的文学选家。因为我知道，他面对一切文学文本的时候，他内心的虔诚和对于文学的神圣感，以及其极为特别的文本感悟力、审美经验，对文学史的熟稔，使得他的目光、他的感受，充满兴奋，也充满激情，而他对于任何一处文字细节所作的心灵深处的感知，又是冷静的，他决不满足于他人对作家、作品审视的惯性和认可，而是自己进行一种极为挑剔的解析，而且，也处处可以感受到他的节制。因此，他的选本往往是独特的，迥异于他人的。我想，这无疑也是对文本个性的尊重。我也似乎藉此明白，他自己的选本，为什么总是委托其他人作序，或许是为自己再建立一个参照系，对自己的选择做最后的检验。可见，建法对于文学的率真和坦诚是显而易见的。他深知文学的浩瀚，而他又喜欢在每一篇精彩的文字里面感受来自心灵的呼应，倾心地谛听各种叙述的天籁之音，所以，他的精神的天空，永远是那样的湛蓝、澄澈。

万用表

◎苏　童

1

大鬼第一次看见小康，是在红旗瓷厂的宿舍里。

小康当时正站在窗边。大鬼推门的动作很野蛮，吓到了小康，他的身体颤了一下，脑袋向后转，转一半，又坚定地拧回去，对准窗外了。看小康的身形，还是个少年。一头乱发灰扑扑油腻腻的，脖子细长，背部稍显伛偻，他穿着肥大的深蓝色西装，衣袖是挽起来的，手在西装的口袋里掏，掏出了一个东西，是小孩子吃的那种彩色果冻。大鬼看着小康用牙齿咬开塑料封纸，吐掉，然后是哧溜一声的吸食，那一小团橙色立刻消失了，剩下一个空瘪的果冻壳，被他随手扔在地上。大鬼叫起来，往哪儿扔？小康僵住，慢慢蹲下来，捡起果冻壳放在墙角的纸篓里。大鬼嗤地一笑，说，你是小弟弟还是小妹妹，喜欢吃果冻的？

等不到小康的回应。大鬼坐下来换鞋，瞥见对面的床铺已经铺好，花布被子和花布枕头，都是用旧了的色泽，看起来脏兮兮的，枕边放了一只铝皮手电筒。床底下已经塞满，两双旅游鞋，一双黑色的在地上，里面窝着袜子，一双白色的应该是新鞋，隆重地放在纸箱上。有一只鼓鼓囊囊的红白条蛇皮袋很抢眼，袋子中央用墨汁写了个大大的康字。大鬼咳嗽了一声，说，你就是老康的儿子？到窑上做加料工？好，你前途无量么。小康在吃另一个绿色的果冻了，又是哧溜一声，他似乎在犹豫是否要回应这次搭讪，大鬼已经失去了耐心，拍一下桌子：你是哑巴还是聋子？你他妈的只会吃果冻，不会说话的？

小康终于回过头来，目光像一只惊鸟撞过来，撞在大鬼的脸上，稍作停留，又匆匆飞走了。大鬼听见了小康的嘟囔声，说什么？我不说话的。

并不像他父亲。小康的面孔算得上白净，清秀，唇上一圈又黑又密的胡须，不知道是刻意蓄留的，还是因为懒得修剪，看起来那是男性荷尔蒙张贴的告示。他的无礼，甚至是那圈胡须，都冒犯了大鬼，但那张脸上的少年稚气无可隐藏，它提示大鬼，对方几乎还是个孩子，不必过于计较。

说几句话会把你累死？大鬼脱下袜子，在空中啪啪地摔打，他说，老康是你爸爸不是？老康那么懂礼貌，见人三分笑，怎么会教育出你这么个儿子？你是扮哑巴还是学高仓健？你到底是不是老康生的？

这次，小康说话了，小康对着窗外说，驴日的二球货。

大鬼确定小康是在用方言骂人，只是不太相信自己的耳朵。他走到窗边朝外面瞭一眼，窗外并没有人迹，大鬼搭住了小康的肩膀，问，你刚才在骂我？二球货，是你们那边的骂人话吧？

小康要扒开大鬼的手，没有成功。手放开。小康说，我没骂你。我没跟你说话。

你没跟我说话，那你在跟树说话？你没骂我，那你在骂树？树是驴日的二球货？我请教你，什么驴能日出一棵树来？

小康转过脸，避开大鬼的眼睛。我没跟树说话。他说，我也没跟你说话。

窗台上放着一只搪瓷碗，面条早被大鬼吃光了，汤和葱花还在碗里，大鬼端起来闻了闻，怪笑一声，我们食堂的面条汤，很香吧？猝不及防的，大鬼将搪瓷碗扣在了小康的脸上。面汤四溅之际，小康愣在窗边，大鬼甚至有时间欣赏了酱色的面汤在小康脸上流淌的辙痕。大鬼说，怎么样，香不香？小康的嘴边有一撮葱花，他对着地上啐了一口，忽然跳起来，像一头疯牛朝大鬼俯冲而来。小康的脸像一块石头，尖锐而沉重地撞在大鬼的手臂上。

而且，小康咬了大鬼一口。

咬得很深，也很精确。小康的牙齿似乎长了眼睛，恰好咬在大鬼的刺青部位上。事情顿时就严重了。大鬼的刺青在瓷厂是著名的，它是上下结构，内容互相冲突。上方一只虎头，下方一个文字：忍。它们代表虚无的荣耀，也是最通俗的座右铭。现在，一排牙痕镶嵌其中，虎头开始刺痛，荣耀在破碎，忍字开始刺痛，座右铭在摇晃。大鬼把小康推到了门边，轻易地掐住了小康的脖子。从小康脆弱的喉结上，大鬼感受到了自己非凡的腕力。小康挣扎了几下便不再抵抗，他在窒息中流出了眼泪，目光绝望地瞪着大鬼的手臂。大鬼不清楚小康是在欣赏自己的牙痕，还是在品味刺青的意味。虎头。忍。大鬼说，现在，你还能不能好好说话了？小康的喉结在大鬼手里蠕动，大鬼听见他艰难的声音，我，忍。大鬼说，不是你忍，是我在忍。我问你，你到底为什么不跟我说话？大鬼看见小康闭起了眼睛，再睁开，那双眼睛里的泪水已经干涸，小康的怒吼冲出了大鬼五指的封锁，我偏不说话，驴日的二球货！

2

大鬼在瓷厂当电工，已经很多年了。

他的家在城北桑园里，离瓷厂不算很远，照理说没有资格住集体宿舍，但他自称家庭关系不睦，看见父亲就想骂，看见弟弟就想打，家里不宜久留，总是赖在厂里。他原本带了条毯子在各个宿舍打游击，东睡西卧，是模具工老秦给了他机会。老秦患了白血病，常年住在医院里，大鬼趁机占了他的床铺。那间宿舍还住了杨会计，人很文静，又要求上进，平素醉心于各种自学考试。他不敢驱逐大鬼，只能向有关领导诉苦，说跟大鬼住一起，他度日如年，已经连续两门自学考试没有通过了，再这样下去肯定影响工作，瓷厂的账目若是出了差错，怪不得他。厂里的领导对大鬼都有所忌惮，不想惹他，又格外器重杨会计，便专门在阅览室里为他隔出一个小房间，供他学习。杨会计起初是回宿舍睡觉的，回宿舍便会受到大鬼的骚扰。有时候骚扰以谈论国家大事为名，有时候是黄色笑话，有时候是半夜咕咚咕咚喝啤酒的声音。最离谱的一次遭遇，缘于杨会计不屑于回答大鬼的一个问题，大鬼问他，你怎么不交女朋友？问了三遍不回答，当天夜里大鬼便动手，扒了杨会计的内裤检查，说，你问题不大，就是包皮过长，割了就可以了。杨会计忍无可忍，第二天就把床铺被褥也搬去了阅览室。过了很多天，杨会计没有回来，也没有其他人愿意做大鬼的室友，大鬼便用红色墨水在宿舍门上写了两个大字：鬼屋。既是宣示产权，又威胁了别人。久而久之，别人的集体宿舍，便被大鬼独占了。

小康搬进来之前，后勤科来过人，带来一瓶油漆，刻意用白色油漆刷了宿舍的门。鬼屋两个大字被盖住了，门板上隐隐泛出些红色，像是两朵被埋葬的大红花。大鬼没有追究此事，他心里清楚，这个小康无处可去，从此以后，他必须与小康朝夕相处了。

他们之间的敌意是一场暴风雨，来得猛，去得也快。应该说，这是大鬼的功劳，他觉得与小康这种山里人较量，总归是杀鸡用牛刀，还落个欺负人的名声，没意思。大鬼当时正与东方电影院的一位女售票员恋爱，那姑娘有个美妙的绰号，叫东方梦露。每逢周末他都要去与东方梦露约会。这样的早晨，他的心情总是很好，盥洗完毕便来到小康的床边，用牙刷刷小康的唇须，嘴里还用英文喊早安，古德毛宁！古德毛宁！那把牙刷被小康打飞了好几次，直到有一次，小康不再还手，只是在枕头上转过脸来，打量着大鬼脚上铮亮的尖头皮鞋以及身上时髦的丝光恤衫，突然问，你女朋友，见过你的刺青吗？大鬼一愣，说，你难得说句话，我怎么听不懂？小康转过脸去说，要是在我们那儿，正经姑娘不敢跟你的。大鬼明白过来，咯咯笑起来，真是乡下人。刺青算什么？人家是东方梦露，该见的不该见的，都见过啦！

大鬼对小康的热络，多少显得鲁莽。这一点，大鬼自己也是清楚的。他的与人相处之道一向怪诞，若是作恶，一切便自然而然，若是善意或友爱，偏偏就表达不当，弄不好就令人生厌，成为别人的负担。对于小康来说，这负担便是骚扰式的交谈。小康终究不是哑巴，渐渐愿意跟大鬼说话了，只是谈话不对等，通常大鬼说了半天，只能等到小康的只言片语，不是否定，便是拒绝。大鬼最擅长的黄色笑话，有一半小康听不懂，再三提示解释之后，才能勉强博他一笑。大鬼觉得无趣，邀请小康一起到别的宿舍打扑克，小康说，不打。大鬼说，你不会打扑克？小康说，你们赌钱，我不赌。又邀请他一起去外面的卡拉OK唱歌，小康摇头说，我不会唱歌。大鬼说，你不是陕西的吗，陕西人不会唱歌？山丹丹开花红艳艳不会？小康茫然，谁说陕西人都会唱歌？我就从来不唱歌。我们那里，男人不唱歌。大鬼同情地看着小康，问，那你会什么？看电影总会的吧，我陪你去东方电影院？美国的香港的，枪战片警匪片武侠片什么都有，不花你一分钱。小康想了想，似乎有兴趣，最终却还是摇头，反正都是瞎编的，算了。小康说，我明天还要上班。

遇到发薪水的日子，大鬼都要出去与东方梦露约会，有一次不知为何留在了宿舍里。他邀请小康一起去瓷厂后面的新丰村走一趟。小康说，去那儿干什么？大鬼对他挤眼睛，那儿有个洗头房，叫夜巴黎，对面还有一个维纳斯，洗脚的，你不知道啊？小康说，花钱去洗头？花钱去洗脚？不去。大鬼怪笑起来，你是真纯洁还是装糊涂，你不知道夜巴黎维纳斯有小姐？小康眼睛一亮，闪避着大鬼的目光，你去过了？犹豫了一下，又问，你跟你女朋友，吹了？大鬼挥挥手说，小姐归小姐，女朋友归女朋友，你别管我，我看你憋了一脸青春痘，为你考虑呢。看小康僵在窗边，大鬼先发制人地说，别再跟我说不会不会，打炮你总会吧？这件事情，你总会的吧？小康对着窗子说，不打，我的钱不往那儿扔。大鬼说，我就知道你不舍得钱，我请客，你出炮我出钱，这样总行了吧？小康拿起窗台上的水杯，咕咚咕咚喝了一大杯水，忽然正色道，请客也不行，犯法的，我不做那种事。

　　大鬼很失望。无论是作为他的马仔，还是作为他的哥们，小康都没有培养前途。毕竟不是一路人。大鬼对小康有一种恨铁不成钢的遗憾。有时候他尝试与小康认真地说说话，谈谈瓷厂的前景，谈谈各自的前途，谈谈爱情的困扰，甚至严肃地谈谈女人的肉体，一看见小康多疑而警惕的目光，他就泄气了。他知道自己在小康的眼里，已经丧失了严肃与认真的资格。

3

　　窑上有人告诉大鬼，说小康已经结了婚，老婆在老家的山村里，是个民办教师。还说看到过他们的结婚合影，小康的老婆虽然土气，但有一双乌溜溜的大眼睛。

　　这个消息让大鬼很惊讶，在他的眼里小康还是个少年，怎么也没想到，小康竟然已经结了婚。大鬼多少有点悻悻然，想想别人居然能够看到小康的结婚照，他跟小康朝夕相处，他待小康那么友好，却享受不到任何信任。小康那天下班回宿舍，顺手从桌子上拿他的香烟抽，大鬼拍了下桌子，那是谁的烟？要抽烟自己买去！小康不知所措，看看他的脸色，又把那支烟塞回香烟盒里去了。大鬼冷眼注视着小康，这样过了几秒钟，他的表情缓和了一些，但也显出一丝异样的严峻，他说，小康，我要和你好好谈谈。小康眨巴着眼睛打量大鬼，眼神里渐渐有了一种惧色，他下意识地转过身，嘴里嗫嚅道，谈什么？你能跟我谈什么？大鬼怪笑一声，谈你，谈你的事。大鬼走过去，一只手重重地搭上小康的肩膀，小康慌张地甩脱了他的手，但大鬼的手不依不饶，又在小康的头皮上拍了一下，然后手掌摊开，对准了小康的脸。结婚照拿出来！大鬼以命令的口吻说，你的结婚照，还有你的老婆，拿出来让我欣赏一下！

小康的表情与其说是腼腆，不如说是一种不安。他垂首思考，起码过了一分钟，从墙架上抽出一本杂志，抖出来一张彩色照片。看就看吧。小康的目光在照片上一跳，弹起来投在大鬼的脸上，忽明忽暗的，像是在期待什么，也像是躲避什么。

但大鬼用手掌把照片捂住了。大鬼闭上了眼睛，一副享受悬念的样子。听说有一双乌溜溜的大眼睛？大鬼夸张地做着呼吸的姿势，啊，激动人心的时刻到了，我要深呼吸。小康的脸已经涨得通红，要看就看，少来那一套，你女朋友是东方梦露，我老婆一个山里女子，土里土气的，有什么可激动的？

说不定你老婆是山里梦露呢。大鬼盯了小康一眼，嘴角上仍有笑意，但揶揄的目光几乎有点凛冽了，小康，你要跟我比老婆吗？小康一惊，想说什么又没说。他紧张地瞪着大鬼的手，目光缓缓爬行，爬上大鬼手臂的刺青部位。虎头。忍。昔日的牙痕已经消失不见了。小康抱住了脑袋，喉咙里咕噜一响，他说，不该给你看的，你快点啊。

大鬼的手慢慢移开了，他低下头，以一种庄严的姿态欣赏照片。是那种典型的县城照相馆风格的结婚照，背景是一片蓝色幕布，有两根白色罗马柱，一片粉红色的玫瑰，两个飞翔的小天使悬在空中，手里拿着爱神之箭。他看见小康穿着那件肥大的深蓝色西服，喜悦之色被拘谨与腼腆遮蔽，看起来接近无助的状态，他的脸上当时没留胡须，显得格外稚气。旁边的姑娘穿一件红色的呢子大衣，黑色健美裤与白色球鞋，怀里抱着一束鲜花，仔细看，她烫了头发，戴了一个红色的发箍，容貌稍显老气。两个人站在一起，是各自僵立，谈不上甜蜜，也谈不上亲密，似乎一切都只是强人所难。姑娘的一双眼睛确实很大，很黑，但因为紧张地关注着摄影师的镜头，眼神凝滞，并没有多少神采。大鬼是忽然狂笑起来的，乌溜溜的大眼睛？乌溜溜倒是乌溜溜，眼袋怎么这么大？你养过金鱼吗？那是乌溜溜的大水泡啊，哈哈，山里梦露！她只比你大一岁？你要不说，我还以为是你妈！

只是一刹那的震惊。小康瞪着大鬼，面孔发白。他在辨别什么，很明显他从大鬼脸上发现了某种深刻的恶意，但并不确定它的来历，这使他的眼神出现了短暂的迷茫。那一丝迷茫很快消退，有一片隐隐的泪光，交织了羞耻与痛楚，开始在小康的眼睛里涌动。小康突然朝大鬼扑过来，夺下了大鬼手里的照片，小康嘴里发出一声莫名其妙的冷笑，你们这些二球货，我骗你们的。这不是我老婆，是我姐姐！

4

大鬼知道自己伤了小康，伤得不轻。

做错了事，他心里有歉意，只是没有道歉的习惯。照片事件过后的第二天，他特意买了一包中华烟，趁着小康上班时放到他的枕边。傍晚，那包香烟原封不动出现在桌子上，大鬼猜小康是不接受他的歉意，不接受他就自己抽，拆开烟盒抽出一支，叼着香烟去食堂吃了晚饭。等他回到宿舍，发现桌上那盒香烟不见了。他好奇，擅自去检查小康的抽屉，抽屉上了挂锁，勉强还能打开一条缝，大鬼看见了那包中华烟，它已经躺在了小康的抽屉里。

锁好了那包香烟，并不代表小康接受了大鬼的歉意。小康变回了哑巴，好多天没与大鬼说过话。直到有一天，大鬼下班回宿舍，发现小康正摆弄他忘在桌上的万用表，神情专注，像一个孩子在钻研新鲜玩具。大鬼莫名地高兴，说，这是万用表，要不要教你用？小康没有搭理他，过了一会儿，突然丢下万用表，轻蔑地说，不就是测个电吗，凭什么叫万用表？

大鬼本能地维护起万用表的名誉，凭什么？我告诉你，这玩意不光能测电，它什么都能测，所以才叫万用表！

小康笑了笑，笑声也是轻蔑的，他懒懒地躺到床上，用左脚挠着右脚，还能测什么？好人坏人能不能测出来？穷人富人能不能测出来？谁要是得了癌症，能不能测出来？

很少听到小康一口气说这么多话，口齿如此流利。大鬼依稀觉得小康在发泄什么，影射什么，同时，似乎向他发起了某种挑衅。他不习惯这样一个小康，先是有点恼怒，继而莫名地亢奋起来。万用表还能测什么？大鬼的想象力经过了一番茫然的飞翔，之后忽然下坠，大鬼的目光也下坠，嗖地滑向了小康的裤裆，测那些有什么意思？大鬼说，我先问你，你搞过多少女人？

小康愕然，怒声道，你问这个干什么？

我研究这个。大鬼说，其实不用你告诉我，你搞过几个女人，自己说了不算，我拿万用表一测就知道了。

你自己测自己吧。小康冷笑了一声。

看起来，小康再也不会上他的当了。大鬼拿着万用表在小康身边绕了几圈，没有造次，最后将万用表的端子搭在了自己的两侧腹股沟上，你看着，我很诚实的，不像你假正经。大鬼一本正经地说，你看你看，看见了吧？我搞得太多，一测就爆表了。

小康当时就笑了，只是笑得不甘心，为了不让大鬼看见他的表情，他朝墙的一侧翻了个身，并且补充一声：二球货。大鬼听见他又在骂人，这次是笑着骂人，大鬼没有计较。不管怎样，他在小康面前的表演总算成功了一次。

说起来，那是大鬼在瓷厂的最后一个春天了。

最后这个春天，大鬼失恋了。他与东方梦露的恋爱开始得容易，结束得更加容易。为了一只来自法国的包包，他们在百货公司赌气分手，分手以后东方梦露就再也不愿见大鬼了。大鬼痛定思痛，将一切归咎于他拮据的荷包，他动了下海经商挣大钱的念头。曾经有几次，大鬼很想与小康探讨女人的心，探讨下海挣钱的各种方法，但只要他正经起来，小康便高度防范，用戒备的眼神告诉他，别来这一套，我不上当。有一次他拿出一张裸女照片，试图让小康辨认，那是夜巴黎还是维纳斯的小姐，小康居然从抽屉里拿出一张纸，用圆珠笔写了几个字，谢绝交谈！一眨眼，那张纸已经被小康张贴在宿舍的门背后了。大鬼一时张口结舌。小康的目光从他脸上一掠而过，眼神里是刻意张扬的厌恶之色。大鬼清楚地意识到，那不仅仅是冒犯，更是一种绝交的宣誓。他当时心寒，说了声好吧，走出宿舍去厕所撒了一泡尿，撒尿的时候他嘴里还骂骂咧咧，之后就想通了，想想这个春天他不仅放弃了爱情，还准备放弃工作，难道还在意放弃一个小康吗？

大鬼骗取了病假单，跟着几个朋友到广东福建的沿海地区走了一趟，在广东的时候他有心贩卖电磁炉，转到福建晋江一带，他决定参与朋友们的走私服装生意了。回到瓷厂已经五月将尽，他径直去了厂部办公室，办好了停薪留职的手续。之后，大鬼到宿舍去收拾他的东西，首先发现了门的变化。他不知道门上的油漆为什么会发生如此奇异的剥落现象，白漆到处都是好好的，唯有鬼屋那两个字，脱颖而出了。大鬼看着自己当初的杰作，一时竟然有点心惊。他把耳朵贴在门上，听了听里面的动静。对于大鬼来说，这是一个极其反常的动作，大鬼自己都难以解释，那动作代表了对小康的关注，还是意味着某种忌惮。他甚至不清楚，自己到底是希望小康不在，还是希望遇见小康。

迟疑了一会儿，大鬼终于拍了下门，大声问，屋里有鬼吗？

小康一定在窑上上班。宿舍变暗了，也变乱了。凝滞的空气里弥漫着一股浓烈的香烟味，混合着腐烂的水果与运动鞋散发的臭气。一条破床单被两颗图钉钉在窗框上，强充了窗帘。大鬼留在床底下的一双名牌新运动鞋，虽然还在原处，但鞋头反了，他敏锐地发现了问题，摸一下鞋垫，还湿湿的，很明显，那是被小康穿过的。大鬼有点惊讶，半个月的工夫，小康成功地把这间宿舍变成了他一个人的世界。大鬼去扯窗上的床单，发现窗玻璃上多了一张电影海报，是玛丽莲·梦露撅着臀部，在风中捂着裙子。梦露。好莱坞的梦露。大鬼有点惊讶。他不清楚小康的动机，他把原版的梦露请到窗玻璃上，是为了瞻仰她，还是为了亵渎她？是为了比较什么，还是为了反省什么？大鬼走到门背后，摘下他的电工包，发现那张字条还勉强地粘在门背后，谢绝交谈！四个大字仍然透出一股锐利的寒意。大鬼心里忽然有点难受，难受过后是愤懑，他揭下那张纸团了团，扔到小康的床上。纸团落在小康的枕边。大鬼看见自己的万用表替代了原先的手电筒，它正静静地躺在小康的枕边，闪烁着一小片矩形的幽光。

大鬼有点惊讶，他不明白小康为何对万用表如此着迷。万用表总是有用的，他决定把它带走，留作纪念。大鬼拿过万用表扔到电工包里，食指上黏了一根软软的乌黑发亮的头发。毫无疑问，那是小康的头发。大鬼对着头发吹了一口气，那根头发飘进了他的电工包，仍然粘在万用表上。应该说就是一根柔软的头发，让大鬼动了恻隐之心，他最终把万用表放回了小康的枕边。

5

大鬼的创业生涯是从锦绣街开始的。

锦绣街在我们这个城市算得上是个热闹去处，大鬼随时随地都会遇到瓷厂的熟人。熟人们给他带来瓷厂的种种消息，大鬼并不在意，一切都与他无关了，小康也淡出了大鬼的生活，但偶尔有人谈起小康时，大鬼还是有兴趣听。人们告诉大鬼，他一走，小康就跑到厂部要去顶他的缺，厂里当时没有答允，后来听说是送了礼通了关系，现在他跟着贾师傅到处爬上爬下的，开始做电工了。人们指着大鬼脖子里的金项链说，小康脖子上最近也开始挂金项链了，不知是真货还是地摊货。有人断言大鬼是小康心里的偶像，小康从发型到穿着都模仿大鬼，甚至走路的样子，现在都有点像了。大鬼摇头说，怎么可能？我老寻他开心，他都恨死我了。但持此观点的熟人越来越多，大鬼相信了，得意之外多少有点迷惑，说，那他不是不学好了吗？他原本可是好孩子啊。

夏天的一个黄昏，大鬼在锦绣街的时装店里看店，发现玻璃门外有一对打扮时髦的年轻情侣，对着橱窗里的模特指指点点的。男孩女孩都面熟，他先认出了谈小菲；她是瓷厂医务室的护士，因为大鬼不正经，她曾经拒绝为大鬼注射青霉素。然后，男孩摘下了墨镜，也就是这个瞬间，大鬼几乎惊叫起来，那个染了一缕金发的墨镜男孩，那个穿着红色无袖衫和夏威夷短裤的时尚男孩，竟然是小康。

大鬼不敢相信，他的离开如此有效地改变了小康，甚至加快了小康的成长发育。小康长高了，变魁梧了，大鬼清晰地看见小康结实的大臂肌肉，上面文了一个醒目的硕大的刺青，是彩色的，是一条张牙舞爪的飞龙。

他迎出去的时候，谈小菲的身影在旁边的巷口一闪，不见了。小康也想走，一条腿跨下台阶，身体却留在台阶上，转过来面对着大鬼。有一丝不自然的表情在小康脸上掠过，很快他就坦然了，主动向大鬼伸出手掌，生意怎么样？大鬼潦草地碰了下小康的手，问，谈小菲呢？她跑哪儿去了？小康的微笑看起来有点狡黠，什么谈小菲？大鬼指着小康，脑子里蹦出来一句老话，他说，士别三日真要刮目相看么，他妈的。

他们在店门口站了一会儿，谈及瓷厂的现状和未来，小康说，瓷厂迟早要倒闭，我也准备不干了，到时候来给你看店，混口饭吃怎么样？大鬼笑起来，你要给我看店，我不也没饭吃了？做服装生意，赚少赚多全凭一张嘴巴，你不是谢绝交谈吗，怎么替我做买卖？小康略显尴尬，眼睛看着橱窗里模特身上的一条裙子，欲言又止的样子。大鬼说，谈小菲现在越来越漂亮了嘛，很多人追她追不上，没想到看上了你，这不是鲜花插在牛粪上吗？小康不接话茬，眼神里有掩饰不住的骄傲，他的手在牛仔裤口袋里掏了一会儿，又空手而出，手指弹了几下橱窗，问大鬼能否把橱窗里那条裙子先给他，等下个月发薪水再把钱送来。大鬼慷慨地答应了，他把那条裙子包好交给小康，小康抓住塑料袋，他抓住了小康的胳膊，这么大一条龙，让我欣赏一下。大鬼说，我要好好欣赏一下。

大鬼记得小康的大臂肌肉当时绷得很紧，那条龙的眼睛便一下瞪大了，看起来很凶恶。大鬼说，这么大一条龙？不是贴纸？纹得还很细，是东门卷毛的手艺吧？小康说，怎么样？刺了二十天，把我的钱都刺光了。大鬼不置可否，忽然捏了一下龙的眼睛，捏得很重，小康一下便把胳膊抽回去了，面露愠色，你捏我干什么？大鬼笑了笑，我没捏你，我捏的是龙，龙眼睛。大鬼端详着小康，神色渐渐严峻起来，我劝你以后注意一点，这么大一条青龙纹在胳膊上，出门要小心了，你知道我现在为什么穿长袖吗？大鬼拍了拍胳膊上的刺青部位，声调听起来很诚恳，懂我的意思吗，我知道你是个老实人，别跟人学坏了。小康看着自己的胳膊，伸出左手，揉了揉龙的眼睛，目光斜斜地升起来，射到大鬼的脸上，我跟谁学坏了？你怎么知道我是老实人？大鬼讪笑起来，挥挥手说，我才不管你要做什么人，我现在做服装生意，提醒你一句，你要是到北门一带，千万别穿这种无袖衫，北门的三霸你听说过的吧？他说遇到你这样的人，见一个收拾一个。

小康愣了一下，低头注视着自己的刺青，突然一笑，说，怕个球，我最近在练散打，我的堂兄是陕西省散打冠军。

整整一个夏天，大鬼都没有等到小康。倒是谈小菲爱逛锦绣街，大鬼在国庆假期期间见过她一次，身边的人不是小康，是一个胖姑娘。谈小菲从邻近的服装店袅袅婷婷地出来，几个购物袋都在那胖姑娘手里提着。路过大鬼这里，她们欲走还留，目光在橱窗的模特身上一番流转，看见大鬼出来，谈小菲脸上浮现出一种嫌厌的表情，扭身便走。大鬼对她喊，你跑什么？我又不找你打针！小康呢？谈小菲头也不回，是那个胖姑娘站住了，忿忿地朝大鬼翻了个白眼，什么小康大康的？我们不认识他！

　　大鬼没有想到，小康后来真的惹了麻烦。当然他也没有料到，小康遇到了麻烦，会来向他求助。离开瓷厂宿舍两年之后，他终于获得了小康的信任，或许小康最终把他当成了一个朋友，遗憾的是，大鬼不再是瓷厂的那个大鬼，小康怎样看待自己，大鬼早已经不作计较了。

　　是十月里的一个下雨天，锦绣街上人迹寥寥，大鬼在店堂里与人下棋，忽然有个人头顶一摞报纸，湿漉漉地走进来，站在门边对他哈腰，说，鬼哥，我来还钱了！

　　又见到了小康。他穿了一件条纹衬衫，手臂上醒目的刺青被遮蔽了，脸上却多出一只大口罩。大鬼注意到他的眼角上有明显的淤青，过去摘下他的口罩，发现小康鼻青脸肿。大鬼下意识地问，你去北门了？遇上三霸他们了？不听我的警告，吃苦头了吧？小康颓然地坐在一只纸箱上，说，我没去北门。是我老婆。我回了一趟老家。让我老婆打了。大鬼想笑，忍住了，观察着他的神色，你回家做什么，去离婚了？为了谈小菲？小康不说话，似乎默认了大鬼的猜测。大鬼说，你老婆用什么东西打你的，打得脸上这么花哨？小康沉默几秒钟，说，万用表。大鬼一时反应不及，什么表？小康叫起来，万用表，我们的万用表啊！大鬼一愣，然后便没心没肺地大笑起来，笑过之后想想此事蹊跷，他又追问小康，我还是糊涂，她为什么要用万用表打你？小康迟疑着，他眼角的淤青在店堂的灯光下泛出紫色的光芒，我们村里的人没见过万用表，我带回去了，给他们看个新鲜。小康开始躲避大鬼追询的目光，他转过脸看店堂里的试衣镜，捂住了脸孔，又掉转脑袋，望着门外的锦绣街，锦绣街上仍然一片雨雾。我骗她了。她不肯离婚。小康说，谁让她不肯离婚？我测了她，我用万用表测她。大鬼心里已经猜到了什么，嘴里还是忍不住问，测她什么？小康终于低下头，用手捂住脸，过了一会儿抬起头，用一种怪诞的眼神看着大鬼，测那事。她自己让我测的。小康说，是她自己嚷嚷要测的，还让我当着家里人的面测，说她清清白白，测一百次也不怕。小康抱着脑袋思考了一下，喉咙里似有一阵哽咽，又很快恢复了镇定，我不是故意给她栽赃，我就是想跟她离婚。小康的目光热切地投在大鬼脸上，眼睛开始释放求助的信号，她疯了。昨天她找到瓷厂来了，她要把我拽回家，去给她恢复名誉。我也要被她逼疯了。

大鬼打量着小康，脸上的笑意慢慢地冻结。他的棋友已经离去，留下一颗烟蒂，还在烟灰缸里燃烧。大鬼穿越店堂，走到小桌边掐灭了烟蒂，他看着残存的棋局，忽然说，小康，不是我把你教坏的吧？

鬼哥，我没那么说。我从来没那么说过。我是来找你还钱的，那条裙子的钱，还记得吧？小康的表情看起来有点卑下，又有点可怜。他跟到大鬼身边，看看棋盘，看看大鬼的面孔，从口袋里掏出几张钞票，压在棋盘下。鬼哥，你不是认识三霸吗？能不能帮我个忙？小康又掏口袋，这次掏出一盒皱巴巴的中华牌香烟，递一支给大鬼，我老婆最怕三霸那种人，鬼哥你能不能让三霸到瓷厂跑一趟，吓唬吓唬她，让她别闹，赶紧回家去？大鬼斜睨着小康手里的那支香烟，嗤地一笑，你好聪明，可惜生意太小，三霸不会做的。小康说，怎样才算大生意？多少钱以上才算大生意？大鬼冷冷地看了小康一眼，动刀子，做掉，都是大生意，做掉你懂吗？大鬼说，你要不要把你老婆做掉？

小康打了个冷战，大鬼清晰地看见他打了个冷战。不，不动刀子，不做掉。小康的声音已经发颤，他说，只要吓唬吓唬她就行了，她一个山里女子，就是犟一点，吓唬一下她肯定就走了。大鬼笑了一声，推掉小康手里的香烟，说，自己吸吧，我现在不吸烟，只喝茶。然后大鬼开始动手泡茶，他只泡了自己的一杯，呷了一口说，普洱茶，养生的。小康茫然地瞪着他茶杯里深红色的茶汁，好，养生好。大鬼又呷一口茶，说，我好像是把你带坏了。你是不是要让我对你负责到底？我就负责到底，干脆我去瓷厂跑一趟，亲手把你老婆做掉，怎么样？店堂里的空气顿时凝固，小康手里的那支香烟掉到了地上。小康瞪着大鬼，似乎在竭力判断那是否是大鬼对他的又一次作弄。大鬼在微笑，那种微笑持续了几秒钟，渐渐露出讥讽的端倪，带着些蔑视，还带着些厌恶，然后大鬼在椅子上欠了欠屁股，对不起，大鬼说，我要放个屁。喝了普洱茶，我老是放屁。

大鬼知道他在刹那间压垮了小康，不仅靠那句话，不仅靠那一个屁。小康忽然蹲在地上，嚎啕大哭起来，我知道你在耍我，我就知道你又耍我，你这个二球货，驴日的二球货！

6

大鬼没有见到小康的老婆。

后来，他也没有再见过小康。

听瓷厂的人说，见到过小康老婆的人寥寥无几。他们只是听见过那山里女子沙哑的哭声，她从早到晚呆在小康的宿舍里，从不出来，唯有哭声确凿地证明了她的存在。偶尔几次，小康夫妇用家乡方言激烈地争吵，大多内容是能够听懂的，住在隔壁宿舍里的人，能分析出女方此行的目的，她誓死要把小康带回老家。至于那对小夫妻之间到底发生了什么事情，为什么小康刚回来又必须回去？当时整个瓷厂无人知晓。

有人八卦，以为小康的老婆会去医务室大闹一场，但这样的热闹并没发生。医务室离集体宿舍其实不远，谈小菲也曾经听到过小康老婆的哭声，她还问别人，那是猫在叫，还是有人在哭？有人机智地开玩笑，谁知道，那儿不是有间鬼屋吗？说不定真的是闹鬼了。当时有很多人在场，听到了那个精彩的玩笑。很多人后来都为谈小菲作证，说要相信谈小菲，她与小康不过是普通的朋友关系，什么都没有发生。

大约是一个礼拜之后，鬼屋终于安静，一切都平息了。那天天蒙蒙亮的时候，两个食堂女工去市场买菜归来，看见小康提着一只漂亮的拉杆箱，铁青着脸走出瓷厂的后门，后面跟着一个穿红色呢子大衣的女人，左手右手各提了一只纸箱，对他们谦恭地微笑。食堂女工眼睛打量着她，嘴里问小康，这就送老婆走了？不留她多住几天？小康没有说话。那女人说，不住了，我在这儿呆不惯。低头走了几步，忽然对着食堂女工说，我不是小康的老婆，我是他姐姐呀。

瓷厂的人们后来都在谈论这件事。两个食堂女工口径不同，一个说小康的老婆当时流着眼泪，另一个则坚持，小康的老婆说那句话时，脸上挂着不正常的笑容。大家不知道该相信哪一种说法，想想她能说出这样的话，无论是哭是笑，都是正常的。

还有人在她到达瓷厂那天见过她，说那山里姑娘的水泡眼，或许是哭得太多的原因，如果忽略了水泡眼的得失，她看起来并不丑，精神似乎也是正常的，只不过，相比如今的时尚青年小康，那样子确实是有些显老，有些土气了。

没有人料到小康会一去不返。走之前他跟瓷厂请了五天假。五天以后，他打了长途电话给厂里，说家里出了点事，还要过五天才回瓷厂。此后就没有音讯了。瓷厂的生产经营当时已经很不景气，常常发不出工资，少一个人，便少一份负担，所以并没有人去过问小康的下落。过了好久，有个小伙子穿着硫酸厂的工作服，跑到瓷厂的集体宿舍来，说是小康的表兄，受小康委托来收拾东西。人们问他小康为什么不回来，表兄说是家里人不准他回瓷厂了，看别人茫然不解，又补充一句，小康在瓷厂学坏了。有人打听小康家里出了什么事。表兄说，他老婆跳了崖，没死成，落了个全身瘫痪。人们一片惊叫，急着追问究竟。表兄摇头，似有难言之隐。拗不过众人热切的目光，他勉强开口，这件事也不好说，清官难断家务事。表兄说，反正家里人都怪小康，是小康不好，他在瓷厂学坏了。

小康留在宿舍里的东西，都被表兄扔进了一个蛇皮袋里。最后撬开了小康的抽屉，一眼看见一个万用表，静静地匍匐着。表兄也没见过万用表，拿起来问，这是什么东西？是听音乐的吗？旁边有人说，那不是听音乐的，是电工用的万用表。又提醒表兄，那不是小康的东西，是厂里的公物。表兄的手像是被烫了一下，把万用表扔回了抽屉，是公物我就不收拾了。他说，麻烦你们，把它交还给厂里吧。

大鬼有一阵子老是接到一个莫名其妙的电话，对方从不说话，偶尔可以从电话那端听见狗吠鸡鸣之声。查找来电区域，应该来自陕西。大鬼猜到了对方的身份，不知为何发慌，再也不敢接听。有一次恰逢酒后，酒意为大鬼平添几分勇气，他接了电话问，你是不是小康？又变回哑巴了？那边还是沉默。大鬼说，你什么时候回来我给你接风，先喝酒吃饭，再去水晶宫洗桑拿，怎么样？也就是这时候，大鬼听见那边有什么东西掉在地上了，咣地一响，发出清脆的震颤，然后是杂沓的来回穿梭的脚步，伴随着一个女人的哭声。大鬼拿着电话听，一边耐心地等待，终于等来了小康，准确地说，是等来了小康的呼吸。小康急促的呼吸慢慢转变为压抑的哭声，他在哭，哭得越来越响，像个伤心的孩子。恰逢酒后，酒意让大鬼的心肠变得很软，平生第一次，他的眼睛也湿润了。小康，你又不肯说话了？大鬼说，你不肯说话就别说了，我替你说，大鬼是二球货，大鬼是个驴日的二球货。

大鬼掐掉了电话。从店堂的试衣镜里，他看见自己的面孔，有点苍白，有点浮肿。他喝了一口普洱茶，想起电话那端咣的一声脆响，是什么东西掉在地上了呢？不是万用表。那不是万用表。大鬼思索了半天，断定那是一只搪瓷扁马桶的声音，是一只搪瓷扁马桶掉在地上了。

（原载《钟山》2016年第1期）

枪　手

◎韩少功

油印工序大体是这样：先用尖头铁笔在钢质垫板上刻写蜡纸，然后把蜡纸挂上墨网，用滚筒蘸上油墨碾印，于是油墨透过诸多刻痕，一张张传单或小报便大功告成。这种活很奇妙，干得多了，少年们免不了别出心裁再干出一些花活，比如用多机实现多色套印，或在蜡纸上下足功夫，时琢时磨，时剔时刮，居然能捣腾出木刻、工笔线描一类图像，甚至印制出深浅不同的水墨层次，与铅印的正规报刊相比，效果难分高下。可以想象，要是红卫兵"停课闹革命"再闹上几年，一代铁笔艺术家茁壮成长，就靠那些侏罗纪风格的老装备，蜡刻印象主义或蜡刻浪漫主义也许要流派纷呈的。

多年后，徐冰说起当年，出示自己的一些油印插图，我一见就会心。想必这位大腕当年也是脸上常有油污，指头磨出硬茧，上街只看墙头张贴的小报，看小报又全然不在乎内容，目光直勾勾的，只是留心标题、版式、配图的艺术高招和创作心机。惺惺惜惺惺。他肯定注意到街头最精美的那几家小报，隔空神交了许多同道好汉，恨不能千里相会聚首把臂一吐衷肠。

我也在这个江湖里混过。

其时年满十四。

本人最大的从业污点是伪造印章。说实话，既然铁笔下能有艺术流派，刻出印章效果就只是小菜一碟。全国学生免费大串联历时约半年，终于被叫停，但同学们心痒痒的还想出去逛，于是盯上了铁路系统的内部车票。在他们怂恿之下，我借助一把放大镜，在蜡纸上精雕细刻，再用抹布蘸上油墨轻轻涂抹，很快就制作出铁路局的什么函件，其大红印章看来看去，几可乱真。有同学一见就乐坏了："你索性再刻一个中央军委的公章，我们坐上轰炸机出去要要呵。"

以这种假印章骗车票居然多次成功。就这样，这一年夏天，好友们一伙去了广州，另一伙去了北京，再不济的也去畅游岳阳或衡阳，校园里变得异常安静，只有绿树深处蝉声不息。他们去的那些地方我早已去过了，便留校守家。

我所在的长沙市七中与烈士公园为邻,校园北部的山坡外就是浏阳河。如果同学们都在,我们常去河里骚扰民船,以满船的西瓜或菜瓜为目标,讨不成就偷,偷不成就抢,图的是一个快活。后来还有更神通的战法,那就是一齐对船老板大喊"陈老板——"或"樊老板——"。"陈"谐音"沉(船)","樊"谐音"翻(船)",都是美丽江面上最狗血的咒语。有些船民一脑子迷信,一听到这种叫喊就叫苦不迭,就急得跳脚,实在招架不住,只好往船下丢几个瓜,算是堵上小祖宗们的臭嘴。

可惜我眼下孤身一人,构不成声势,没有预言"沉船"或"翻船"的威慑力,只好快快地提一条游泳裤提早回家。

事情就这样发生了。1967年这一天的回家之路实在落寞得很,无聊得很,一路走得郎里咯郎。我走过飘飘忽忽的体育馆,摇摇晃晃的公交牌和米粉店,在白铁作坊前还没把弧线剪材看出个门道,忽听身后一声暴响。

事后依稀分辨出来了:枪声!

事后我还回忆起来了,街面顿时大乱,人们像一群无头苍蝇惊慌四散夺路而逃。如果我拍拍脑子,掐一把皮肉,还能回忆起一个老太婆摔跤了,另一个汉子盯住我的左腿大惊失色,于是我看见自己裸露的大腿上,有一个扣子般大小的血洞,开始往外冒血。这是什么意思?这红红的液体不就是血吗?我的天,刚才那一枪是打中了我?世界上这么多人影,我招谁了惹谁了,竟然如此背运,早不回晚不回偏偏要在这一刻回什么家,千辛万苦把自己往那个黑洞洞的枪口上凑?

我没感觉到痛,而且发现自己还能行走,便用游泳裤紧紧捂住了伤口,跟随人们闪避到路旁。我撞开了一张门,有用没用先求上一句:我受伤了,请帮帮我!说完才看清面前是一老一少两个惊呆了的女人。后来我才知道,这是我一位女同学的家。她比我高一届。她肯定没想到,我们日后还有机会在同一个知青点共事多年。她肯定更没想到,她再后来移民美国,经商成功,与伙伴们天各一方,只是一份音信渺茫的模糊。

她是否还记得,她外婆找来草纸烧灰要给伤口止血时,两只手颤个不停,好几次都划不燃火柴?是否还记得包扎伤口时,她俩全身都软沓沓地使不上气力?……好容易,门外消停了,枪声和狂喊乱叫没有了。一个男声由远而近:

"刚才那个伢子呢？那个受伤的……"大概是受邻居们指引，一个人敲开了房门。他瘦个头，还有点驼背，手里提一把驳壳枪，冲着我们裂开生硬的笑纹："不好意思，刚才我们是在抓公检法那些王八蛋，妈妈的，一时枪走火，枪走火。"

他说的"公检法"，是司法系统某个群众组织，大概是他们的对头。那时正是"文攻武卫"高烧期，每个城市都闹成山头林立，你争我斗，一旦红了眼便兵戈相向。连中学生手里也少不了苏式骑53、汉阳造79、转盘帕帕夏……说实话，多是些民兵训练用的破铜烂铁，子弹也不好找。谁要是扛上一支56式半自动，那才有几分正规军模样，有脸挎出去招摇过市。大家对此其实意见不小：北京那边说"武装左派"看来也是半心半意呵，要不然好枪都去哪里了？是不是被一脸又一脸假笑的解放军早早藏起来了？

接下来的事较为简单。小驼背抱上我出门，送上一辆货卡，是他和同伙刚从大街上截来的，然后一路驶向湘雅医学院附属二院。看着呼啦啦的梧桐枝叶在天空中刷过，我已开始感觉到伤口裂痛，而且知道自己还有一个弹孔，在大腿侧后，是子弹的入口。进入医院后，痛感更加猛烈的狂暴。不知什么时候，白大褂晃来晃去，一位女护士问我一些问题，爱吃什么菜，爱唱什么歌，爱玩什么游戏，是不是放过风筝或做过航模，诸如此类，莫名其妙。事后才知道她这是分散我的注意力，不让我瞥见手术台上那一大盆一大盆的血纱布，防止我大叫一声吓晕过去。据她说，手术时间稍长，是因伤口离枪口太近，火药残毒重，必须切开皮肉全面清创——这话说白了吧，"清创"就是用药纱条在一道肉沟里拉锯式的拉来扯去，就是用钳子夹上药棉团这里那里猛戳一通。

我哥来到医院，在病房走廊里找到了我——这里已人满为患，加床都差点加到厕所里去了。我哥对小驼背怒不可遏地喊："你什么人？干什么的你？你会用枪吗？你也配拿枪？你的枪口再提高一点点，他就没命了你知道吗？你今天实际上就是个未遂的杀人犯，杀人犯！谁在乎你那点水果罐头？医药费算个屁呵。他要是留下个什么，你这个家伙必须一辈子负责到底我告诉你……"

小驼背脸上红一阵白一阵，把手枪哗啦一声推上膛，狠狠地塞给对方："那怎么办？大哥，你打我一枪。"

我哥愣住了。

"你要是还觉得亏，那就打我两枪。不过话讲在前面，我没打死他，你也不能打死我。"

大学生最终没敢接下盒子炮。

"你打呀，打呀。没关系，老子这条命反正不值钱，就是一条野狗。大哥你要是不会打，来，小弟我教你打……"

现在轮到我哥脸上红一阵白一阵了。其实，从后来的情况看，这家伙长得未老先衰，虾米背和猴公嘴不怎么周正，倒也不像个小土匪。无所事事的时候，见邻床一个老头上厕所困难，他就扶来扶去好几趟，还帮忙打饭。见病房里太燥热，他后来带上一个兄弟，不知从哪里弄来一台工厂里常见的大型排风扇，拉上临时的电线，呼呼呼送风，赢得众多大拇指。大概是同医生们混熟了，还不时有白大褂来找他，求他去救个急，帮个忙。他们都叫他"小夏"或"夏同志"或"夏如海同志"。据说他总是在脖子上挂两串手榴弹，把其中一个拧开盖拉上弦，冲到手术室那一类地方，大吼一声，两眼圆瞪，喝令小杂种们统统闭嘴，统统一边去。那些"小杂种"其实也是荷枪实弹凶巴巴的，大多比他雄壮比他伟岸，无非是看见战友伤情重，正急得抓狂，用枪口指着白大褂们，强求手术插队，强求最好大夫出来主刀什么的。在这种场合，穿鞋的怕光脚的，光脚的怕玩命的。突然冒出一个比谁都不要命的王八蛋，其他人不敢同归于尽，就只得让他三分。

好几次混乱就是这样平息了。我后来怀疑，院方让我足足住院二十多天，迟迟不放我走，其实是想把他这个维稳积极因素多留下几天。想想也好笑，要放在平时，就凭他的虾米背，满嘴"鳖"呀"卵"的流子腔，大夫们哪能拿正眼瞧他？科班出身的正人君子们，餐前都要肥皂洗手的，周末都要上公园赏花的，笔下总是拉丁字母龙飞凤舞的，别说没工夫对他和颜悦色，恐怕还要严加提防。不过此一时也彼一时也，鸡毛飞上天了。既然只有他愿意平乱，能够平乱，那就成了革命医务人员的主心骨，德才兼备的好同志。即便一条颈根总是没洗清爽似的，能算事吗。

肯定是接受了太多热情信任，听取过白大褂的诉苦和建议，小驼背同志心情大好，索性再叫来几个兄弟，统一挂上"青年近卫军"的红袖章，在大门口吆三喝四地设岗值勤。他指挥就医者们排队，顺便督察一下环境卫生工作，教训一下叫卖的小贩，忙得浑身汗臭。如果让他再忙下去，人民英雄人民爱，人民军队爱人民，他可能就得问寒问暖成天说上普通话了。

这些日子里，我的心情却一直坍塌式消沉。文艺界男女们常来慰问战斗英雄，又唱又跳，又献花又鼓掌。其实英雄在哪里？在这个被临时征用为专收武斗伤员的医院，一个弹片削去鼻子的菜农户，一个腹中四枪的小学生，一个炸飞了双腿的还俗和尚，一个脑袋被铁棍开了瓢的搬运工，还有太平间蒙尸白布下露出的一缕黑发或一双赤脚……看得我心惊肉跳。这就是"路线斗争"呵？明明是开屠坊、摆肉摊么。手术室里日夜灯火通明，白大褂们匆匆来去，那么多人被呼啸的钢铁剪裁成模糊血肉，号叫的号叫，失禁的失禁，完全是一片战祸景象——这就是"继续革命"的丰硕成果？邻床的一个眼镜鬼，参加过省会长沙三十多个造反派组织的聚义兴兵，前去"解放湘潭"什么的。但大家一窝蜂真到了前线，一个叫易家湾的地方，没人指挥，连饭也没人管，各人自己找地方趴着和躺着。几个首长模样的人挂上望远镜，带上随员和步话机，乘坐军用吉普窜来窜去，雄才大略胸有成竹的范儿，让大家眼巴巴引颈期待，但等到天黑也没见下文……只好一窝蜂又纷纷散了。"贼养的，就算是要猴戏也不能饿肚子吧，去地里挖红薯算什么事？"

我这才看到了报纸和庆典以外的世界。

一年多后，全国的无政府状态终于大体结束。我离开学校和城市，成了湖南省汨罗县某茶场的一名下乡知青。新生活倒是太安静了，只有日复一日的腰酸背痛，两头不见天的摸黑出工和摸黑收工。无穷无尽的垦荒、耕耘、除草、下肥、收割、排渍、焚烧秸秆，让我们体力严重透支，被岁月抽空了和熬干了，只剩一个个影子在地上晃荡。就像我多年后在一本小说里说过的，"烈日当空之际，人们都是烧烤状态，半灼伤状态，汗流滚滚越过眉毛直刺眼球，很快就淹没黑溜溜的全身，在裤脚和衣角那些地方下泄如注，在风吹和日晒之下凝成一层层盐粉，给衣服绘出里三圈外三圈的各种白色图案"。

对于我们这些产盐大户来说，"文革"已恍若隔世，同汉武帝、武则天、北洋军阀那些故事差不多。如果说它还略有遗迹，还略有余温，那也不过是断断续续的小麻烦偶尔来扰，让人一点也爽不起来。有干部从城里来，调查是否有知青还私藏什么军品，谢天谢地，与我没关系。又有干部从城里来，调查是否有知青离校前顺走了公家的篮球、哑铃、球衣、手风琴，谢天谢地，还是与我没关系。更多的调查和清算与全国大串联有关。比如在各地红卫兵接待站借过钱的，借过棉衣的，眼下都得秋后算账。我的室友黄某，早就丢失了学生证，但眼下无论他如何强辩，那个别人冒用了的学生证，牵涉到三笔共十五元巨款，最终得由他全数补缴，一点折扣也不给。好在他也揩过国家的油，算是没输光，不至于冤屈得撞墙和喷血。据他说，他的骗乘术很简单，想到什么地方去耍，就先学几句那里的方言，然后求告火车站站长一类，伪装成途中惨遇小偷的苦命游子，求一个回家的机会。对方听他的外地方言，有时信以为真，心一软，就放过了。只是有一次他撞上克星。对方居然心细如发，硬是找来了一个上海乘客，核查他的上海话，哪怕他紧急改口称自己是上海郊区的，是郊区的外来户，也没法骗过人家那一对高精度的上海原装耳朵。

人们没把他一把揪去派出所，已是他后来的大幸。

这一天，又一位警察从长途大巴下来走进了茶场。接下来，场长阴沉着一张脸，不找张三也不找李四，径直走向我，吓得我胸口乱跳，暗想出来混终归是要还的，肯定是伪造印章那些事败露了。

"你认识海司令？"警察问。

"谁？"

"夏如海，就是开枪打过你的人。"

我松了口气，这才想起是有过这么回事，是有过这样一个人，只是去年已经太遥远，好几个朝代都过去了吧。

接下来的询问大概有这些：

他同你有什么仇？或者同你家人有什么仇？是什么原因，他要在大街上对你横加伤害？

他打伤你以后没有逃逸吗？没有推诿吗？你后来是怎样找到他的？

你的伤情怎样？骨骼、神经、脏器有过什么问题？对现在的劳动和生活有什么影响？你做过全面体检吗？

作为受害者，你为什么到现在也没求助政府？没有追究这种人身伤害的犯罪？他是否对你或者对你家人有过恐吓和威胁？

在你与他接触的过程中，你是否发现过他还做过别的坏事？比方是否还有过其他开枪致伤、致命的情节？是否有过持枪抢劫、勒索、报复、耍流氓的行为？你仔细想想，他是否穿戴过来历不明的手表、皮鞋、金戒指？

……

感谢警察叔叔，一旦重返岗位，重整天下山河，就对我如此关心。不过事情是这样……这么说吧，这么说吧，当时世道很乱，坏人不少，但大多不像是他说的那种坏法。即便是在收枪禁令之前，弟兄们舞枪弄棒，但除了一个图书馆被盗，学校附近的银行、邮局、粮店、商店、饭店、肉店、冷饮店等倒是一直安然无恙，连捡个钱包也是要争相上交的，谁窝藏谁找死呵。是不是？也许小蟊贼都死绝了。更可能的原因是，他们怕警察，更怕业余警察，无非是怕那些革命群众管起闲事来不讲规矩，动不动就拳脚相加，枪口一下子顶到你脑门上。枪手们还到火车站义务搬运过援越物资呢。

我这样说的意思不是要隐瞒什么，只是觉得对方有点想当然，调查方向有点偏。看来，他在小本上记录下一堆困惑，在这里只看到一条不甚给力的伤疤，没发现轮椅或拐杖，更没发现导尿瓶，大概觉得这一次长途奔波有些不值。在他一再启发之下，我搜肠刮肚，努力配合，总算梳理出小驼背的一些劣迹，比如用手榴弹炸过鱼，用扑克牌赢过散装烟，还居然要让我享受美好人生，哄着我抽下了此生第一支烟，结果半支下来我就天旋地转，差一点栽倒在厕所……但我没法说下去，因为我发现胖警察脚下已有真真切切三四个烟头，手指头上还有焦黄的熏痕。

“大叔，对不起，我不是说你抽烟不好……”

“没关系，没关系。”

“你平时……不打扑克吧？”

“打又怎么啦？中央文件规定了不准打扑克吗？正常娱乐生活还是要的吧，年轻人要活泼一点，快乐一点，率性一点嘛，也没什么不对呵。”

“那是，那是。”

警察当天就返程了。知青们发现我这一次轻松过堂，既没缴钱也没被扣粮，多少有些嫉妒。

我没料到的是，这事还远未结束。如果我没记错的话，大概是四年后，我被调去全县围湖造堤会战指挥部刻印工地小报，有一天去食堂吃饭，见一个陌生女子守在食堂大棚的门口，一见小伙子模样的，就上前欠身盘问，是不是知青，有没有人姓韩。她眼睛大大的，鼻尖冻得透红，一件红花棉袄裹住了丰丰满满的少女青春，但辫梢和袖口都积有泥点，大概在哪里摔倒过。

她最后筛出了我，冲着我两眼睁大，上上下下好一阵打量，捂住嘴突然哭了。"天呵，天呵你就是……"

出入大棚的民工们吓了一跳，一个个探头探脑的，交头接耳，看看她又看看我，大概在猜想这里的故事，猜想我在故事里的勾当。

我做什么了？

我没被她认错吧？

（如果是电影，此处应该有音乐，大提琴声轰然迸发弦惊天外的那种。）事后才知道，她就是夏如海的妹妹，一个多月来她找我实在找得太苦了，太苦了。她大海捞针般地要找到一个毕业于"长沙市第七中学"的"韩"姓学生，是因为法院军管会判决书上只留下了这一点信息。她先找到学校，找到毕业生下乡的去向（有南北共三个县），又找遍了这个县的七个公社（若干韩姓学生如此分布），但知青情况变化很大，招工的、升学的、病退的、流浪出走的、转点投亲靠友的……有时一动就跨县和跨省，造成线索七零八落，忽断忽续，常常是似有却无。现在，老天爷呀老天爷呀总算开眼了，她死死揪住我这最后一线光明，再也不能松手，再也不能遗失。她发现这个"韩"果然活得好端端的，就像她哥说的一样，不可能"残废"——这是判决书的关键词之一，所列罪状的重要一条。

她苦命的哥就是因这一纸判决，入狱服刑二十年。这事显然与他的"劳教"前科有关，与他后来公然报复"公检法"人员有关。仇恨激发仇恨。碰到这种竟敢反攻倒算的人渣，警方岂能不重拳打击？不难想象，如果当时有法律体系，有律师、公开庭审、辩护制度什么的，案情的夸张现象也许能得到较多避免，但事情可惜不是那样。一个新的未来还相当遥远——以至数年后"律师"还是一个颇为陌生的新词。在我所在的那个县，谁都不愿当"律师"，谁也不愿同嫌犯们共裤连裆。据说无奈之下，第一个"律师"还是县长强令指派的，不过那大学生的出庭辩护竟然通篇是骂，完全是针对被告的大批判，比检控一方还骂得振振有词，让很多人哭笑不得……这是后话。

当然，若往细里说，夏如海一案还与他的家庭有关。据他妹后来说，她与他其实既不同父，也不同母，是因父母再婚才有了兄妹关系的。不知为什么，后母与夏家哥哥总是隔，总是犯冲，总是闹成斗鸡眼，只有小妹觉得新添一个哥哥的日子倒也不错。她喜欢夏家哥哥爬树和翻墙的身手，喜欢他的弹弓枪和蟋蟀罐，更享受出门在外时一个男孩的保护。她哥对后母直呼其名"周秀娟"，"周秀娟"，甚至让她觉得有趣。上学以后，妈只给她的白面糖包子，她总是偷偷给哥留一半。妈只给她送来的雨伞，她也总是撑到哥的教室前，等哥放学后一同遮雨回家。有一天大风大雨，哥一整天没回来。她撑开雨伞出门寻找，找呵找，最后才在垃圾站找到了一个熟悉人影，跪在蚊蝇乱飞的垃圾堆里，胸中紧抱一团什么。她一看就明白，肯定是妈又同哥吵了，肯定是妈把哥轰出门以后，气得摔东打西，把所有戳眼的东西都扔了出去——其中有一只旧枕头。这是另一个母亲的枕头，是她儿子最后一件偷偷摸摸的收藏。他可以不要弹弓枪和蟋蟀罐，不要课本和书包，但他就是舍不下这只枕头，枕头上一点点熟悉的气息。

她看见哥手上有一些血口子。他在恶臭熏天的垃圾坑里扒开烂菜叶，扒开西瓜皮，扒开血淋淋的鱼鳃片，扒开破罐子和碎玻璃，扒开了五光十色的尿片药渣煤灰废纸死老鼠，最后抱紧一只脏兮兮的枕头泪流满面。

她也哭了。

"哥……回家吧。"

"滚！"

"哥……"

"滚不滚？老子不是你哥！"

"你背过我了，你背过我的……"这意思是她要证明哥哥的身份。

"扣子婆，你今天想死是吧？"

夏家哥哥大概想用狂骂掩盖自己丢人现眼的哭泣，但骂着骂着，一张脸更加扭曲，更加稀里哗啦了。就是在这个夜晚，他抹干妹妹的泪水，有点弥补的意思，然后咬咬牙，说他爸是个酒鬼，早就不要他了。后母更是把他当眼中刺。其实他早就要远走高飞，闯荡江湖，去武当山或南华山，但他怕自己一旦离开，哪一天他亲妈回来了，就找不到他了。他没有办法，只能赖在这里等。

他狠狠地说，妈还会来看他的，来接他的。事实上，他不久前就听到过她的咳嗽声，等他跳下床，冲出门去，深夜的小巷里已寂静无人。但他伸出鼻子嗅一嗅，路灯下分明有一丝熟悉的气息，正是旧枕头上的那种。

扣子婆听不大懂，也不愿听懂，只是哭。

现在我已知道她的大名叫夏小梅。她后来在来信中说，这些年她深深自责的是，她的同情不但于事无补，反而加重了母亲对她哥的愤怒，甚至恐惧和狂乱。"这个吃枪弹的，挨千刀的，果然是人小鬼大，花招诡计还不少呢，敢在我家扣子婆身上动心思了。你一只癞蛤蟆也不自己照一照尿桶？……"想象丰富的后母决不相信自己保护不了女儿，最终使出撒手锏。这时，街道上正巧发生了脚踏车连环盗窃案，被查出来是几个小屁孩所为。后母居然逼着酒鬼丈夫随行，一同去派出所，给所长送了两瓶酒，不知如何交涉了一番，终于举报成功，把夏如海做进了这个案子——而且是主犯之一。"劳教"三年的胜利成果一举搞定。派出所还把一面"大义灭亲"的大红锦旗送来了夏家。

那个派出所所长，就是小驼背后来在大街上提着驳壳枪要抓捕的"公检法"一员。夏小梅为申诉取证，当然也找过他。那所长似乎也另有苦水，比如曾被"青年近卫军"那些家伙拘禁，在批斗会上一头扎下台子，摔出了一个严重腰脊损伤，后来走到哪里都要带上一个垫腰的大枕头。他承认，当初的"运动式"办案么，可能有点匆忙，但他面对的是嫌犯父母，是人家气壮如牛的大义灭亲嫉恶如仇赤胆忠心，他能怎么样？如果说他们是作了伪证，世上哪见过这种虎毒偏要食子的天方夜谭？他怎么知道对方提供的赃物、赃款、证词后面，还有什么家庭恩怨的狗屁隐情？……更可笑的是那个老酒鬼，当初把儿子往死里整的是他，一转身鸣冤叫屈找政府要儿子的也是他，他把人民公安当猴要呵？

大体情况就是这样。

其实这不过是依托夏小梅的述说，一种情境化还原的大体想象。很抱歉，我不能保证这种想象有多靠谱，不能保证上述细节和引言都是还原如实。由于所知有限，我也不能保证这些就是情境的全部，比如这里未能涉及小驼背的其他案情，也没留下他父亲和后母的视角——这就像古往今来太多大义凛然的叙事，一些有控无辩的隐形法庭，没给机会让其他当事人开口。

但无论如何，我从未"残废"——这毕竟是事实。证明这一点至少是我该做的。

奇怪的是，自最后一封来信告知申诉得到受理的喜讯之后，夏小梅却突然失联。我给她提供过书面证词，承诺自己可随时出庭作证，而且一直关心她申诉的进展。她似乎没有任何理由消失无踪。一年后的某日，我路过长沙一家国营棉纺厂，被厂牌扎了一下眼，突然想到这不正是夏小梅的通信地址吗？架不住往事涌上心头，我决意进去试试。车间不让外人进入。经传达室一位老头通报，一个工帽和工装上都沾有棉絮的女工，戴着大口罩迟迟才出来见我。她说夏小梅数月前已经辞职，去了哪里大家都不知道。

我只得怏怏地离开。

到底发生了什么？为什么她千辛万苦找到我以后却不辞而别，如同从未出现过，连一句半句的解释都不给？……这个没有结局的故事，本身就是结局了。生活中充满太多有头无尾或有尾无头的碎片，不像小说那样完整。

在这里，我很不愿意说起另一个故事，不愿意尝试一次次心中闪过的猜测和链接。当然，说也无妨，没什么大不了的。事情是这样，1978年前后，我的一些朋友陆续获得平反，走出了大墙，不免有时会说起一些墙那边的见闻。忘了是谁说过的一次袭警风波，让我一直没法忘记，忍不住一次次进入情境还原：一件313号囚衣。一个身穿313号囚衣的小瘦子。一个身穿313号囚衣的小瘦子缓缓捡起地上一块小瓷片。有人说这家伙一直不服判，不知被狱警罚晒多少次，在烈日下晒晕过多少次，结下了梁子。又有人说某狱警调戏和辱骂过他妹，一位前来探视的姑娘，让他两眼充血怒不可遏，口口声声要杀人。这些说法都闪闪烁烁难辨虚实。但不管怎么说，狱警们嗅出了危险，对他一度大镣重铐，严加管控，看这只死老鼠还能翻天。果然，死老鼠服软了，好一段活得蔫头蔫脑无声无息，直到那一天去审讯室。他惺惺忪忪地走到半途突然不动了，只是低头看脚，原来小腿不知何时破皮流血，染红了脚镣和破胶鞋。值班狱警骂不动他，也没找到什么帮手，大概觉得血淋淋的画面也刺眼，便去给他开锁解镣，准备带他先去医务室。没料到，就在那一刻，在当事人后来无法清晰回忆的那一刻，一尊沉睡的石头醒了，醒过来了，于眼缝间偷偷泄出一线凶光，突然哗啦啦集聚全身每一个细胞每一根毛发的力量，以泰山压顶之势高举重铐，朝下方那一个后脑勺哗啦啦——恰好砸中那个脑袋。

事情很明显，血迹不过是他的一个圈套，一个诱饵，是他精密计划的关键环节。一块小瓷片造成的流血，足以让他实现最佳角度和最佳距离的打击。

"发癫子——你也有今天呵——"他大声爆出对手的绰号。

"发癫子你这坨臭狗屎——"

"你只配给老子舔胯！你舔呵，舔呵，舔呵！今天你舔过瘾了吧哈哈哈哈——"

……

他是一个得胜回朝的大王，扯歪了一张脸，把狂喜和骄傲宣告四面八方，等待臣民们欢呼的排浪。但四周的监房只是死一般冷寂，好半天还是这样，连一片枯叶飘落的声音仿佛也能听到。

可惜，当天有陌生面孔在审讯室等待他。两位奉命前来的法院干部，正准备对他的案情重新审理。人们后来说，如果法院的人早来那么一天，如果当班警员不是他那个对头，如果他戴的也不是那种重铐，如果他忍过初一再忍忍十五，下手不那么狠，或下手适可而止，没在后脑勺上砸出白浆子……事情就可能是另外一篇了。眼下，白浆子已经出来了，不可能在镜头回放时收缩回去，再多的"如果"都变得毫无意义。

他最终被加刑重判，死刑。

食堂照例是下半夜提早做饭，黑暗中传来嘀嘀嗒嗒的切菜声。为了尽可能避免扰邻生乱，武装警察总是谨慎行事，确保在天亮前悄悄提人，还得安排死囚"上路"前的一顿稍微吃得好点。这样，下半夜的监狱食堂总是让人不安，一有动静就让很多囚犯竖起双耳。一群鼹鼠捕捉风声时就是这样子。

我前面说过，我不太愿意想象这一个情境，不愿意说到这一个早晨。尽管两个故事之间有几分暗合，我说的夏如海却不应该也不至于是这个倒霉的313。恰恰相反，几十年过去，他可能眼下还活得好好的，比如在某个工厂退了休，鼻梁上架一副深度老花镜，背着手的小驼背在街上闲逛，看老街坊下棋或打牌，跟在那些广场舞大妈们后面，耸肩撅臀地比画两下子。他身边应该有一条狗，有一个总是泡上浓茶的保温壶，还有夕阳里江面上一片灿烂的光波，南方深广无际的秋天。

很可能的是，他仍住在那条小巷，那个电线杆旁边的红墙小屋。大概是把一个地址住久了，习惯了，就不想离开了。儿子去年给他一沓票子，说什么年月了，把房子翻修一下吧，他也支支吾吾一直没动手。

夏小梅，事情是这样吗？夏小梅，如果你看到我这一篇文章，请理解我没有采用你和你家人的实名，但相信你不难从中读出熟悉的往事，不难知道我在说什么。你肯定没有忘记那一切。如果你愿意，如果你没有特别的障碍，你可以通过杂志编辑部联系我，告诉我你失联后的故事，告诉我你哥眼下或许就是我说的这样。

你是否还会继续保持沉默？

（原载《收获》2016年第4期）

我们聚会吧

◎范小青

校庆的时候，许多年不见的同学重新又见面了，先是参加校庆大会，然后各年级各班级分头活动，那叫一个热闹，那叫一个激动，差不多就是失散多年亲人团聚那样子。

我和大家的情况略有不同，我是转学来的，转来时上五年级，到了该上六年级的时候，学校停课了，大家散了，后来就不知道了。所以我其实只在这所小学上了一年学。

可一年的时间也是时间呀，一年的同学也是同学呀，一年的时间里同学之间可以发生很多事情呢，何况五年级同学已不同于小同学，我们已经开始长大了。

我至今还记得我们班上的头面人物，一个叫刘国庆，一个叫王小兰，一男一女，两个人物，用现在的话说，那是两个魔头，专找同学的碴，连老师也敢欺负，老师也拿他们没有办法，只好用了招安收买的办法，叫他们一个当班长，一个当副班长。

人物也好，魔头也好，他们倒没有欺生，没有和我过不去，不知道是因为我这个人向来低调，不惹事，还是他们另有心思，没工夫和我计较。

这一说就好多年过去了。我听说母校校庆有纪念活动，就来了。可奇怪的是，我没有找到我当年所在的五年级（五）班的同学，在大操场的人群中挤来挤去，想看看有没有熟悉的面孔。可是我又想，怎么会是熟悉的面孔呢，我和他们只同了一年学，本来记忆就不够深刻，何况已经过去几十年了，那本来就不深刻的记忆，恐怕早已经淡出了。至于那两个人物，我虽然记得清楚，但记忆中的他们，还都是小孩模样，谁知道后来他们都长成什么样子了。

所以我猜想他们可能都来了，但是我认不出他们，他们也一样认不出我。

好在大会之后还有小聚会，一旦回到自己的班级，总会勾起一些沉没了的回忆。我只要找到我们班的活动地点就行。

这也不难，母校考虑得十分周到，在操场的入口和出口处，都竖起了巨大的指示图，从指示图上，可以找到自己所在班组的活动场所在哪里。

那许许多多的班级，被写在一个又一个的小框框里，由许许多多的线条牵扯着，很像一棵大树无数的树枝上，结了很多的果子，虽然有些凌乱，但毕竟是同根生的。

一开始我还是有点奇怪，为什么标明的班级都要用小框框起来呢，后来很快就发现了，写在框框里，让寻找的人注意力更集中，更便于发现。

我沿着这些线索，逐一认真搜索，一个又一个的框框从我眼下滑过去，因为指示图的高大，我必须得仰着脖子。

奇怪的是，我找了又找，却没有找到我的班级——五年级（五）班。

我停下来揉了揉又酸又胀的脖子，再耐下心来，沿着各条线索重新再找一遍，又找一遍，直找得眼花缭乱，头晕目眩，始终没有看到我的班级。

我忍不住问旁边的一个校友，他看起来和我年纪也差不多，他也在寻找他的班级，我说，怎么没有五年级（五）班。他朝我笑了笑，说，五年级（五）班？你这个说法不准确的，应该先找到年份，每一年都有五年级（五）班，你是哪一年的五年级（五）班呢，你看看这里，还有1951年的呢，如果是1951年上五年级？那是几岁？看起来你还没那么老呢。

我被他说得有点难为情，但也醍醐灌顶了，我赶紧搜索我的那个年代，果然有啊，五年级从一班到四班都赫然在榜，但是偏偏没有我所在的五班。

旁边那个陌生而热情的校友指了指大图，对我说，这些框框，都是由各个班级的同学中的牵头人牵出来的，如果同学中没有牵头人和校方联系，校方哪里考虑得到那么多届那么多班那么多同学，一百年了呢，好多班级肯定是全班覆灭了。

我又听明白了，也就是说，如果我们的班级没有出现在指示图上，就说明我们班没有人站出来做牵头人，没有和校方联系上。

这是群龙无首。难怪我在人群中找不到我的同班同学，他们不知道散落在哪个角落呢。

那个校友已经找到了他的班级，他高高兴兴地准备走了，可是看到我仍然傻傻地站在图前，一筹莫展，他又好心了，告诉我说，校方为了方便同学联系，特地建了网站，你可以到网上去发帖子，寻找自己的同班同学，有好多人，都是这样联系上的，也有是老师出面的，像班主任之类，总之，毕竟是母校，无论多少年过去，大家还是有感情的。他意犹未尽，临走时还说，你还可以在那里边建一个吧，这样就更方便，只要是你班上的，看到了，有人会到吧里来的。

校庆这一天，我没有碰到我的五年级（五）班的同学，也许他们都在场，也许我们擦肩而过，但是我没有和他们接上头。我回去以后，按照那个校友的指点，上了母校的网站，发了帖子，并且建了一个某某年五年级（五）班吧。

没等多久，我同学已经来了。

第一个进来的同学网名叫"吧里横"，按照他的自我介绍，因为经常出入各种贴吧，不是楼主就是沙发，有瘾，不抢会难受，这一次在同学中也依然抢了沙发。

我问他真名是什么，他还跟我调皮，说叫"李猜"。

他大概知道我想不起来班上有"李猜"这个人，才又说，李猜就是叫你猜。然后他反过来问我叫什么。

我才停顿了片刻，他那边已经有反应了，不愧是"吧里横"，速度够快，他说，你应该回答我，你叫李一猜，就是你也猜。既然我让你猜，你也得让我猜猜是不是？

我不觉得这样有意思，你猜我我猜你，这是要哪样，同学之间还捉迷藏？我直接告诉了他我的名字，我叫周子恒。

他立刻"哈哈"起来，原来是你小子，你小子那时候就是个人物，专门欺负女同学。

我有点疑惑，他说的是我吗，我只在那个班里待了一年，我有那么霸道吗？

我又想，还是别瞎怀疑了，好不容易联系上一个同学，可别因为已经很久远的那一丝丝一点点的不确切，把人家给吓跑了，我赶紧承认说，嘿嘿，那时候，就那样，嘿嘿——

就这样，隔三岔五，就有同学进来，过了不久，在我五（五）班吧里，已经有十来个同学了，同学集中了，就自然会想起老师，我同学说（五）班班主任是俞老师，叫俞敏秀。

紧接着出现了令我们十分欣喜的事情，俞老师真的来了。我虽然暂时还没有想起我班主任到底是姓俞还是姓什么，但是看到同学都欢欣鼓舞，我也就毫无疑问地跟着同学一起认了班主任。

　　对了，说到这儿，我记得的那两个人物还没有出场，我在吧里把这个事情牵了出来，为了唤醒大家可能已经沉睡的记忆，为了调动大家对于刘国庆和王小兰的兴趣，我把我所记得的他们的事迹夸了张后写出来，简直就是一篇乡愁美文。

　　同学们看了我的回忆录，认为我写得很传神，写活了那两个人，并且因为这两个同学的活灵活现，让大家重新回到了小学五年级时的情景之中。当然在某些细节上，同学们也会出现分歧，比如一个同学说，我记得王小兰，别人都扎两条小辫，就她披头散发，像个鬼。

　　另一个同学就不同意，说，不对吧，你记错了吧，我记忆中的王小兰才不像鬼。

　　再比如关于刘国庆的身高，有同学记得他长得很高，也有同学说他是个矮个子。

　　虽然出现几个不同的版本，但都是鸡毛蒜皮的小问题，所以我必须说，这都正常，很正常。

　　难道不是吗。

　　我相信关于刘国庆和王小兰的回忆，以后还会继续下去，因为他们两个始终没有出现在吧里。

　　我五（五）班吧并不是专门为他们两个开设的，他们不出现，自有其他同学出现，现在同学已经聚了一些，班主任老师也来了，很快我们就互相加了微信，而且肯定是要建个群的，为了取个不同于一般的群名，大家都很费思量，想了许多个，结果越多越觉得没有合适的，越多越觉得显示不出个性特点，有人提议用母校所在的地名，有人提议用母校的一棵树的名字，有人提议就用班级名，更多的同学想出很多成语，比如"情深似海"，比如"情同手足"，比如"情投意合"等，虽然情意浓浓，但水平实在一般。

　　最后还是老师胜我们一筹，俞老师建议叫"野渡无人"。

　　我同学很崇拜老师，他们也许并不太清楚用"野渡无人"做群名到底是什么意思，几个意思，但他们都无条件纷纷点赞。其实我心里明白，这个群名好像是我老师从我的名字中衍生出来的，我叫周子恒，和"舟自横"谐音，野渡无人舟自横。

虽然人数还不够多，但已经是一个像模像样的组织了，我觉得时机差不多了，可以向母校报到了，下次校庆的时候，在指示图上，也会有我们的一个小框框了。

母校网站的首页上有"联系我们"这个栏目，我发帖上去，说我们五年级（五）班找到组织了，向母校报个到，今后母校有什么活动，可以直接和联系人我联系，附上了我的邮箱和手机号。

接下来的事情，就是相约聚会了。我同学热情高涨，都说可以AA制，但我说我的经济条件还可以，何况我是牵头人，所以最后由我订了饭店，发了通知。

虽然相逢不相识，但毕竟有隔不断的同学之情，我们像真正的老同学一样热烈拥抱。都见上面了，也不穿马甲了，真姓大名都坦白出来了，果然有时代特色，建国，卫国，爱国，爱民，爱平，之类，我问他们哪个是让我猜的"李猜"，就是"吧里横"，没有人肯认，都说不是自己，我也没跟他们计较。

女生的名字则是另一种样子，普通，而且带个"小"字的特别多，小萍，小燕，小红，小什么。

那时候做家长才懒惰，哪像现在的家长，为孩子取个名，都要把最难认的字找出来。

据说有一个孩子叫墼甂。

还一个叫赟蕙。

关我何事？

我还是关心我同学聚会吧。我同学纷纷回忆和诉说当年发生在班上的故事，一个同学想起了他把前排女同学的辫子绑在椅背上的事情，另一个同学又想起了用弹弓打了老师的脸，还有一个同学说她那时候已经知道暗恋，恋的就是班长刘国庆。

我同学嗓子都说哑了，眼眶也说红了，他们越来越投入，越来越像真的，我的眼睛却渐渐地模糊起来，心里也渐渐地疑虑起来，我在旁边细细观察，一个同学的年纪似乎不太对，他比我们都年轻，脸上皱纹很少，难道他拉了皮？

怪恐怖的。还有一个同学，他说他叫李小丽，能够吗，这不明明是个女生的名字吗？再一个更有古怪，我注意到他一进门就很心虚，用慌乱的眼光对着每一个同学瞄来瞄去，不知道这又是几个意思。另一个女生也挺有意思，她端坐的姿势和她的眼神，不像是参加同学聚会，倒像是警察来查案，或者至少也是巡视组来巡视观察的。

就在我思想开小差的时候，不知道是谁起的头，我同学已经开始共同回忆当年发生的一个重大事件。

回忆总会有误差的，但是在刘国庆和王小兰打死俞老师的这个事情上，大家似乎都记得很清楚，差不多得出了完全一致的结论。

我同学一发而不可收了，我却成了旁观者，但毕竟旁观者清，我感觉他们记错事情了，这差错太大了，如果打死的是俞老师，俞老师怎么还会出现在我们群里，我们的群名"野渡无人"还是她给取的呢。

我小心提醒我同学，你们是不是记错了，被打死的是俞老师吗？

我同学异口同声地说，不会记错的，打死的就是俞老师。

我魂飞魄散了，赶紧躲到一边，用手机登上母校网站，向维护管理网站的老师求助，那老师说，这位同学，你怎么又来了，请你别开玩笑了，我只是兼职维护网站，维护网站也没有减少我的课时，我没有多余的时间和你们乱开玩笑。

我又奇了怪，向组织报到是乱开玩笑吗？

我老师跟我说，你怎么不是乱开玩笑，我们学校，你的那个年级，根本就没有五班，总共招了四个班，哪来的五年级（五）班？

我晕了一会儿，慢慢清醒过来，不能够啊，难道我上的是一个不存在的班级，老师您可不带这么玩的，我理直气壮地说，老师，您一定是记错了，要不您再认真核查一遍，难道一个班级会平白无故地消失了吗？我怕我老师又用什么话来堵我，赶紧又换了个思路以攻为守，我说，老师，如果真没有的话，那我是谁呢？我明明上的是五年级（五）班，五班却不存在？

我老师说，同学，我又看不见你，我怎么知道你是谁，反正你那个年级就是没有五班，这是历史的真实，这是铁的事实，谁也无法改变的。

我必须强词夺理，我说，老师，据我所知，我母校每一个年级招生都是五个班，为什么到我们那一年，就只招四个班呢？

我老师有备而来，才不会被我问住，他回复我说，他早就去请教过学校的老校友，老校友告诉他，那一年闹饥荒，饿死了好多孩子，招不满五个班，所以只有四个班，你刚才说得不错，每一年都是招五个班，但是你们这个年级，恰好是我们学校这么多年唯一的一个例外。

我好像听到"嗖"的一声，难道是我的灵魂出窍了？难道我们五（五）班的同学都是饿死鬼吗？

我赶紧说，老师，不对的，不对的，我们都好好地活着，我们不是鬼。

我虽然看不见我老师，但我知道我老师真生气了，我赶紧抬出另一个老师来缓和气氛，我说，老师，您别着急，我们五（五）班，不仅有同学，还有老师，俞老师，她也和我们在一起，难不成老师还会骗人吗。

我老师立刻反问我，你说俞老师？哪个俞老师？

我更加理直气壮，俞老师，俞敏秀老师，我们当年的班主任。

页面上立刻出现了一个惊悚的骷髅头，同学，你吓死本宝宝了，俞敏秀老师？俞敏秀老师早就去世了，是被同学打死的。

幸好我已经习惯了我老师的一惊一乍，我沉着地追问，老师，你说俞老师早已经去世，那是什么时候，老师你查到了吗？

我老师说，这事情还需要查吗，你自己想想，就知道那是什么时候。

谁打的？

据说一个叫刘国庆，一个叫王小兰。

我又赶紧问，那，这两个同学被枪毙了吗？

枪毙？开什么玩笑。据说那是很混乱的时候，很多小孩子一起围上去打一个老师，打死老师后，大家都散了回家吃晚饭，谁也没法追究。

现在我越来越镇定了，我说，老师，关于刘国庆、王小兰打死俞老师的事情，你的说法和我同学的回忆是一致的，这说明什么，这说明我同学是存在的，我五班也是存在的。

我老师简直像是百度百科，永远都可以对答如流，他很快回答我说，这也不一定，我曾经在微信圈里看到过类似的故事，就是小学生打死老师的故事，所以我们现在说的这件事情，也可能发生在别的学校。

我又立刻顶上去说，老师，你只要查一查学生名册，有没有刘国庆、王小兰，就知道了。

我老师说，同学，你这是存心为难我，你让我怎么查，连你们这个班都没有，哪来的学生名册——最后我老师终于怕了我的纠缠，他干脆到学校档案室，找出了那一年的班级名册，拍成图片发给了我。

有图有真相也还是击不垮我重回母校怀抱的坚定意志，我说，老师，如果你坚持说没有五（五）班，那我呢，我到底是哪个班的？

我老师毫不客气地说，如果你坚持你是五班的，那么我得出的结论就是：你并不存在。

我这才相信了吗？

我相信没有我们这个班吗？

我相信没有我这个人吗？

我回到同学聚会的场景中，我再一次细细看着他们的脸，我发现他们有破绽，却没有发现他们都是鬼。

我要毫不留情地揭穿他们，我上前大喝一声，呔，你们别造了，根本就没有这个班，没有五（五）班，你们都是不存在的，坦白吧，你们到底是谁？

我预测我同学都吓尿了，都吓得坐地上了。

可是没有。

我同学都很淡定，他们是淡定哥淡定姐，他们还说了淡定的话，看庭前花开花落，望天空云卷云舒，等等。

我却是上蹿下跳，狂风暴雨，我说，你们别跟我开玩笑，小心我让你们笑不出来。

我同学都笑出来了。

然后，然后，出乎我的意料，他们竟然挨着个儿，一个一个的，真的开始坦白了。

一个同学先说，我叫李小丽。

我立刻说，你明明是个男生，怎么叫个女生的名字？

李小丽说，李小丽不是我的名字，是我太太的名字，我太太死了，学校不知道，前几天还给她发了校庆的请柬，我很想替她参加校庆，可那天有事没去成，我就到她母校的网站上看看，看到了你五班——

我急切打断他说，李小丽说过她是五班的吗？

李小丽说，没有，我不知道她是几班的，因为你五班正在谈论刘国庆、王小兰，我记得在哪里知道过他们的名字，但他们不是我的同学，想来就是我太太的同学了。

我继续追问，你既然进来了，你为什么要扮成高冷比，一言不发？

李小丽说，我是代表我太太进来的，我太太是个孤独的人，尤其不喜欢和熟人打交道，所以我只看看，不说话，这样，她就算死了，也会很安心的。

李小丽说过之后，纪爱民说了，我坦白，我是四班的。

我气急败坏说，你是四班的，那你明明知道没有五班是不是，你还冒充五班的进来捣乱？

纪爱民说，我不是来捣乱的，我是来寻找存在感的，我在四班混得不行，人家一个吃鸡塞了牙缝，另一个人便秘了，都被狂赞，可我的信息永远石沉大海，无人理睬，在那个四班，我根本就不存在。

我尖刻地说，那你就干脆找一个不存在的班。

纪爱民说，可是我找了不存在的班以后，我存在了呀，我现在是"野渡无人"里的群红，难道不是吗？我不是你们的灵魂人物吗？

他是。

接着有一个叫杨卫国的坦白说，我记性不好，我不记得我是哪个班的，那四个班我都去认过，可他们都说我不是他们班的，那只有到五班来了，我不是来看热闹的，我是来认祖归宗的。

我嘲讽他说，结果认了个空。

杨卫国无所谓地说，认空就认空，反正我已经在这里了。

又一个女生说话了，她就是那个开始一直端坐着观察大家的同学，只是她现在完全改变了刚进来时的姿势，放低了姿态，她说，我承认我不是五班的，其实是不是五班我才不在乎，是几班我也不在乎，我在闺蜜群里，被闺蜜卖了，我在辣妈群里，被辣妈骗了，我进到同事群里，直接影响我升职了，所以我想到一个陌生的地方来看看。

这也可以算是一条逻辑。

可我不能服了他们这样的逻辑，虽然我同学个个振振有词，把一个明明不存在的事情造得那么有存在感，幸好我还有一个不知死活的老师呢，我得赶紧把她抛出来，我说，那俞老师呢，她早就被打死了，难怪她今天没来，但是她怎么会在我们群里呢，难道现在鬼也能入群了吗？

奇怪的事情发生了，那个脸上没有褶子的年轻的同学站了起来，沉沉稳稳地说，谁说我是鬼，谁说我死了，谁说我没来？

好像他就是俞老师似的。

冒充谁不好，要去冒充一个死人？

而且他都没有男扮女装。

我的年轻的同学把身份证拿了出来，说，我是路人甲，你们可以看看我的身份证。

其实他一开口，我就听出他的口音，不过并没等我戳穿他，他已经抢先说了，我从外地来。

真是闻所未闻，大开眼界，我说，你特地从外地赶来冒充俞老师？

我的年轻的同学说，我没有冒充，本来就没有俞老师，何来的冒充——接着他也和大家一样坦白了，他是输错了网址错误地进入了我母校网站，又误打误撞进入了五（五）班，发现我同学在吧里找俞老师，而且这个班上还有刘国庆和王小兰，他就直接用"俞老师"的名字进来了。

我追问他，你既然是路人甲，和我们完全无关，你进来干什么？

俞老师说，我认得刘国庆、王小兰和俞老师。

我气得大声叫嚷起来，你胡说，连五班都没有，怎么会有五班的同学和老师？你怎么会认得他们？

俞老师说，他们是我创造出来的，换句话说，就是我瞎编出来的，我是个作家，我写过一篇小说，小说题目就叫《五（五）班》，班上有刘国庆和王小兰，他们小时候打死了俞敏秀老师——我就知道，原来艺术和生活是完全重叠的——所以我当然要到你们这里来，你们这里的东西，就是小说嘛。

我同学兴奋起来，纷纷向俞老师请教胡编乱造的经验，我可着急了。

我怎能不着急，现在他们一个一个地露出了原形，只剩下我了。

我是谁呢，我怎么会出现在这个不存在的五班呢？

想到我，你们难道没有毛骨悚然吗？

我是一个不存在的人？

我是一个鬼魂？

我是一个精神病患者？

我是一个穿越而来的古代人、未来人、外星人？

或者——

我是这个学校的学生？

我不是这个学校的学生？

我是五年级？

我不是五年级？

也或者——

我是刘国庆，我老婆叫王小兰？

我是刘国庆和王小兰的儿子？

我是俞敏秀老师的女儿？

我就是俞敏秀老师？

我问了自己无数个问题，可我发现我同学根本不关心我是谁，我忍不住责问他们，你们都知道自己是谁，你们难道不想知道我是谁吗？

我同学异口同声说，我们怎么会不知道你，你是群主嘛，"野渡无人"的群主。

我赶紧解释，我指的不是群里的我，而是真实的我，现实中的我，你们不想知道吗？即使你们不想知道，可我自己很想知道，你们不能帮助我把自己找出来吗？

我同学和我老师七嘴八舌：

你是谁不重要。

重要的是我们不知道你是谁。

更重要的是我们聚会了。

或者，我同学再进一步开导我，听说过一句话吧，不要和熟人打交道。

我说，我只听说过不要和陌生人说话。

我同学说，你那是旧社会的想法了。

总之吧，我同学我老师他们都不想知道我是谁，而且也不想让我知道我是谁，其实我很想知道我是谁，但是大家不这么认为，我也就从众了吧。

其实后来我也想通了，我到底是谁，确实不那么重要了，大家就不要追究了，我自己也不追究了。

重要的是我们聚会了。

更重要的是聚会成为我班的新的里程碑。

聚会以后，我们同学老师间的感情渐渐地深厚，互相间的了解也渐渐地深入，后来我们甚至越来越熟悉，越来越亲热，我们每天晚上睡觉前，都会狂聊一通，谁去上个厕所回来，至少又多了几百条，每天早晨大家都抢着升群旗，唱群歌，互祝早上好，互祝新一天好，在马桶上要坐一个小时，多人长了痔疮。

后来，我们真的成了像亲人一样的熟人了。

于是，再后来，就和许许多多的群一样，我们就渐渐地，疏远了，渐渐地，没有声音了。

过了不多久，"野渡无人"就真的无人了。

（原载《北京文学》2016年第4期）

烈日，亲戚

◎吕　新

一

东胜庄的大姑姥姥对于小青说，往后别让你妈给我买点心了，乱花钱。真想买，还不如买两瓶去痛片呢。

窗户上糊的全是纸，有点儿发黄的麻纸，麻纸上有褪了色的公鸡、小猫、小鸟、小花和鱼。整个窗户上没有一块玻璃，所以屋里的光线总是像晚上，于小青来了的时候就感觉到了，感觉不是走进一户人家，是顺着一个暗暗的斜坡到了地下。外面那么火辣的天气，热气像海水一样在颤动、摇晃，可一走进大姑姥姥的家，脸上顿时就凉了下来。

看见于小青有些疑惑，大姑姥姥就又说，点心好不好，当然也好，可和去痛片比起来，那还是不能比呢。

这话，于小青一开始不信，也听不大懂，但后来终于信了。她推开大姑姥姥家的那扇黑漆漆的木门，从外面的烈日下走进来的时候，看到的第一个情景就是大姑姥姥盘腿坐在炕上，一只手伸开，手掌里堆着满满一把白色的药片。大姑姥姥的上半身慢慢地摇晃着，感觉像是坐在一辆车上或船上，隔一会儿，拿一片药放进嘴里，仔细地含着，抿着，不用牙嚼，就等它自己融化，一融化干净，马上再拿一片放进嘴里。

如果有人来和她说话，大姑姥姥就一次拿三四片去痛片放进嘴里，含着，用舌头按住它们，不让它们在嘴里乱动乱跑，因为它们要是乱跑乱动，就会影响她说话。也不能总按着，偶尔也会解放它们一下，用舌头推着，让它们从一个腮帮运动到另一边的腮帮上去。做这些的时候，完全只靠舌头在嘴里悄悄地做，并不影响她和人说话。

嚼碎了吃？那多可惜哩。大姑姥姥说。

至于于小青说的用水一下送下去，大姑姥姥更是觉得不可思议，用水一下送下去，好好的东西，那不都糟蹋了么。

一个上午或者一个下午的工夫，那满满一把去痛片，大姑姥姥都要把它们含化了。

二

忽然听见一阵嗵嗵的很有力气的脚步声从外屋传来，很快就见一个身体很结实的姑娘走了进来，于小青看见她的短头发像草一样，身上背着一筐干牛粪，一进来就先擦汗，抬起一只手在脸上抹。大姑姥姥把她叫住，指着坐在炕沿上的于小青，说：

叫姐姐。

却不叫，也不说话，只是使劲地看着于小青，笑着，筐子还背在身上。

大姑姥姥对于小青说，她叫顺顺，是体仁舅舅的女儿。

就给我留下这么一个愣女子。大姑姥姥说。

体仁舅舅就这一个孩子？于小青问大姑姥姥。

小的那个跟她妈走了，大姑姥姥说。走时还不到一岁。

顺顺那时候多大？于小青问。

五六岁？六七岁？大姑姥姥说。记不清了，反正是没有妈也能活了。

顺顺使劲地看着于小青的脸，又使劲地看着于小青身上的衣服，看着看着，忽然伸出手在于小青的裤子上摸了一下。

不敢摸！大姑姥姥喝斥道。看你那脏手。

没事，于小青对大姑姥姥说。让她摸吧。

那也得把手洗净了。大姑姥姥说。

三

大姑姥姥说，顺顺小的时候，每逢头发长了，大姑姥姥就领着她，到处去央求人给她铰头发。别人有事，正在忙，她们就在一边等着，等到人家忙完了，就赶快把顺顺推过去。慢慢地看得多了，大姑姥姥发现铰头发也不是个多难的事，就不再到处去找人了。顺顺的头发一长了，大姑姥姥就用家里裁衣服的剪子给她铰一下。

于小青说，真不知道大姑姥姥还会剪头发。

大姑姥姥说，铰短为原则，反正她也不懂得好看不好看。

于小青说，可以给她留得稍微长一点儿，毕竟顺顺是个姑娘，头发总得到了脖子那儿才好看一些。

大姑姥姥说，不行，你不知道，一长了就长虱子、虮子，我又看不清，她也不会捉。

不到一天工夫，顺顺就已经喜欢上了这个以前从没见过面的姐姐。于小青按住她的脖子，给她洗头发。顺顺弯着腰，水盆放在原来的猪圈的墙上。于小青看见她的胸前鼓鼓囊囊的，比于小青自己的胸前还要饱满。

第一盆水完全不能要了，于小青把顺顺的头发捞出来，看见水面上漂了一层虱子，有的还活着，还在游动。于小青屏住呼吸，忍住恶心，把盆里的水倒掉。

顺顺说，姐姐，洗完了？

于小青说，别动，还没有呢，还没开始呢。

换了第二盆水，把头发放进去，水面上还有虱子，不过已经少多了。这一盆水不能再倒掉了，于小青就捞鱼一样在水里捧起两捧水，洒出去。干黄滚烫的泥地，水一上去，立即传来一阵咝咝的响声，很快就渗没了。

于小青抓着顺顺的头发，心里想，那么热的地，鏊子一样，那些虱子肯定也都熟了。这么一想之后，她不禁干呕了一声。

找了半天，大姑姥姥家里只有一块灰黄色的肥皂，于小青就拿着那块肥皂在顺顺的头发上反复地蹭。黄浓的阳光照在背后，有针扎的感觉。顺顺好像也觉得有针在背后扎，不时地伸上来一只手，在背后抓挠。于小青问她干什么，顺顺说又痒又扎哩。于小青说，坚持一会儿，一会儿就洗完了。

顺顺说，我能坚持。

头发上终于有白沫起来了，于小青一边揉搓，一边问顺顺，你还知道坚持？坚持是啥意思？

　　顺顺低着头，脸朝着水，可能有水流进眼睛里去了，吭哧了半天没有说话。她的头摆了两下，接着又伸上来一只手揉眼睛。于小青用干毛巾给她擦了一下眼，她马上就不再揉了。这时候她告诉于小青说，坚持就是能忍住的意思。

　　又说，别人拿火烤你，你没跑。

　　于小青活动了一下自己的有些酸痛的腰，说，谁拿火烤过你？

　　顺顺想了一会儿，说，王志强。

四

　　洗完头，又洗脖子。

　　把顺顺身上的那件贴身的小褂脱去，看了一眼顺顺的脖子，又用手摸了摸，于小青心里不禁叫了一声苦。顺顺脖子里的脏和黑，不是短时间里积攒起来的，摸上去感觉又粗又涩，一看就知道比头发要难洗多了。先用刚才涮过头发的那盆水洗了第一遍。顺顺一会儿说疼，一会儿又说痒，不住地动来动去，远没有洗头的时候那么听话那么配合。要不是于小青按得紧，好几次她都想从于小青的手下逃脱出来。

　　于小青一边使劲地搓，一边说，车轴也没你这么黑呢。

　　于小青没有发现，顺顺的眼泪其实已吧嗒吧嗒地掉到了水盆里。

　　于小青说，你这哪像个姑娘。

　　直到忽然看见顺顺的两个肩膀一抽一抽地在动，于小青才发现顺顺哭了。她停住手，问顺顺，怎么哭了？搓疼了？

　　顺顺点点头。

　　于小青说，不搓不行呀，不使劲也不行，不使劲根本洗不净。你忍一忍行不行？你刚才不还说你能坚持么，再坚持一会儿。等洗完了，顺顺就是一个干净漂亮的大姑娘了。

　　宽宽的背，厚厚的肩膀，没洗以前，头发看上去又厚又多，现在则看上去顺溜多了，头发似乎也比先前精简了不少。于小青一边洗着顺顺的脖子，一边看着她的身体。女人的头发好像也不能太多，太多太厚了，会给人一种不洁的感觉。如果不是今天给顺顺洗头，她还不会有这样的一种认识。脖颈，肩膀，后背，腰，腰以下的部分……需要清洗的地方太多了，会没完没了地洗下去。但于小青决定洗完脖子以后就不再往下洗了，一来是顺顺不愿意再坚持了，二来她自己的腰也又酸又困，好像要断了一样。

几只鸡卧在窗台下，在黄白的阳光里闭着眼睛。

五

村里有一个在水泥厂工作的人，说是要送给大姑姥姥一盒去痛片，大姑姥姥吃完晌午饭就去了。等她顶着大太阳，拿着药回来以后，看见顺顺站在家门口笑着。大姑姥姥的心情也很好，一边晃动着手里的药，一边看着顺顺，说，这回像个人了。

于小青也注意到，自从洗完头发和脖子以后，顺顺就一直笑着，在院子里走来走去，不时地用手摸着光滑湿润的头发。

大姑姥姥放下药后，又出去了，院子里又剩下她们两个人。

于小青说，顺顺，你妈呢？

顺顺说，走了。

于小青说，知道她去哪了么？

顺顺说，不知道。

于小青说，奶奶没有告诉过你么？

顺顺说，告诉过，我忘了。

堂屋的门口本来是一片阴凉地，她们坐了一会儿，于小青觉得身上很热，一抬头，发现太阳不知什么时候已经移过来了，她和顺顺正坐在晃眼的光线里。顺顺却好像并没有发现热，低着头，往碗里剥豆子。于小青把身下的小板凳往里挪了挪，挪到亮光照不到的地方，又让顺顺也挪了过来，两个人的脚对齐了那条划分出明暗的分界线。

于小青问顺顺，头发洗干净好不好？

顺顺说，好。

于小青说，那以后就要经常洗呢。经常洗，头上就没有虱子了。

顺顺说，为啥？

于小青说，为啥？你经常洗，它们就不敢再来了，因为你一洗，它们就都没命了，就都活不成了。

顺顺眨着眼睛想了一会儿后，说，水淹死了？

于小青愣了一下，说，对，也能这么说，水把它们淹死了。另外呢，是因为你干净了，它们也就不来了，它们不喜欢干净，喜欢不干净。你要是不干净呢，它们就互相传话，招呼同伴，一传十，十传百，说快走哇，有一个特别好的地方，最适合咱们去住了。众人听了，就纷纷地都来了。你知道它们说的那个特别好的地方是哪儿么？

顺顺说，不知道。

于小青说，怎么能不知道呢，就是你的头发呀！它们说的要来住的那个地方就是你的头发里，大队人马哗哗地就都来了。也可能最早先来的是一对夫妻，两口子，要在你的头发里住下来，开荒种地，安家落户，生孩子，过日子，孩子长大了再生孩子。

虮子。顺顺说。

于小青说，对，一茬一茬的虮子，一代又一代的虮子。小时候叫虮子，长大了就都成了虱子了。

我不想让它们来住。顺顺说。它们咬人。

于小青说，所以那就要经常洗头，梳头，你干净了，它们就不来了，再看见你，它们就会绕着走，去找别的不干净的人。它们说，啊呀，情况有变，形势很不好呢，不能再去顺顺那里住了，顺顺现在干净得不得了，咱们去了，要吃的没吃的，要喝的没喝的，都会活不下去呢。就再也不会来了。

它们去哪儿了？

去……去找别的那些不干净的人去了。

说着这样的事，顺顺却不知想起了什么，忽然说，奶奶有一筐去痛片呢。

于小青吃了一惊，说，在哪儿？我怎么没看见？

看见姐姐这样问，顺顺就歪着头开始想。

六

半夜里，于小青忽然醒了，一种热乎乎的东西流到了她的腿上，用手一摸，又湿又黏。她急忙坐起来，寻着火柴，点亮了灯。把灯拿过来一照，看见身下的裤子上全是血。一开始她吓了一跳，以为是自己的，再一细看才看清楚，都是从睡在她旁边的顺顺的身下流过来的。她用手推顺顺，顺顺却没有反应，睡得死沉死沉。她又叫了两声顺顺的名字，顺顺睡得还是像先前一样那么踏实，一点儿没有听见。

于小青伸手在顺顺的露在外面的背上狠狠地打了一巴掌，顺顺终于醒了，揉着眼睛，迷迷糊糊地坐起来。

这么大的姑娘了，来了月经，也不懂得把自己拾掇干净一点。于小青对顺顺说。你看看，你看看血流到哪儿了？

刚坐起来的顺顺惊恐地看着于小青，好像完全不知道发生了什么。后来，她一低头，忽然看见了旁边裤子上的血，顿时就慌了，赶紧伸出两只手，去抹于小青裤子上的那些血。

于小青说，别抹，手能抹干净么？

顺顺停住手，不再继续抹了，但是两个手上已沾满了血。

于小青对顺顺说，你自己的身底下说不定更多。

这时，大姑姥姥也醒了。大姑姥姥对于小青说：

快去拿草纸，地上的那个板箱里。

于小青从炕上下来，打开大姑姥姥说的那个板箱，拿出一摞枯黄的草纸。

也打过，大姑姥姥说。因为这事，也没少打过她，可就是记不住。

把草纸放到枕头边，于小青先端来半盆水，把顺顺的那两只沾了血的手洗干净，怕她到处乱抹。接着就用草纸擦拭裤子上的血，一张纸上去，一下就湿成一团，两张也能洇过来。擦了一会儿，总算不像一开始那么湿了，草纸虽然很吸水，但是却留下了擦不去的血迹。于小青把染了血的裤子从炕上撤下来，放到地上。顺顺的裤子上当然也有血，但顺顺不愿意换，于小青就把好几张草纸摞起来垫到她的身下。

于小青又端来半盆水，要给顺顺清洗一下她的腿，可是顺顺用被子把自己捂得紧紧的。大姑姥姥也说，算了，给她拿草纸擦一下垫一下就行了。

大姑姥姥又问被子染了没有？于小青看了一下说，被子没染，好好的。

撤掉了褥子后，就剩下席子，于小青就把被子的一半铺在炕上，当褥子用，另一半盖在身上，像一个又能打开又能合上的合页，她一会儿就要睡在那个合页里。铺被子的时候，于小青特意让被子与顺顺身下的褥子拉开了一点儿距离，距离也不需要多大，有半尺宽就足够保证顺顺那边的血不会再渗过来了。

大姑姥姥对于小青说，咱们换一下，你到我这边来，我到你那儿去，我挨着她。

于小青说，不用啦大姑姥姥，我这就挺好。

大姑姥姥对于小青说，两年前顺顺开始来月经，因为不会处理，一来了就慌了，常常弄得家里到处都是血，墙上，炕沿上，常有血手印子。自从顺顺来了月经，大姑姥姥经常去供销社给顺顺买草纸，可是顺顺从来不懂得用，大姑姥姥今天刚教完，她明天就又忘了。最关键的是，她啥时候来，从来不说，只是一个人在那里偷偷地鼓捣，因为不能及时发现，想帮她都帮不上。每次血一来了，就到处拽棉花，她以为只有棉花才能把血止住并擦干净。家里的两个棉袄，一条棉裤，里面的棉花差不多快要被顺顺拽光了，掏空了。

大姑姥姥，于小青，顺顺，她们三个人重新躺下。

吹灭了灯以后，屋里又黑了。不一会儿，顺顺就又睡着了。

大姑姥姥说，你看看这愣的，一翻身又睡着了，倒好像这血是咱们两个流的，和她一点儿瓜葛也没有呢。

愣成这样儿，将来谁要？没人要。

黑暗中，大姑姥姥又说。

我明天好好教教她。于小青说。

教了也记不住。

于小青盯着麻纸的窗户，外面的树头浅浅地映在窗户上。

你老也不来，一来了就碰上这事。大姑姥姥说。半夜三更的，这要是个外人，会让人家笑话呢。

于小青问大姑姥姥，顺顺十七了？

虚岁十八了。大姑姥姥说。

大姑姥姥对于小青说，她不敢让顺顺出聘，连个月经也不会弄，这要是将来到了婆婆家里，给人家闹得到处都是血，这儿染一下，那儿抹一把，满世界都是，那还不让人家把她打死，嫌弃死？正常的媳妇，当婆婆的都看不顺眼，更何况是她这样的。

不放心呀。大姑姥姥说。

有一个四十多岁的羊倌，见过顺顺，不嫌顺顺傻，也不嫌顺顺愣，说愿意娶顺顺，还专门托人来说过。可大姑姥姥觉得，都四十好几了，年龄也太大了一点儿，等顺顺到了三十多岁的时候，他已经六七十岁了，还能放动羊？还不得靠顺顺养活他？到时他一死，顺顺不就成了一个前不着村后不着店的寡妇？那就更没人要了。还有邻村的一个哑巴，年龄倒是不大，二十七八岁，也不用担心吵架，可是脾气暴躁，性格不好，据说打人时下手很重，大姑姥姥又担心顺顺过去后会挨打，受气。

咋都不合适。大姑姥姥说。

慢慢碰吧，于小青说。说不定就碰上了合适的，年龄不大，人又老实，能对顺顺好的。

能有那样的？那我倒不愁了。大姑姥姥说。

七

于小青问顺顺，知道你爸爸在哪么？

顺顺想了一下后，说，在河北。

于小青吃惊地说，你还知道河北？

顺顺没说话，却忽然害羞地笑了，眼睫毛也不再眨动，黑黑的一圈，全都垂了下来。但是后来，又像是忽然想起了什么，说不在河北，在辽宁。

于小青问，你去过辽宁？

顺顺摇摇头。从顺顺的那些隔三过二的话里，于小青听明白一点，大姑姥姥曾经打算领着顺顺去一趟辽宁，但是后来不知为什么没有去成。再问顺顺，顺顺当然也说不清楚。

八

十多年前的一天，在得知体仁舅舅被捕的消息后，大姑姥姥开始觉得头疼，当时她正在村口站着，一个人刚推完碾子，碾了一点儿黄米，出了汗，还以为是风吹着了。当天晚上，在公社信用社工作的刘文焕给了她两片去痛片，吃完，头不疼了。可是没想到，第二天，头又开始疼了。

等刘文焕天黑下班回来后，就又去找刘文焕要了两片。

谁也没有想到，这一吃，从此就再也离不开了。

先是每天三五片，吃了一段日子，觉得不顶事，就逐渐增加，十来片，二十来片。直到后来每天一把，甚至两把去痛片，就用自己的手抓一把，从没数过，也不知是多少片。

于小青说，大姑姥姥这十多年吃了不少去痛片了吧。

大姑姥姥说，少说也有一麻袋了。

平时，村里的人有人会给她一个小纸包，里面包着三五片或者十来片去痛片，大姑姥姥就把它们都小心地攒起来。人们都知道她爱吃去痛片，自己吃不了的，就都给了她。大姑姥姥说，这些年下来，人情也不知欠了多少了，还也还不清了。

九

大姑姥姥说，县里的徐政委在村里蹲点，来家里吃派饭的时候，问她有什么要求和需要解决的困难。大姑姥姥说，我也没出息，也不怕他徐政委笑话，就告诉徐政委说，别的也没有，平时就喜欢吃个去痛片。没想到徐政委就记住了。等到再一次从县里来的时候，真的给她拿来两瓶去痛片。他以为这两瓶药不少了，够她吃一年半载的，其实还不够大姑姥姥三五天吃的。

就那也得感谢人家呢，对不对？大姑姥姥对于小青说。多大的干部呢，别说给你两瓶，两片也得接住呢，也得记住人家的好呢。

徐政委来家里吃派饭的时候，也曾经打听过体仁舅舅的情况。后来回了一趟县里，又来的时候，很惭愧地告诉大姑姥姥，说并没有打听清楚，很多人都不知道。

大姑姥姥告诉徐政委，原来听说是十年，可现在已经十多年过去了，人还是没影儿。

徐政委一时也不说话了，低下头猛烈地吃饭，呼呼地喝粥，鼻尖上出着汗，一筷子夹起一大团切成细丝的金黄的腌萝卜。

大姑姥姥站在锅前，手里拿着盛饭的勺子，等着徐政委递过来的空碗。

徐政委一边埋头吃饭，用碗挡住脸，一边含糊不清地说，大娘呀，这世界上有些问题可不好闹呢，那是人世间最麻烦的问题，非常复杂，比您这一锅糊糊还要复杂得多，里面到底有些啥，谁也说不清。您这锅里都煮了些啥，您肯定清楚，可那种事不清楚呢。要是单纯的刑事问题，那倒不难了，一是一，二是二。比如，你按倒一个女人，那就是强奸犯，没说的，这种事板上钉钉，你抵赖也没用，谁说也没用。你偷了一口袋莜麦，或者一个电动机，那就是盗窃犯……这些都好认定，判几年也是有规定的。唯有……唉。

大姑姥姥站在锅前，手里拿着勺子，听徐政委说话。

徐政委放下碗，抬起头，对大姑姥姥说，大娘呀，能不能再给我切一个酸萝卜？

听见徐政委这样说，大姑姥姥放下手里的勺子，立刻到门口的酸菜缸里去捞萝卜。

吃完饭，徐政委掏出三角钱，四两粮票，放在炕上。

徐政委对大姑姥姥说，明天就不来吃饭了，要集中回去参加学习。

大姑姥姥吃惊地说，不是说要住到明年秋后才走么？

徐政委说，是紧急通知，所有下来蹲点的都必须回去。

大姑姥姥说，回去就再不来了？

徐政委说，说不上来，也许还会来，不过最早也得过了年以后了。

事实是，过了年也还没有来，这会儿，夏天早已过去了一大半，眼看又要秋天了。

十

大姑姥姥积攒的去痛片，不是顺顺所说的一筐，而是满满的一笸箩，那也非常得多呢，一根筷子插进去，转眼就看不见了。那么多的白花花的药片，有的已经发黄。于小青想挑出来，扔掉，手却被大姑姥姥按住了。

大姑姥姥说，不敢扔，都能吃。

于小青说，都黄了，早就失效了，变质了。

大姑姥姥说，比这更黄的，大姑姥姥也吃过，不妨事。

于小青说，大姑姥姥，真的不能吃了。

大姑姥姥说，能吃。

又说，就不该让你看见了。

于小青说，大姑姥姥，您就不怕吃出毛病？

大姑姥姥说，大姑姥姥吃了十来年了，你看大姑姥姥吃出毛病来了么？

那倒是，大姑姥姥身板笔挺，除了头疼和偶尔的心绞，好像再没有别的毛病。昨天从自留地里回来的时候，还能挑着一担南瓜忽悠忽悠地往家里走。顺顺也有一股蛮力气，一口袋南瓜，往肩上一搭，大踏步地就走了。作为年轻人的于小青，反而肩膀被压得生疼，走不了几步，就得放下来歇息一阵。

顺顺把一口袋南瓜扛回去，又返回来接她。

十一

半夜里，听见哧的一声划火柴的声音，于小青就知道大姑姥姥又醒了。

每天夜里，大姑姥姥都会准时在这个时候醒来，划火柴不是为了点灯，而是为了抽烟。

黑暗中，看见于小青的脸在动，胳膊也在动，大姑姥姥就说：

聒醒你了？

于小青也学着大姑姥姥的样子，翻过身趴着，脸放在枕头上。大姑姥姥吸一口烟，她前面的那个小红点就亮亮地闪一下。

于小青说，大姑姥姥，半夜还起来抽烟？

大姑姥姥说，睡得乏累了，吃两口烟，歇一会儿再睡。

于小青笑着说，睡觉就是为了解乏的，还能睡乏了？

能，你年轻，还不知道。大姑姥姥说。睡得那个乏累呀，就像翻山越岭，走了几十里的山路，身上还背着孩子，手里拿着东西，越走越走不动，越睡越乏。

于小青说，吃完烟就不累了？

大姑姥姥说，嗯，就像在树底下坐了一会儿，觉得歇过来了。

常年烟熏火燎的屋里，墙早就不白了。正面的墙上钉着一个很旧的小相框，镶在里面的两三张照片看上去比相框还要旧，黄黄的，灰灰的，有一种很久远的味道。而照片里的人呢，比照片本身还要旧，表情都呆呆的，木木的，有的站着，有的坐着，黑衣服褪成了灰的，蓝帽子褪成了白帽子，气氛很像是刚刚办完一场丧事回来。于小青白天的时候在相框前看过一阵，那里面的人谁也不认识，好像只有大姑姥姥的轮廓还能辨认出一点点。

她们在黑暗中趴着，于小青听见大姑姥姥长长地出了一口气。

于小青说，大姑姥姥，您一定很想体仁舅舅吧？

大姑姥姥吧嗒了一下嘴，把烟锅从嘴上拿开，说：

不想他。

于小青心里想，大姑姥姥说的不一定是真话呢，不想还能每天半夜爬起来抽烟？

大姑姥姥趴在枕头上，慢慢地抽着烟，她的脸一会儿被映红一下，很快又隐没在黑暗中。于小青说要给她捶捶背，她没让。

旁边的顺顺，呼呼地睡着，大半个身子都露在外面。

于小青对大姑姥姥说，我明天就要走了，该回去了。

大姑姥姥听了，叹了一口气，说，想走就走吧，也没啥好招待你的，还净让你遭遇一些不好的事情。

于小青说，没有不好。

大姑姥姥说，好不好也就是那个了，还得你担待。

听见有狗在很远的地方叫了几声。

除了那几声狗叫，整个村里再没有一点儿声音，就像一潭深水上面飞走了两只鸟。

十二

大姑姥姥站在门外，于小青朝大姑姥姥招了招手，就出来了。顺顺一直跟着，手里提着大姑姥姥捎给于小青母亲的一点扁豆面。

青蓝的天上，一丝云彩也没有。

天是蓝的，地是黄的。

一个女人领着一男一女两个孩子，在她们的前面走着，一看也像是走亲戚的，每个人的手里都提着一个包袱，女人身上背着的那个包袱最重，像是粮食。

她们走着，那个梳着两条细辫子的小女孩忽然告状说：

妈，他把我的那块糖也吃了。

走在前面的那个瘦女人说，你的糖咋就到了他手里？

小女孩说，他说我拿不动，他要替我拿着。

一块糖，你拿不动？瘦女人说。你也是贱得不行，和你那两个姑姑一模一样，吃了活该。

小女孩忽然哭出了声。

瘦女人看见小女孩哭了，就说：

一会儿回去了，我拧死他，早就想拧死他。

听见这话，那个小男孩抬起头仰望了一下身边的瘦女人，跟着又看看那个小女孩，他的嘴像青蛙一样鼓起来又瘪下去，连着鼓了四五次，后来终于从嘴里吐出一块早已融化得黏黏糊糊的糖，放在手心里，递给小女孩。小女孩一开始只是看着，泪还挂在脸上，好像不想要，但后来还是伸出手拿了过来。

小男孩仰起头对瘦女人说，我没吃她的，我就是替她抿了一下。

瘦女人唰唰地走着，说：

人家的糖，用你抿？你给二舅爷爷鞋里放蛤蟆的事，我还没和你算账呢；

好，又在门口挖坑，把人家四姑父闪进去。

已经走到村口了，顺顺还不回去。于小青站住，对顺顺说：

回去吧，姐姐要走了。

顺顺靠上来，一只手提着那个装着扁豆面的小小的面口袋，另一只手紧紧地抓住了于小青的一条胳膊。

于小青说，顺顺回去吧，等有空我再来。

顺顺抓着于小青的胳膊，还是没有松开。

那一大两小的三个人往北面的一条小路上走了。在他们的两旁，一边是开着蓝色小花的胡麻地，另一边是开满白花的荞麦地。

于小青摸了摸顺顺的头发说，记住姐姐跟你说的话了吧？以后不要再从棉袄棉裤里揪棉花了，那不干净。再有血来的时候，不要怕也不要慌，每个女人都会来，又不是只有你一个人来。

顺顺吃惊地说，姐姐也流血？

于小青说，流，我和你也是一样的。

顺顺说，奶奶就不流血。

于小青说，奶奶是老了，年轻的时候也流过。

顺顺说，真的呀？

于小青说，真的。顺顺要记住，来了，先拿草纸垫在裤子里，不能垫一两张，一两张不顶事，最少也得五张以上，五六张，叠整齐，摞起来，记住了吧？奶奶不是给你买了那么多纸么，那都是给你用的。于小青边说边用手比画着，让顺顺看。

顺顺点点头。

于小青趁比画的工夫从顺顺的怀里抽出自己的胳膊，对顺顺说，快回吧，奶奶还在等你呢。

顺顺放下手里的那个小小的面口袋，就转身往回走。

刚走了两三步，又回过头，看着于小青。

于小青朝她挥挥手，说，快去吧。记得洗头，哪怕一个月洗一回。

顺顺就又转过脸去往前走，走了十几步，又回过头。

于小青说，赶快回去吧。

一辆拉着草垛的马车这时候忽然出现在她们刚刚走过的那条路上，在把那条本来就不太宽的路遮挡得严严实实的同时，把顺顺也遮挡住了，于小青只能看见马车正在向村口这边走来，却再也看不见顺顺的身影。

　　等马车走过，看见路上已经没有人了。

（原载《收获》2016年第2期）

私 了

◎东 西

    他把存折轻轻放下。黑色的方桌上搁着一本绛色，很扎眼。她没看存折，而是看他，好像他是一个陌生人，需要对他进行检测。他被检测得心里发毛，低下头，看着凉鞋里十根变形的脚趾。脚趾虽然变形虽然黑，但趾甲里没了泥垢，鞋面也还算干净，这都是进村时在井边仔细冲洗的结果。太阳快要落山了，阳光从门框斜进来，照着他们的下半身，把他们下半身的影子拉长，投射到墙壁上。墙壁上，一个腿影不动，一个腿影打闪。

    "都15天了，你说你们封闭。李堂封闭还情有可原，你一个种地的，谁会封闭你？"她的声音不大，却一剑封喉。

    "能不能先看看存折？"他弱弱地问。

    "你都回来了，李堂为什么还不开机？"

    他不答，指了指存折，好像答案就在那里。这时，她才把目光移开。目光移开时"哗"的一声，仿佛撕去一层皮，在他的脸上留下了痛感。她疑惑地看着，那是一本新存折，新得都不好意思去碰。她的手指捏着衣襟，捏了又捏，估计把手指捏干净了，才伸出去。

    "慢。"他忽然制止。

    她把手缩回来，又看着他。

    "在翻开它之前，你得有个心理准备，因为……这不是一笔小数。"

    "才出去几天，你就把人看扁了，好像我就没见过大数……"她翻开存折的瞬间，声音突然中断，整个人凝固，眼珠子一动不动，呼吸声变得急促。

    27年前，她生李堂时差一点就憋死。医生说她的心脏有毛病，能生一个还保命，已是奇迹中的奇迹。从此，她感觉到了心脏的存在。累的时候它重，急的时候它重，来例假的时候它也不轻。每次犯重，她都用右手捂住左胸，仿佛捂住一碗水，生怕一松就漏。现在，她又把手捂在胸口，说："三层，你是不是抢银行了？"

他摇头。

"没抢银行哪来这么多钱？"

"你猜。"

她忽然感到脑袋不够用，而且头皮还略紧。她首先想到的是彩票中奖，但没等他摇头，她就自个儿摇了起来。她不相信李三层有这么好的手气，更不相信自己有这么好的命水，那么……她"那么那么"，也"那么"不出其他可能，就说："你最好直接把答案告诉我。"

"还是猜吧，答案没那么容易。"他扭头看着门外。

"再猜，我的心脏病就发作了。"

"好东西不能一口吃完，好消息需要慢慢消化。"

"没有答案，再好的消息也折磨人。"

"要不你问李堂。"

"他不是一直关机吗？"

"哦，我差点忘了。"他一拍脑门，仿佛从梦中惊醒。

"他为什么总是关机呀？"

"你先猜钱是怎么来的，然后我再告诉你他为什么关机。"

"讨厌，你都快把我急死了。"

"路得一步一步地走，事得一件一件地办，急不得。"

她重新翻开存折，看了一会儿，"这钱是李堂挣的吗？"

"你说呢？他一个单位里的跑腿，才两年工龄。"

"莫非是你捡到的？"

"我说是，你也不会信吧。"

"天老爷，"她倒抽一口冷气，撩开他的衣襟，摸着他的腰部，"你不会把肾给卖了吧？"

"肾哪能卖这么贵。"

她低头察看。他的腰部没有伤疤。他说他的肾好着呢。她直起身，"那就奇怪了，难道你傍上了大款？"

他把头扭过来，发现她的面肌开始松动，像有一颗石子砸进水面，渐渐泛起涟漪。这是严肃后的一丁点活泼迹象，是由对立走向和解的信号。他稍微放松警惕，仿佛有一根绑着的绳子从身上掉落。他说："除非碰上一个刚从牢里放出来的女大款，否则我傍不上。"

"你不是说你肾好吗？"

"光肾好有什么用？人家还要看皮肤白不白。"

"想想也是，谁会看上你这副黑不溜秋的皮囊？"她的脸上埋着讽刺。

"但是李堂好白，白得就像水泡过似的，一点都不像我。"

她双手一击，恍然大悟，"莫不是李堂傍上了女大款？"

"你觉得有可能吗？"

"怎么没可能？他一表人才，口齿伶俐，就是县长的女儿喜欢他，我也不奇怪。"

"有道理。"他微微点头。

"这么说我猜中了？钱是那个女大款给我们的？"

"别叫得那么难听，富二代好不好？"

"有区别吗？"

"当然有了。一般女大款年纪都偏高，但富二代年轻。我们家李堂怎么可能为了钱去傍老女人？"

"那是。我们家李堂可讲尊严啦。记得他八岁时，李侯衣锦还乡，给每家的孩子都发了一把奶糖，别家的孩子恨不得要两把，但我们李堂一颗都没要。十岁那年，罗老师把他小孩穿过的一双半旧皮鞋送给他，他硬是没接，虽然他的球鞋都被脚趾顶出了两个窟窿。"

"这叫骨气。"他竖起大拇指。

"所以，不是我们家李堂要傍富二代，而是那个富二代倒追我们家李堂。"她把存折丢到桌上。

"知子莫如母，这事还真被你猜对了，是女方主动。"

"可是，李堂他交了女朋友为什么不告诉我？这么好的事，有必要隐瞒吗？二十多天前我跟他通电话，他也只说旅游，没说交女朋友。"

"他……他想给你一个惊喜。"

"他们是什么时候认识的？"

"你猜。"

她盯住他，像盯住一个怪物，"动不动就'你猜'，哪里学来的臭毛病？"

"封闭时学来的。"

"到底是谁让你们封闭？"

"你先猜他们什么时候认识的。"

"神经病。"她骂了一句，朝厨房走去。厨房的灶台上煮着一锅水，现在正"噗哧噗哧"地冒着热气。她往热水里倒了一筒米，用铲子在鼎罐里搅了搅，把多余的水舀出来，然后从灶里抽出两根柴，让小火慢慢地焖饭。他走进来，倒了一碗凉茶，"咕咚咕咚"地喝下。喝茶声比脚步声还响。她扭过头来，"喂，这么多钱，你打算拿来起房子还是存定期？"

他抹了一把湿漉漉的嘴角，"你猜。"

她用手指点了一下他的嘴巴，说："你能不能不说这两个字？"

他不动，呆呆地立住，看着正前方。正前方一片虚焦，他什么也没看见，只是摆了个看的样子。她扳扳他的下巴，又拧拧他的面肌，但他始终没动，好像变成了植物人。她用力捏他的鼻子，说："你怎么变傻了？李三层，你是不是吃错药了？"

"你猜。"他还没转过弯来。

"猜你为什么变傻吗？"

"不，猜他们是什么时候认识的。"

她抽了抽鼻子，扭过头去，揭开锅盖。饭还夹生，于是把刚才抽出来的那两根柴又塞进去，灶里多了一抹火光。她走到洗手池，洗了洗手，又抹了几把额头上的汗，看见他还在原地站着，就说："李三层，我算是服你了。"

"光服不行，还得猜。"

"笨蛋，他们不是三个月前认识的吗？"

"为什么是三个月前？"

"李堂回来过春节时，没说交女朋友，现在突然冒出个富二代，不是春节后认识的那会是什么时候？"

"没想到你还能推理，原来你不傻呀。"

"你妈的，到底是你傻还是我傻？"

"猜。"

"这还用猜吗？"

"时间是猜对了，但你还没猜他们是怎么认识的。"

"老娘没这份闲工夫，改天我直接问李堂。"

"也好。"说完，他转身走出去，走到堂屋，走出大门，一直走到汪槐家，他才发觉自己的手里还拎着那个茶碗。

他逢人便说"你猜"。全村人都知道他变傻了，但谁都不知道他是如何基因突变的。她背着他天天拨李堂的手机号码，但电话里天天都是那个声音："该用户已关机"。

"李堂为什么还关机呀？"夜深人静的时候，她用手指戳他的后腰。他翻了一个身，"你先猜他们是怎么认识的。"

"说话当放屁。你说过只要我猜出钱的来历，就告诉我……"

"可当时你没乘胜追击，过期作废，现在我得加大问题的难度。"

她踹了他一脚，"你没傻，你是癫。你是被钱吓癫了。"

"必须承认，钱不是个好东西。"

"可一旦缺钱，你什么东西都不是。"

"唉……"他长长地叹了一口气。

她抚摸他的身体。她已经好久没抚摸他了，感觉他的肉越来越少，骨头都多得有点刺手了。她说："我对你好不好？"

"没的说的。"

"那你为什么还让我猜这么多问题？你知道我最怕动脑筋。"

"我是想让你分享他们的幸福。"

"他们幸福吗？"

他点点头。即便是在黑暗中，即便都平躺在床上，她也感觉到他点了点头。她看着黑乎乎的天花板，脑海里一片花花绿绿。她说："他们是怎么认识的？是在公交车上还是火车上？既然要认识，总得先有一个地点吧？"

"人家是富二代，既不坐公交也不坐火车。"

"那就是自己开车喽。"

"还用说吗？"

她的脑海浮现出一辆小汽车。太好的汽车她想不出，拼尽脑力，也只想象出一辆像王东帮人拉新娘那样的。汽车在她的脑海里"呼呼"地飞奔。她说："有一天……富二代开着一辆很贵很贵的车，在十字路口等红灯，忽然看见我们家李堂从斑马线走过。你想想李堂那身材，想想他的大长腿，只要往人群里一站，就相当于杉木站在茶林，马上就能吸引别人注意。我要是那个开车的姑娘，眼睛一定会发亮，心里一定会发烫……"

"我认为除了身材，她还看上了李堂的气质。"他打断她。

"还有才华，你别忘了，我们家李堂语文经常在班上考第一。"她说。

"然后呢？"他期待她往下讲。

"那个富二代叫什么名字？"她问。

"叫……叫，叫丽莲。"他"叭叭"地拍着脑门。

"没姓呀？"

"姓马。"

她看着黑乎乎的天花板，仿佛看着城市的街道，"当马丽莲一看见我们家李堂，就觉得过了这个村便没那个店，她不想让机会溜走，跳下车，拦住李堂假装问路……"

"不可能。十字路口不能停车，她走人那是违反交通规则。"他反驳。

"人家一个有钱人，还在乎交通规则吗？大不了罚款。我跟你讲，人一旦爱上人，跳火坑都愿意，更别说跳车。"她争辩。

"那车怎么办？"

"让警察拉走呗，想要就第二天花钱去取，不想要就让它烂在停车场。"

"你不是说车很贵很贵吗？"

"对有钱人来说，贵算什么？感情才重要。"

"也是。她不跳车，怎么能体现我们家李堂的魅力？"他认可这个答案。

但是她忽然产生疑问，"难道李堂不会拒绝吗？"

"为什么？"他张大嘴巴。

"万一她长得不漂亮呢？李堂可不是那种只爱钱的人，他不会因为金钱降低对外表的要求。"

"恰恰相反，她长得太好看了。"

"为什么不带张照片回来？"

"说好要带，临出门又忘了。"

"她长得像谁？有她未来的婆婆好看吗？"

"好看一万倍。"

她用力掐了一下他的大腿。他竟然没喊痛。她说："这是哪世修来的福？李堂竟然交了一个既有钱又漂亮的姑娘。"

"而且还是倒追，"他赶紧补充，"早上，马丽莲开着豪车送李堂上班；晚上，她又开着豪车把李堂接到家里。"

"他们住在一起了？"

"可不是吗？李堂直接住进了马家的别墅。"

"也就是说他们睡在一块儿了？"

"你猜。"

她沉默。她的沉默让夜晚安静，安静得可以听见虫鸣，听见飕飕的风声，甚至还听到一两声狗叫。她说："这么重大的事，他也不征求我们的意见？"

"当初我们睡在一起的时候，你征求过你妈的意见吗？"

"讨厌。"她又用力掐他的大腿，他还是没喊痛，好像肌肉是塑料做的，和他已没血肉关系。她沉浸在想象中，呼吸变得越来越均匀，很快就睡着了。不知过了多久，她突然"嘿嘿"一笑。他睁开眼，天色已白。晨光从窗口射进来，照着她酣睡的脸庞。她竟然在梦中笑了，这是多少年都不曾发生过的美事。

有那么几日，他们忙于农活，把李堂的事暂时抛到脑后。小暑那天下午，他们决定休息。人一休息，脑袋就放空，脑袋一放空，许多事就奔涌而至。她说："李三层，你这个骗子，几天前我猜出了他们是怎么认识的，但你却没告诉我李堂为什么不开机。"

"那还得往下猜。"他说。

"凭什么？"她说。

"因为你没抓住机会。"

她转身进了卧室，开始收拾行李。他跟进来，问她想干什么，她说："既然电话打不通，就得亲自跑一趟，我想李堂了，也想提前看看儿媳妇。"

"他们不在城里，他们出门了。"他说。

"怎么会出门一个多月？而且还关机。"她一屁股坐在床上。

"因为他们要享受两人世界，不希望别人干扰。"他坐到她的旁边。

她用手指点他的脑门，"你呀你……真是个闷葫芦。这么好的事，为什么不一锅端？而像挤牙膏，挤一点，讲一点。"

"我要是一次讲完，今天就没的讲的了。什么事都是一个过程，讲慢点，短的显得长；讲快点，长的显得短。"

"他们去这么久，是出国旅游吗？"

"你猜。"

"猜你个头，再猜我就私奔。"

"可是，我已经给自己定了一个规矩，你不猜，我不讲。"他扭头看着窗口。

一只鸟飞来，落在窗台，好奇地看着他们，但几秒钟之后，它又飞走了。他们的目光追着那只鸟，那只鸟拐弯了，他们的目光没拐，而是直直地落到天边。天边，刚刚还洁白的云朵现在全变成了彩霞。落日悬在远山，像个句号。

"一个月，如果不是出国，那他们就是自驾或是徒步？"现在她才发觉不想猜只是表面现象，其实骨子里充满了好奇。

他摇头。

"难道是豪华游？"她问。

"差不多了。你想想游字的偏旁部首吧。"他提醒。

"三点水，他们是在水里吗？是坐轮船？"她预感自己找到了答案。

他点头。

"是不是在海上？"

他摇头。

她一拍大腿，"我想起来了，李堂好像在电话里说过，他要去看长江。"

他点点头。

"哈哈，我终于猜对了。"她高兴得像个刚刚考了一百分的小学生。

"他们定了一个豪华包间……"他忍不住。

"别，还是让我来猜吧。"她制止。

他看着她。她看着窗外。她满脸笑容，这个迟到的消息让她兴奋，激动，好像豪华游的不是李堂，而是她自己。她说："游费是马丽莲出的，李堂一个穷小子住不起豪华包间。这么说马丽莲真的喜欢我们家李堂，否则她舍不得花这么一笔大钱……"

"她对他好呀，一有空就给他按摩。"他说。

"还三天两头给他炖鸡汤。"她说。

"她给他买了好多好多名贵的衣服。"

"我知道了，上船之前，她肯定还是个处女。他们之所以要豪华游，就是想在船上入洞房。"她有一丝得意。

"你是怎么知道的?"他暗暗佩服她的想象力。

"我猜的。"

"八九不离十。"他说，"一天，船到了中游，两岸的山越来越好看，他们拿着手机来到船边自拍。自拍是什么你知道吗?"

她点点头，"就是举着一根长长的杆子给自己照相。"

"照了几张，马丽莲都不满意，她就坐到栏杆上。不巧，一阵强风刮来，船身一斜，马丽莲掉了下去……"

"啊……"她倒抽一口冷气，"快救她。"

"她在翻滚的江水里挣扎，不停地喊李堂李堂。她的头发乱了，衣服湿了，眼看就要沉下去了……"泪水盈满他的眼眶。

"快去救她呀，李堂。"她攥紧双手，仿佛就站在船边。

"采菊，情况这么紧急，你说救还是不救?"

"救，那么好的姑娘，如果不救，我们会一辈子良心不安。"

"我就知道你是个善良的人。"他抹了一把眼眶，"李堂也是个善良的人，他几乎没有犹豫，就咚地跳到江里去救她。可是李堂忘了，我们也忘了，他……他不会游泳呀!"说完，他放声大哭。

她一愣，身子一歪，往床上倒去。他双手接住，把她搂在怀里。他紧紧地搂住她，一直搂到深夜，她才醒来。醒来时，她长长地叹了一声，"天哪……你怎么不早说呀?你要是早说，我还能见儿子最后一面。"她一边哭一边捶打他的胸口。

"不瞒你说，因为台风，整条船都翻了，死的不光是我们家李堂。你要想开点，这是天灾，不是人祸。"

"那你为什么不让我去见他最后一面?"她继续捶打着他的胸口。

他一动不动，"几天之后，才把他们打捞上来，全都认不得谁是谁了，我怕你受不了刺激。"

　　"那马丽莲呢，她活着还是死了？"

　　"你猜吧，采菊……"

　　她的哭声停了一下，接着是更揪心的哭，"马、马丽莲根本就不存在？"

　　"对不起，采菊，我只不过是想减轻一点你的痛苦……"他的泪水滴落在她的泪水上。

（原载《作家》2016年第2期）

天堂里的一座桥

◎叶　弥

　　花码头镇北，无边无际的肥沃的水稻土壤中，长着一座流着泉水的小山，山上山下覆盖着橘子树，有一些橘子树有百年树龄了，但是开花结果的劲头一点也不比青壮年的桔树差。这个地方，大家都叫它"橘子园"，而我们叫它"天堂"。

　　橘子树生长的地方，几乎没有野草，守园的老汉是干活的好手，我们叫他"老酒鬼"。"老酒鬼"凶悍跛扈，裤裆纽扣经常忘记扣好，别人忘记扣好，会引来一阵笑声，但是当他忘记扣好裤裆纽扣时，大家会更害怕他，他满不在乎的神情像和所有的人宣战。在刮风的日子里，他喜欢端着他的酒壶，裤扣松开，一边溜达，一边喝酒，骂我们没听说也没见过的一些女人。骂得多了，大家也知道仿佛是这些女人抛弃了他，让他孤独一人，一无所有地活在这个冷漠残酷的世上。他的狗低头跟在他后面，对他的骂声百听不厌，看见小孩子就缩紧瞳孔，悄没声地龇一龇大白牙，表示心里的厌烦。我们给狗取了个名字叫"撒旦"，当然只能在背后这么叫。我们见了"撒旦"，心里总是发慌，大气也不敢喘。要是让它来管理学校，那才是物尽其才了。

　　我刚才说了，"老酒鬼"有个优点，做起田地里的活是一把好手，肯下力气，专心致志。所以这橘子园里赏心悦目，没有一根杂草，除了青翠光亮的橘树就是干干净净的泥土，像一幅绣出来的光溜溜的画一样。我们爬到一棵低矮而茂盛的树里面，藏在里面。树枝低垂，心形的树叶长得密密麻麻，掩盖了我们的身形，也能挡风遮雨，甚至降低了我们的说话声。我们把这棵树叫作"伊甸"。

　　橘子园西边山坡下，有一座两块厚木板搭起来的小木桥，巴弟来赴会的时候，要从她的小村庄里走出来，穿过这座小木桥来到"伊甸"树里，为了安慰她独自赴会的辛苦，我们把这座桥命名为"天堂之桥"。

　　她是我们当中唯一的女孩，她家都是女孩，叫什么"招弟"、"来弟"、"引弟"、"盼弟"……我们当初不想让她参加，因为她不是我们村子里的，又是女孩。但是她用她的方法征服了我们的心，去年端午节那天，她带给我们一人一个大肉粽，是她亲手包的。她打动了我的心，我曾经有一个妹妹，她最爱玩的东西就是几张包粽子的熟芦苇叶，因为没人看管，她三岁时跌在一条小水沟里淹死了。

除了她，我们的成员还有成大伏，他父母在火鸡养殖场工作，我们就叫他"小火鸡"。他的脸蛋也总是红红的，确实像一只小火鸡。

区北辰，他的绰号叫"出头鸟"，他喜欢打架，班主任老师总是一边罚他抄写单词一边说，区北辰啊，你怎么总是当出头鸟呢？

还有金球，因为他胖，我们叫他"胖球"。

我是领袖，我让他们叫我"耶稣先生"。

他们不肯叫，我就抽巴弟的耳光，她一哭，大家就赶紧叫我"耶稣先生"了。我以为巴弟不会再来了，她还是来参加我们的聚会了。她说在家里"很难过"，我们都知道"难过"这个词是怎么回事。我上前拥抱了她，亲了一下她的额头。她的额头散发着热气，热腾腾的像炉子里刚烘好的山芋，让我想起我那死去的妹妹，她整天吃山芋，浑身散发出山芋的气味。巴弟脸上流着的泪，我一点也不陌生，这种眼泪名叫"委屈和伤心"。我也曾经这样流着委屈伤心的眼泪，无数次。

我们这个五人小集体叫"未来福音"，这个名字是我起的。我们都喜欢这个名字，它让我们感到未来是光明的。六年级的班主任是个中年男人，他没老婆，生活过得一团糟，他不开心的时候就会骂我们是社会的负担，是一群光会消耗地球能源的寄生虫。有一次他还说，他好想当希特勒，这样他就可以消灭我们这些对社会无用的人。我想了一夜，第二天鼓足勇气去找校长，把班主任的话告诉了校长，校长也是个中年男人，听了不气恼，反而大笑起来，还说，好玩好玩。

我的爸爸是我妈妈在游戏房里捡回来的。我爸爸从外地来到这里，找不到工作，整天耗在游戏房里，欠了游戏房好多钱。正好我妈妈也在游戏房玩，她当时怀孕了，让她怀孕的那个人逃到别的地方去了。我妈妈一眼就看中了我的爸爸，替他偿还了一部分欠债，把他领回了家。她睡的小床上从此多了一个固定的男人，然后又多了我。我叫这个男人为爸爸。我妈妈是个喜欢享乐的人，我爸爸也一样。他们总是手拉着手去镇上的小饭馆聚会，就是五六个人花三十几块钱吃一顿的那种聚会。我那天告诉他们班主任和校长对待我们的态度，我爸爸冷静地说，我们就是低人一等的。我妈妈则不冷静地说，我们就是低人一等的，怎么样？她刮了我一巴掌。于是我告诉她，爸爸把一个满脸皱纹的女人带到家里来睡。没想到妈妈并不生气，不久她也带了一个男人来家里睡，爷爷奶奶都看见了，他们假装没看见，出去逛集市了。这样过了一阵，爸爸妈妈又和好了，大家才懒得为自己身体的临时归属而吵闹呢，有钱有地位的人才在乎忠诚呢。爸爸妈妈和好以后，感情比以前还好。奶奶说，他们各自碰上了一个有钱的"冤大头"，活该被她的儿子儿媳妇"宰"。那阵子，我们家的经济条件有所好转，我居然吃到了卤牛肉。

我们五个人都在蓝湖民工子弟小学读书，男孩们都是六年级，只有巴弟是三年级。我们中的许多人读完小学以后不会继续升学。当地孩子从不与我们在一块玩，他们的家长不让我们与他们的孩子在一起玩。除了我们没有前途，还有一个原因是，我们的家长大部分信基督教，而本地人信佛教。

陈镇长的孙女儿我认识，她是镇上最漂亮的女孩，她穿着白色蛋糕裙在公园里滑滑轮的样子就像天女下凡。有一次我替我奶奶拎着菜篮子去卖菜，她跟着她的保姆来买菜。我就对她说，嘿，千金大小姐也上菜场？她刚想和我说话，那个保姆就一把拉开了她，毫不避讳地对她说，不要和这些外来人搭腔，他们乱发传单。

她说的乱发传单我也有份，有一阵子我们这些孩子被大人安排着，站在自家屋后，朝路过的人散发红传单，劝说人信仰耶稣。这件事大人们只干过一次，以后再也没有干过。

我告诉小火鸡他们，我是这样面带讽刺的微笑说，嘿，千金大小姐也上菜场？小火鸡他们都大笑，好像我打了一个大胜仗。虽说我挺幽默，功课也好，体育更出色，但在有些人的眼里跟要饭的差不多。不然为什么专门搞了一个民工子弟学校把我们集中在一起？

我们的五人约会是随心所欲的，谁想约会，都会事先告诉我，由我通知另外三个人。晚饭以后，大概六点左右吧，我们陆续到达"天堂"，藏在"伊甸"

树里，讲述自己的伪造人生，差不多一个多小时吧，大家讲完，各自回家。

我们心照不宣，对所讲的内容都不提异议。每次讲完故事回家，我们都像充完气的轮胎。对此，我很有成就感，是我提议大家聚会时每人讲一个故事。爸爸骂过我是一个"坐牢坯"，我不是，我是耶稣先生！

今晚赴会前，我拿起一个捡来的邓丽君唱片，穿上我的假"李宁"跑鞋，左脚的鞋带断了一截，已经没法系上了。我与爷爷说过，与奶奶也说过，我也给我的爸妈打电话说了，没人听我的。爷爷还说，他小时候根本不穿鞋，大冬天的都光脚在地上走。现在条件好啦，都有鞋子穿。爷爷说完以后就去了村子里的小教堂。那个小教堂不过是一座废弃的石料加工厂。

我打开门，月光洒了一地，村子里没有路灯，反而能看见雪亮的月光。走了几步，我脱下鞋子藏到一个稻草堆里面。光着脚走路，不太习惯，但是感觉挺好，我迫不及待地要把我的故事讲给大家听，我保证他们听了我的故事以后会对生活充满幻想。

哦，我还得说一下，今天是我十二岁生日。与平常一样，没有人替我庆生。民工子弟小学的孩子，基本上没有过生日的习惯。

我今天要讲的是，如何在吴郭市中心的大商场里看到了邓丽君。上个月，我和我的爷爷坐了公交车进城玩，正好看见邓丽君也在商场里玩，她带着一大帮人，好像要在蓝湖边上搞音乐会。我上前让她签名，她就给了我一张她的专辑。听说她喜欢吃此地的白沙枇杷。可能她爱吃枇杷的缘故，她的脸长得滚圆，有点像巴弟的大饼脸。

我能想象大家听了这个故事会咧嘴而笑，正如我为他们的故事高兴一样。我清楚地记得每个人讲过的最精彩的故事，离见面还有一些时间，我不妨一一道来。

首先要说巴弟讲的故事，我把她看成是我的妹妹，所以她有一些优先权。她是个不善表达的人，她讲出这个故事着实让我们大家吃了一惊——她能这么讲，真不容易。

她说，其实，她父母生过两个儿子，这两个哥哥长得一副贵人相，有一回，一个算命的来家里说，他们命中该做富贵人家的孩子，一生不愁吃喝玩乐。于是，又有一天，家里来了一对没儿子的贵人夫妻，把两位哥哥领走了。

从此，她父母生了一大堆女儿，再也没生过儿子。她盼望这两个哥哥长大以后来认亲妹妹。

我们听了都替她鼓掌，希望真有那么一天，她的有钱的两位哥哥降临她的寒酸之家，拯救穷苦的妹妹们。

胖球的故事，每次都比较简单，几句话就说完了。他最精彩的故事是说他家与邓小平家里有亲戚关系。

与巴弟的故事相比，我宁愿听胖球的，因为你知道他说的是假话，只要假装相信就好。但是巴弟这个故事，你不知道是相信好还是不相信好，它让你产生怀疑，让你对怀疑产生怀疑。到临了，不管你信不信，心里总是有点酸酸的。

小火鸡最值得称道的一个故事是关于外星人，他看见了外星人，外星人给了他一个大钻石，这个钻石被他妈妈藏了起来，等他长大了娶媳妇时候花费。

听完这个故事，我们一声不吭。小火鸡赶紧说，不是不是，我说错了，是我爸爸看见的外星人。

"未来福音"的四个男成员相视而笑，扮鬼脸，推推搡搡，巴弟对此没有感受，只有男孩们才有这种婚配的期待和焦虑。

出头鸟区北辰的故事与海洋有关，他说他有一位叔叔，在美国生活，叔叔带着他从上海坐上远洋轮船。从中国到美国，历时半年。途中他看到成群的大鲸鱼，成群的大乌贼，成千上万的海蛇……

我们已经忘了这是一个编造的人生故事，个个兴奋地要求他讲述更多的细节。那一阶段，出头鸟变成了一只出风头的鸟，为了满足我们如饥似渴的心灵，他去网吧查阅了大量关于海洋生物和长途旅行的知识，顺便了解了美国的黄石公园。我记得他讲了整整一个夏天，讲完以后，他对我们说，他要继续读书，一直读到博士，将来赚大钱，周游世界。秋天万物肃杀萎缩时，我们在"天堂"后山的小溪边发现了一块桌子一样大的石盘，我们在上面用蓝色水笔写了我们五个人的大名，名字后面划了一个很长的破折号，这个破折号就像我们未来长长的人生，我在破折号后面写道：美丽人生，周游世界。

是的，我们未来长长的人生中，会有周游世界的美丽时光。

今天是我第一个到达"伊甸"树下，老酒鬼今晚不在，我路过放高利贷的王疯子家时，看见一帮人在里面赌钱，这是一个外来工的秘密赌窝，老酒鬼也在里面。此地所有的男性外来工几乎都来过这里，男孩们长大了也会去那儿。我不想去那儿，我想周游世界，看看世界是怎样的。

撒旦从院子里跟着我到了树下，它是认识我的，没有对我狂吼，但也并不表明它对我友好。我爬到树干上，它蹲在下面注视着我的一举一动。我很熟悉它的行动规律，它在等待我出差错的时刻，如果我咳一声，或者拧断一根树枝，抑或从树上掉下来，那么它就找到向我发威的理由了。我小心地靠着树干，瞪着它的铜铃大眼。我们俩互相瞪了片刻，它先忍不住分了神，移开眼睛，朝边上瞧去。边上来了小火鸡成大伏和胖球，撒旦最怕胖球，它还记得胖球拿了一根大竹子揍它的情景。于是它悄没声儿地穿过橘林朝它自己的地盘去了，瞧它的不慌不忙的神情，它是努力保持着自己的尊严。然后，出头鸟区北辰也来了。等巴弟的当口，我们使劲嗅着花香。这棵橘子树上开满白色橘子花，白天，身体修长瘦小的野蜜蜂唱着劳动的歌，围着树飞舞，寻找合适的花朵采蜜。年年都有好一阵子橘花开放的时候，浓郁的香味四处飘散，深深印在人的心里。我看电视上说，植物的力量是巨大的，它操纵气候和动物行为。我不理解这句话。但我得承认，植物的确可爱，付出得多，也不要求回报。就如这棵"伊甸"树，我们一直利用它，经常折下它的枝叶，还摇落许多花，但它从不用任何形式表达不满。树也有凶恶的，我奶奶说，她小时候，家门口有一棵梨树，村里算命的过来说，这棵梨树"妨主"，就是它要害死主人的意思，奶奶的爸爸就把这棵梨树连根刨了，夜里他做了一个梦，梦见梨树跑到他跟前，伸出枝丫勒住他的脖子。醒来后，他指着自己的脖子让家人看，那里全是树枝勒出来的深深血痕。我曾害怕"天堂"里的橘子树都听老酒鬼的差遣与我们作对，事实证明，橘子树们没有害我们的意思，它们从来没有害过我们。

只有撒旦才死心塌地听老酒鬼的话。

巴弟还没来，我们要一直等到她来才开始讲。

老酒鬼回来了，他又喝得醉醺醺了，唱着乱七八糟的歌。他一走进橘子园就指着我们藏身的"伊甸"树说，不要说我没看见你们，我抓一把风闻一闻，就知道你们今晚又在这里。你们把我的橘子花全搞掉了。

我被他吓得哆嗦了一下。

按照平时的模式，撒旦这时候会开口大叫，向我们藏身之处扑过来，在地上一下一下地刨土示威，并试着爬到树上来。但今天有点不同，老酒鬼骂人以后，撒旦一声没吭，所以我们都伸长了头颈朝院子方向观望。正看着，树后跳出来一个人，一把抓紧了胖球的胳膊，胖球身体肥壮，总是爬在最低的地方。胖球痛得哎呀大叫，一脚朝那人踢了过去，说，你们快跑，我来对付他。

这人正是老酒鬼，他和胖球厮打，正是棋逢对手。

我和出头鸟、小火鸡朝三个方向逃去，这样做是为了不被老酒鬼和撒旦都追上。我朝西边跑，这也是橘子园的后山，那儿最偏僻，路上又潮湿又崎岖。山坡下，一顶桥——也就是巴弟的"天堂之桥"，连着橘子园的外边，最近的一个村庄也在两公里处，巴弟就住在这个村庄。我准备过了"天堂之桥"朝她那边去。

我看见撒旦静静地坐在桥边，看它的模样不像要咬我。我就停下了脚步，看它下一步如何。它起身走了，夹着尾巴，样子沮丧。我摸不着头脑，自我从第一次见它起，就没看见过它如此安静驯服。

我小心地走过"天堂之桥"。这桥短短的，窄窄的，有点不稳当，它是两块木板搭在此岸和彼岸。

过了桥，穿过一大片黑黝黝的水地，来到巴弟住的村子，这是一个无名村，我把它命名为"埃及"。巴弟每一次晚上走出村子，都是离开埃及。

我不知道的是，我刚从木板桥上走过，巴弟就像一只松开手的葫芦一样，"咕咚"一声，脸朝下从水底翻上来了。刚才她走到桥上时，听见了我们与老酒鬼对抗的叫嚷声，正想转身回家，看见撒旦向她跑过来了。她一向胆小，除了失足落水仿佛无路可走，但她又是不会游水的。她喝着水，冒着泡，一个劲地沉到水底，水不再是软柔无骨，它强硬地从她身上所有的孔道朝五脏六腑里挤去。一分钟不到，她就昏迷，然后上浮。

我去找巴弟，而她就在我的身后。这段距离她再也赶不上了，她永远回不到"埃及"了。

巴弟的家和我的家一样，也是租来的，两间小屋子住了她家祖孙三代九个人。我去的时候，她的奶奶和她的妈妈正在吵架，她的奶奶总是嫌弃她的妈妈生不出男孩，她的妈妈总是嫌弃她的奶奶是个穷光蛋。两个女人都身强力壮，吵着吵着就会动起手来。为了抓挠对方，或者为了恐吓对方，两个人的大拇指都留了长指甲，余下的八根手指头，也是尽量地留长指甲。为了长指甲不被折断，两个人都不爱干活，尤其不爱干沾水的活计。今天吵架，就是为了给女孩们洗衣服的事。一大盆衣服搁在屋子中间，来回走的人都绕开它。

等她们吵完了，巴弟的姐妹们抬了衣服盆子去河边洗，我走进屋里找巴弟。

巴弟不在。

巴弟上哪儿去了？

巴弟在哪里？

巴弟的奶奶说，她明明刚才去找你了，她要是死了，你们家里要赔钱。

巴弟的妈妈说，死了也好，少一个……我巴不得她们全死光了才好。

我哭了起来。我觉得事情不妙，虽说我是耶稣先生，但眼下这种事情还不是我能解决的。

看见我哭了，巴弟的爷爷就跟着我，一路寻找，来到"天堂之桥"，水面上的巴弟十分引人注意。我们把巴弟捞了上来。巴弟的爷爷看着后面说，怎么没人来的？我回家去拿一床席子来裹她。

我知道他的话是什么意思，跪下抱住巴弟爷爷的腿，说，不要随便把她埋掉。要火化，葬到陵园里，立一个碑。

巴弟的爷爷大声呵斥我说，小伢儿，不要多事，你出得起钱吗？赶紧悄悄地过桥走吧，等会你恐怕走不掉了。走吧。

我妹妹也是淹死的，淹死在一条小水沟里，巴弟淹死在一条小河里。巴弟，她比我的亲妹妹还重要，我现在还不知道她重要在什么地方，随着我长大，我会明白这一点。

我离开湿淋淋的巴弟，她的大饼脸好像小了一点。巴弟的爷爷说得对，我是"未来福音"的头儿，巴弟的妈妈和奶奶会找我麻烦。过了桥，走进橘子园，往东边的出口走去。老酒鬼的屋子里亮着灯。听到我的声音，撒旦低声咳了一下。随后，门轻轻关上，灯也悄悄熄掉。撒旦听凭我走过，一声不吭。

老酒鬼的屋旁堆着稻草，平时，撒旦就睡在这里，看管边上的路。我在稻草上撒了一泡尿，撒旦居然马上起身让位了。我指着它骂，你有罪！

你有罪！你们都有罪！

我口袋里常放着打火机，出头鸟的口袋里常放着刀片，胖球常放着一只皮球，小火鸡放着一块圆形檀香木。我记得巴弟喜欢在口袋里放发夹，那种缀着小蝴蝶结的发夹，空闲时常常拿出来绕着手指头玩。我那死去的妹妹爱玩煮熟的芦苇叶。

我拿出打火机，把草堆点着了。好多天都是阳光灿烂，这草堆一点就着，它烧得无比灿烂。撒旦从来没有见过这个阵势，躲到一边，嘴里开始呜咽。老酒鬼为什么不出来骂我？他是喝醉了还是怎么的？我要烧死他，我是耶稣先生，我有无比的法力。

大火烧起来了，老酒鬼吼叫着跑出来，我不怕他，我要他看见是谁在复仇。

我指着老酒鬼骂，你有罪！然后扬长而去。

我想起了我的鞋，我得找到藏鞋的草堆。奇怪的事发生了，所有的物体在我眼里都变小了，它们集体缩小了一个尺寸。妹妹淹死在小水沟里的原因，是小水沟对她来说就是一条小河。巴弟淹死在小河里的原因，是小河对她来说就是一片大海。我在月光下看看我的手，我发现我的手也长大了。

不远处有一条小河忽闪着水波，我走下河边的石阶，把双手浸泡在水里，它不痛不痒，没有任何异常，但它让我感到陌生。我无法确定，此时的心里是喜还是忧。有一点是肯定的，如果我长得足够高大强壮，我就不会淹死在小河里，撒旦和老酒鬼也会害怕我。在幻想中的人生理想实现之前，我得先与这个世界对抗。我赢了，才有机会。

我在河边坐了片刻，夜里还是凉的，清冽的空气里，飘过花香。巴弟，最爱花了。她现在怎样了，是不是已经被他的家人偷偷埋在某个僻静荒凉的地方了。

我找到我的鞋，我的鞋足足小了一节脚指头。我发现我的裤子也短了一截。是的，我的身高在几个小时里蹿高了，怪不得我看所有的物体都小了。

我有点害怕，一颗心拼命狂跳，力道很大，害我在路上跌了一跤，还好路上是泥地，跌下去也不痛。边上有人说了一句话，小伙子，半夜三更的给谁磕头啊？

一位白胡子老爷爷坐在木房子的阶沿上。我认识他，他是陈镇长的父亲，小学校长，人家说，自从花码头镇有小学开始，他就是校长了，一直到七十几岁才正式退休。陈镇长一家住在镇子中心的一幢别墅里，他不愿意住那儿，他宁愿一个人住在又破又潮湿的祖宅里，在屋后种了一块蔬菜地，养几只鸡。传说他一年当中起码有三百天通宵失眠，他就坐在屋门口看夜里的风景。平常也有一些有权有势的人物来看望他，他却从不留人吃饭。每年过年的时候，他就把鸡交给隔壁人家看管，独自搭车去一个遥远的地方，过了正月十五再回来。总之，他是一个神秘人物。

他又说，小伙子，嫌鞋子不好？不要的话送给我吧。

我把鞋子扔给他，反正这鞋子太小了。

他脱下自己的拖鞋，穿上我的鞋子说，正好一脚。谢谢你啦！

他抬头看着我说，看在你送鞋子给我的分上，我透露个消息给你，你不要回家了，你家今天出大事了。

我感到不妙。

我朝家里急急忙忙地走去。陈爷爷说，我在这里等你，反正我睡不着。

我家门口简直是人山人海，巴弟的奶奶和妈妈对阵我的奶奶和妈妈，四个人都骂得披头散发，浑身抽筋，一脸泪水。但那不是"委屈和伤心"的眼泪，这些眼泪全是武器。来弟、招弟、盼弟、引弟们躲在人群里看热闹，我一露面，老酒鬼就指着我喊，就是他烧我房子，把他抓起来。

人群里走出两位民警，我惊得动弹不得。这时，我奶奶走上前，一头撞到一位民警身上，哭叫着说，不要抓他，他今天才过十二岁。现在十二点钟没到，他还没到十二岁。

那个被我奶奶撞到的民警哈哈大笑，说，没到十二岁？骗鬼呢？这身高起码十六岁了。

我奶奶说，我们有出生证。

民警说，你们的出生证不算数，我们不相信。

我拔腿就跑。没人上来追我，我根本跑不了的。我边跑边哭，看来"未来福音"铁定要解散，我也不是耶稣先生。

我只有去找陈爷爷。他真的坐在台阶上等着我，我坐到他的身旁，把脸埋进他的两个膝盖之间。

陈爷爷说，你想一想，下来该干什么？

我根本不知道下来该干什么？我问他，我是不是会坐牢？

陈爷爷说，不会坐牢，不过你家里要罚一大笔钱了。几天没见，你怎么长得这么高？看上去有十六七岁了。你还不如长得瘦小一些。

我坚决地打断他的话，我不想长得瘦小。我要长得高大，长得高大，以后就是坐牢，也比别人挨得住。

陈爷爷说，孩子，你说这样的话，你想让我哭一场吗？

我们脸对着脸僵持，我不想让他哭，我也不想认错。他想生气，我也没有办法，谁让生活就是这样的。

陈爷爷主动退让了，说，你在外面等着我，我进屋去打个电话。等会儿我就送你出镇子，你到我朋友家里去住一阵子，等这边事情结束以后再回来。

我听见陈爷爷家里的钟敲了十二点。

我十二岁了。我十二岁的开始，是跟着陈爷爷离开家。在路上，我告诉他一些事，我们的"未来福音"，我们讲述的故事。今天，我原本要讲邓丽君的事，我碰到她了，她给了我一张歌曲专辑。

陈爷爷先是不说话，后来就笑了。他也讲了一个故事给我听，他说他一个人住着，很孤单，有一回夜里，一个美丽的女鬼突然推开他的门……

听到这里，我本来要惊叫的，因为我们小孩子都明白下来该有恐怖的事发生了。但是陈爷爷说，这个漂亮女鬼走到他床边，对他说，陈爷爷，你今晚忘了吃药啦。

我俩各自在夜色中微笑了。陈爷爷的故事和我们的故事太不同了，他居然梦想见到女鬼？不管怎么说，今晚碰到他，是我的幸运。在大路上，我坐上他叫来的汽车。我又累又饿，百感交集，司机叫我放下车窗与陈爷爷挥个手，我都没有照做。我很后悔。陈爷爷没能活到早晨太阳升起的时候，回去后他服了过量的安眠药。我奶奶后来打电话告诉我，陈爷爷的脸上汪着一大摊眼泪。那是"委屈和伤心"吗？

我把我十二岁以前的人生命名为"许愿"。

（原载《天涯》2016年第4期）

采 摘

◎韩 松

领导下达任务，派我和其他一些年轻人，陪同单位的老人们去郊区采摘。他们退休了，更精神抖擞，喜四处活动。这次是去采梨。采摘是近年的一种流行，与老龄社会相得益彰，亦发掘出了农业在后工业时代的最新用途，也就是改变了食物仅仅是用来果腹充饥的目的，农民也可以藉此增加收入，城乡差距和贫富差距缩小了。这都是老人们带来的新气象。但为什么是梨？……且说，这天，风和日丽，老人们皆穿得鲜艳夺目，足蹬充气旅游鞋，身着帆布冲锋衣，个个斗志昂扬，像要去打一场大仗。在前往目的地的大客车上，连陪同的年轻人也受到感染，仿佛我们才是老人，俱分外亢奋，一扫颓气。似乎，大家已很久不曾出去了，快闷死了，从身体到精神都在落叶般衰败。如果不是老人，年轻人怎么出得去呢。我们本是由老人选定的，在老人们火眼金睛的审视下，千里挑一，来到单位，没日没夜干活。我们很快未老先衰了……大家不禁又紧张起来，俱自觉挤在车厢后部，羞惭似的，好像还不习惯与返老还童的老人们打成一片。

"现在男人的心眼儿不如女人大了。"有人找个话题，小心翼翼聊起来，以缓解焦灼。"地位不行了嘛。""精神萎靡得很哟。""薪水太少了噢。""买不起房子哪。"……莫衷一是，不过是在找话说，却都不敢讲这也是由于老人的缘故——他们正在说笑话呢，好像每一个音节都在嘲讽我们。其实，与我们无涉。我也分外紧张，瞟瞟前面燃烧的大片白发，贸然说："还是与采摘有关吧——也就是我们今天要做的这事儿。哎，说起来，古代男人出门在丛林里狩猎剑齿虎，猛兽让他们产生挫败感；而女人留在家中，到附近林子采摘，相对安全，又顺应大自然，不争斗，心境就日渐平静开阔了，最后形成阴盛阳衰的局面。""原来，是这样啊，真相就是采摘啊。看来，我们这一趟走对了！"一个女同事若有所思道。"是啊，是啊！"我赶紧说。她坐在我前方的座位上。她也许没有想到，我刚才那番话，有卖弄的意思，其实是故意说给她听的，以期引起她对我的注目。跟我一样，她也是优秀的年轻人，过五关斩六将，才杀进单位，还担任了团支书。我早对她有意。如果她高兴了，我也会喜不自禁。但她说完那几句，就不搭理我了，而和一个打扮花哨的老太太聊得火热。似乎，车上年轻人里，她跟老人最合得来，能够畅通无阻打入他们。这让同龄人嫉妒。我不知所措。

经过长途颠沛，终于到达目的地。这是郊区的一个农庄，村口打起"热烈欢迎"的猪肝色横幅。我感到陌生，并有怯意。但很快进入了程序。农民们嬉皮笑脸瞧着我们，随地蹲坐，指指点点。这种活动，最近搞得多了，他们见到城里来的老人，习以为常，对年轻人则不放在眼里。老人们乘了半天车，按惯例先去上厕所，然后才进入采摘环节。年轻人就紧紧相随，手脚并用护卫着，生怕他们不慎掉进粪坑，那样我们责任就大了。大家踮起脚尖，书包不离身，成群结队朝用土墙围起的旱厕拥去。农村厕所脏得要命，臭味儿老远闻得到，边上还有两条毛刺刺的大狗把守。我和那姑娘，恰巧走到了一起。我们互相看看，有些不自在，就不由分说，争相用身体为老人们挡狗，很英武似的，形成虚幻般的默契。狗有一个是豁嘴，漏风地连续嘶吼，好像不情愿这么多人来，而且老人与这儿的气场不符。另一只是母狗，身上粘满屎，也在一旁附和，跃跃欲试，似要扑向老人。我嗅到边上女孩身上的气息，比狗的气息浓郁，不禁心里一疼……我不敢多看她。她却很有耐心，嘘嘘地撮嘴叫唤，勇敢地用娇躯横挡在路中央，也就是挺立在老人与狗之间，掩护一串串蹒跚而过的老人。这让我惭愧，觉得落了下风，担心配不上她。我犹豫一下，壮胆上前，把她拉到一侧，吞吞吐吐说："还是我来吧。"说着，伸手去牵一个老头儿，要帮助他，其实是表演给她看的。她不放心地跟上来。老人的小手冰凉，钢丝般的鼻毛老长，从孔窍中一丛丛伸出，随风摇曳，让人想起灭绝的猛犸象。他忽然横摆一下，睐我一眼，把我的手狠狠拂开，转而抓住女孩的手，往厕所大步走去，一边用力瞪那母狗，又扭过头，却不是向我，而是冲她，说起话来，慈眉善目唠叨他三十年前的往事，说他那时如何跟坏人作斗争，抓获潜伏特务，保护公共财产，得到了单位嘉奖……神采飞扬，口沫横溅，声调亦变得如蚯蚓缠绵柔软。我绝望地想，不怕狗了吗？我停下，落败地垂首站在一旁，偷眼看见女孩做出饶有兴趣的样子，不住嗯啊点头，那模样就像是老人的亲孙女。老人一字不提传说中的苦难，而只讲得意之事，好像那个时代是多么的轰轰烈烈、伟大无疆。他的口水星子在女孩的鼻尖前闪亮飞舞，他的枯手舞出十字形的动作，不经意间反复碰触了她的胸脯……我顿然意识到，正是老人的存在，映衬出我们的年轻！姑娘却微笑着保持一个姿势。

老人们上厕所用去很长时间，然后又簇拥到一块儿，卸下身体负担后，步履轻快地重新上场。特别是，又有单位这一群年轻而恭顺的壮劳力陪伴，他们更加兴致勃发，一个个显摆似的，要在我们和狗的面前展现活力。我稍一走神，与团支书失散了，心里顿然空茫。我找了一阵，才见她在搀扶那个最早跟她说话的老太太。她显出很讨厌做年轻人的样子，但其实是本性善良吧，又有责任感，所以才如此耐心，而这正是我个性中的缺陷，使我喜欢上了她。我失魂落魄，不知道该做些什么，才能入她眼目、讨她欢心……这时，一个矮胖黝黑的女农民把我们引领到了一处栽满植物的园圃，好像一个绿油油的内海。老人们的眼睛立即嗖嗖亮了，其实，他们的眼睛本来就是雪亮的。他们是越老越会用眼啊，白内障什么的都是遮眼法。你看，他们采摘，瞄得是那么准，伸腿是那么快，下手是那么狠，不到一刻钟，几乎每人都采摘到了最大个儿的、最饱满结实的梨。陪同的年轻人为了助兴，也不停采掇，到手的却总是最差最萎的，眼力见儿首先就不行，近一半人戴着近视眼镜，又出校门不久，更谈不上经历了那个逝去时代的风云锤炼，另外也是被刚才的厕所和狗来了个下马威。本来，毕业之际，我们都觉得自己风流倜傥，指点江山应该不在话下，到了单位后，才晓得根本不是那样。我们这一代不行……很快，大家都气喘吁吁，腰酸背疼，苦不堪言。我又看到那个给姑娘诉说往事的老头儿。他挑战似的红眼瞅定我，好像在大声宣告："喂，看我还行吧，还保持着本色呢！说到采摘，你们谁能搞过我呢？"他驼着矮小身子，背负一大堆黄绿色梨，健步前蹿，像一个洋洋自得的赴蟠桃会神仙。

我才体悟到，我们的工作，没有老人们的支持，是根本不可能完成的。他们是采摘高手哇。他们退休了，可是单位的运转还需要他们辅佐，采摘则能调动其能量，发挥其余热。但我又不服输，心想怎么就采摘不过你们呢？挑战重重并严峻，但至少我还年轻啊。这时太阳像一个金色卵子高悬，好像是在嫉妒那些跟它长得相像的梨。我眯缝眼看去，发现它竟然不如梨儿明亮，一副快要熄灭的样子。它后面的宇宙正在白茫茫地往后藏匿。我不禁想到了远在老家的父母，他们也已退休了。但愿也被单位请去采摘了。这样我的心态才有些平衡。我又低头看看脚下的土地，几十万年前，曾是男人狩猎、女人采集之处，我踩着的这片泥，下面说不定埋有古人类的化石吧，我们一代代繁衍到如今，明天，我也要与某个女人结婚，然后买房，生子，再老去，经过漫长的时间，我才有机会变得跟这些老人一样……但几十年后我还能来采摘吗？那时还会有梨吗？这片土地还在吗？这个国家呢？……我很着急。老人们像野兽一样拼命跳着脚，死死拎着塑料袋，男人女相，生龙活虎，就像要抓住世界末日前的机会，在田地里汗油油来回奔跑，高兴得不得了。我和同伴不停把矿泉水递到他们手中。但他们不屑一顾，马上扔到一旁，说，喝这个干什么！你们以为我们刚劳动一会儿就要补充能量啦？不，不，等采完梨再说！

终于告一段落。中午，就在村里吃饭。土鸡土鸭，红薯土豆，据说是无污染食物，老人都乐开花了，呦呦叫着。他们辛勤劳作了半天，胃口大开，狼吞虎咽，一盘食物上来，立马扫光。有的老人兴致来了，嚷嚷要酒喝，我们就赶紧返回汽车，把自带的酒搬出来。有啤酒白酒，提前有所准备。年轻人乏力，又胆怯，都不喝酒，老人就不管我们了，自己喝，推杯换盏，大呼小叫，像是庆祝战役的胜利……我更紧张了，想了半天，才记起，原来，领导交代了，今天还有一项任务，就是让我找机会说说征文的事情，单位要举行成立九十周年的庆典，拟请老人撰写回忆录。这玩意儿只有他们才能写，别人替代不了。没有回忆录，一切就不成立了。这事要在采摘间隙，找个机会向他们说明。我在后怕中庆幸自己还没有忘记，就鼓起勇气，离开饭桌，走上前台，清清嗓子，吭哧着把这事当众讲了。但老人们好像统统没有听见，只在摇头晃脑吃喝，嘻嘻嬉笑，嚷闹一片，给我的感觉是，仿佛谁也没在这个单位干过，包括那些个自夸了丰功伟绩的老人，这时也装聋作哑了，只在呼噜呼噜狂饮大碗的蛋花汤，脑袋淹没在亮堂堂的餐具深处。九十周年，算个什么呢。在他们眼中，似乎早已跟自己没了关系。这让我有失败感。本来，回忆录这种东西，年轻人发音都发不太准……但这才是单位一定要低三下四讨好老人的缘故吗？有的老头儿老太太，大概吃得差不多了，就和和气气歇下来，交头接耳，挤眉弄眼说着他们才懂的话，样子非常神秘。我对自己竟然置身此间，感到巨大的无奈，好像刚刚开始生活，生活就要结束了。我一时冲动，很想跃过去，把老人们的桌子掀翻，然后在他们愤怒、轻蔑而嘲弄的目光下，拂袖而去。但一想到进入单位的艰难，父母的期盼，还有我未来的女朋友，以及我还要争取活到自己也能来采摘的那一天，我就咬牙忍住了。我就低头回到了饭桌前。

我边上坐着的，正是那位老太太。她基本无牙了，一嘴的黑洞张张合合，像里面填满无数的隐形小弹簧。我热爱的团支书姑娘，正陪着老人，细声细语对她说："您今天身体感觉怎样？还能坚持吗？"很体贴的样子，就像小媳妇儿。我觉得她有些过分，甚至如老人一样虚伪。但我就是因为这个，才喜欢她的吧。她比我圆熟，这令她性感。因此我也不说什么了，只热锅上的蚂蚁般侧耳聆听，也算是虚心学习吧。老太太忽然伸出柴火棍儿一样的双手，用很大力气，拍拍一马平川的胸脯，汗涔涔的，像个真正的过来人似的朗声说："我很好呀！"但姑娘还是帮她从一个小手袋里把药片取出来，娴熟地喂入她口中，令她就着滚热的蛋花汤吞下去。她很费劲地吭哧一阵，雏菊般的嘴唇旁溢出暗黄色的浓汁，空气中立即弥漫开一股暧昧的咸味。边上一群老头儿直皱眉。姑娘却不离不弃，又用纸巾擦拭掉她脸上的黏液。我实在不忍看下去，却束手无策。老太太忽然不爽地说："我采的梨呢？""放车上了啊。""什么？放车上了？""是啊。""我不信，我不信！一定是落田地里了吧。""真的看见放车上了呢。""不对，肯定是忘在了树林中！"她说着嘤嘤哭了。姑娘沉吟俄顷，眼珠一转，说："不怕啊，不怕啊，我去帮你拿来看。"像哄小孩似的。我本想冲她说，别这样啊，实在要去，就让我去吧。但我坐着没动。我颓丧地看着女孩离席的背影，两个肩胛骨处显露出了异性的矫健和敏捷。她果然是母系氏族采摘者的后代啊，几万年来，这样的基因沉积，发扬光大，令男人相形见绌。我感动了，想追上去，伸出双手，从腰后轻轻搂住她，再绕向她凉爽的腋窝，却避开丘陵般拔起的前胸，仅仅是表达我的疼爱、照拂、失落和嫉妒。她应该跟我在一起，而不是与老人厮守，在他们身上耗尽心血。但我没办法。我接受的任务，就是让老人高兴，而不是让她高兴。我只好一无是用地坐着，浑身颤抖，机械地取过一只鸡腿，塞进嘴里，一下掉进喉管，半天没透过气。这时我看到老太太正咧嘴冲我笑，就像看穿了我的心思。"你老瞅她做什么呢？喜欢她是吗？我一辈子没结过婚。那又有什么好呢？我们那时，人人忘我工作，不考虑个人问题。

不像你们啊，成天就知道享受、享受！享受那么多，有什么好处？像我们，退休了，还能为服务农村做些事。待会儿就可以吃到梨儿了。饭后吃水果能长生呢。"我恨恨瞅着她，又矛盾地心忖，好好跟她聊聊吧，这是我工作的一部分，可以让我在与女孩的竞争中，获得一些平衡，乃至占据上风。但鸡腿噎得我说不出话。老太婆只是天真无邪笑着，就像是餐桌上的皇太后。我不敢得罪她，害怕她回去向领导告状。

吃过午饭，老人们补充了力气，又在农民的炕上睡了一会儿觉，到了下午三点，继续采摘，一队队波浪似的埋头推进，也不再与我们交流。大概是两个年轻人负责一个老人吧，帮他或她扛着拎着战利品。老人们吃饱喝足了，又踏实睡了一觉，身上越发有了劲道，就喷出酒气，打起饱嗝，撒丫子一溜烟跑不见了，只在半空中洒下一串串大笑，撇下左右不是的年轻人，在田间地头聚成一堆儿一堆儿，面面相觑，慌张地商量该怎么办。这种地方大家也不熟悉，不少人从未来过乡下。而老人则像荣归故里，头顶烈日，奔来跑去，上蹿下跳。我们拎着医药箱和矿泉水，扛着老人采来的梨，试图撵上并找到他们。但他们腿脚灵便，神出鬼没，敌后游击队一样，把我们统统甩下了。那几个患有气喘病、心脏病、高血压和美尼尔氏综合征的老人，表现得格外活跃，还时不时回头冲我们扮鬼脸，挑逗道："年轻人，来啊，来啊！追我们啊！"结果，反倒是办公室的小何，不慎摔伤。他刚毕业来到单位，就在服侍老人的过程中，从垄上跌下，昏迷不醒。老人们才不跑了，折回来，一边围观一边笑："这孩子怎么这么娇气啊！"就在我们不知道该怎么办时，老人们就嗨哟嗨哟喊着号子，把满脸是血的小何抬上田埂搁好，就像捕获了猎物。反倒是年轻人，在一旁手足无措统统呆住，大约摔伤的，是意料之外的同龄人，而不是本该受到保护的老人吧。大家失去了目标和主张，又觉得麻烦越来越大，为自身的安全担忧起来。

"还是请把注意力集中到采摘上来吧！"关键时刻，又是团支书女孩挺身而出，急切而动情地招呼老人们。她似乎深刻地看出了这里面存在的问题。但老人们只是抬眼冷冷瞅了她一下，就好像她破坏了大伙儿的兴致。连那个老太太，也是这样的，这真是辜负了她的一片心意。我感到愤怒，却越发气馁，嗓门淤塞着鸡腿，说不出话。但老人们更清楚自己的使命，他们只是欢呼着把小何扔到埂上，就很快又聚成了群团，排着更加整齐的战斗队形，重新雀跃着冲向树林，吧吧吧吧一路奔跑，迅即四散隐没不见了，只剩下笑语欢声，随风飘荡。我们也不管昏迷不醒的小何了，赶快去追老人。我这才大着胆子走到姑娘身旁，与她并肩而行。好不容易才撵上几个老人，我就拿出照相机，拍下他们容光焕发的表情，以便回去后好向领导汇报，以证明此行获得了大大成功。但老人们装着害羞的样子，不让拍照。但其实他们很想被拍，很想出镜，很想被制作成纪念相册。我装着给老人们拍照，实际上拍的却是我的心上人，假公济私，这只需要把镜头稍微移开一定角度就可以了。再不拍就没有时间了。站在老人身边，她很像一颗嫩梨。我要把她的各种动人影像和姿势，统统留存下来，以备我怀念她时，拿出来欣赏。我通过镜头，才敢放肆看她，见她穿着紫色的花格裙子，与那黄色的泥土，十分般配。她的两条小狼似的长腿不停闪耀着赤橙色光芒，她的神情间完全没有我的慌乱。当然了，也许有一天，根据自然规律，她也会老的，成为只知采梨的老人，但我此时却一点儿也不愿意去想象这个。这便是所谓的"年轻的悲哀"吧。或许我真心觉得，她将永远是现在这副样子，她怎么会老呢。那是绝不可能、绝不允许的……这时，她像是知道我在拍她，摆个姿势，把脸冲向镜头，第一次对我美好地笑了。我闭上眼，忘记了按动快门，泪水像开闸一样盈满眼眶，最后却只默默流入心里。

拍完照，我抑制住情绪的波动，装出喜不自禁，又跟女人往前走。我想多采摘一些，为老人服务后，偷偷藏起几个送她，她应该多吃梨，这样就会滋润，皮肤会好，不致老去。这像是挽救我们人生的唯一办法，也是我能做的不多事之一。但是我们去到的地方，都光秃秃的，梨早被老人采光了。不仅如此，连树都没有了，仿佛已连根拔起。最后，甚至连一个人影都看不到了。老人们都不知不觉走不见了。我很惶恐，丢失了老人，该怎么办？怎么对她交代？我忽然觉得，说不定，这本是村子设的一个陷阱，那些神情诡异的农民，才是此间真正的主角。我不安地向女孩投去一眼。"是我的责任，"我难过地说，"作为男同志，我未能照顾好……大家。""不，与你有什么关系呢？全部责任应该由我来承担。另外，这儿的环境就是这样。乡下嘛。我们要习惯起来，不要一遇上问题，就自惭形秽、慌里慌张。"她安慰我，也像在说服自己，说着，自告奋勇，独自走开了，去寻找新的树林。我想跟了去，却犹豫了，不敢行动。我拧紧骨架，满头大汗，惭愧地在原地转圈走。阳光重新显形，照在一无所有的地面，刀戟一样，咔嚓作响。我听着她渐渐远去的脚步，心里牵挂不已。哦，会有埋伏的剑齿虎吗？会把她一口吃掉吗？而幸存下来的却是我这个无用男人，这岂不是搞颠倒了吗？没了她，我怎能招呼住那些老人？我有那样的本事吗？

我正左右为难，却从什么地方，传来她兴奋的声音："过来啊，在这边呢！"我才吁出一口气，拔腿疾奔过去。果然见到一片硕果仅存的树林，让人一喜。枝头上，累累叠叠——不，仔细看，不是梨，而是人头，挂得满满的不留缝隙，一个个白发苍苍，眉清目秀，却没有丝毫表情。"这怎么回事？"我毛骨悚然，眼冒金星。"不知道……"她像是委屈地说。在这种场合，我本是要当场晕倒的，但因为她在，就竭力让自己稳住。我第一次发现，健硕的她其实有些瘦小单薄，楚楚可怜，不禁想弯过胳膊去保护她。但我最终没有这样做。因为在那些人头的注视下，我的身体在瑟瑟作抖，手足都僵住了。我掩饰着不要让她看出我的懦弱。而她似乎没有在意我的困窘和恐惧，这让我深深伤怀。她并没注视人头，而是观察人头后面的，好像那儿还有什么更稀奇的事物。但她看到了什么呢？我以前很少去看人类之外的东西。我生来就忌讳这个。正是在人类之外，存在许多冷漠而可怕的世界，幽灵般平行生长出来。以前的传说在这一刻兑现了，因此不得不看，不能她看我不看啊。我感到生存受了威胁，像是回到了史前时代。那么，人头后面到底有什么呢？只有一片天空，它的背景是鲜红色的，像秋天的收获季节一样，这跟刚才那簇苍白的阳光完全不同。我们毫无防备地暴露在了更为彻底的宇宙面前，也就是那些个赤裸裸的、真相毕露的宇宙。或言，确凿的世界，第一次毫不遮掩而颇为意外地展呈在了眼前。"不，不是这样的。我刚才看到了更好玩儿的。"她吃力地冲我笑笑，面色惨白，样子也有点儿傻。"是什么呢？"我问。她摇头。"你说不出来吗？那你为什么要告诉我呢？"我有些生气，才明白女人终究无法理喻，她跟那个老太太其实是一回事。但我竟然对她抱有好感，想要与她一生一世在一起，这是我用理智控制不了的一种东西，也就是人生的最可悲处。我来到单位后，感到不适应，就是因为还没有学会面对和欣赏这种荒唐。此刻，她孑然站在大片的人头下，缓缓道："尽管这样，我也不会害怕，你知道为什么吗？""我不知道。"我很想脱口而出：是因为我在你身边吧！虽然这样有些无耻和虚伪。"想吃它们吗？"

她伸手指指那些人头。它们正在风中富有韵律地同步摇曳，却不发出一丝声音。我想象富含养分的雪白梨汁沿着女人殷红的嘴唇淌下来，一直流到她滑腻的、母鼠般的肚皮上，再越过她两条光洁弹性的大腿……但是——是的，真实的世界上，还有天空中，虽然那么陌生，却没有期待中的世界末日降临的迹象。万有将这么寡然无味地存在下去。我们还会有自然老去的一天。我们会顺利退休的——如果我们能熬住，在滑稽的渺小中抗拒这个莫名。

　　我战战兢兢，拍下女人和人头在一起的照片。我怀疑能不能显影出来。但总算可以给领导交差了吧，让他知道这不是我们的问题，也不是单位的问题。顺其自然了。我终于完成了任务。但这时我忽然担心起了回程，只要没有返归单位，此行就不算结束，就还会有意外发生。我想到，会不会，待我走到大客车，发现只剩下一辆空车了呢？上面的老人，都不见了呢？那样一来就说不清楚了。没能被领导选中前来采摘的同事们本就心怀不满，或会以为我们诱拐了老人，把他们当作人质了呢，把他们种植在了农田里。下次就笃定不会把陪同老人采摘的机会给我们了。但没有办法。我便和女孩蹑手蹑脚往回走，互相也不交谈。一切岑寂了下来。道路滑腻，肠子一般，又漫漫无际。田野中流淌着一股股的绛红色液体，此起彼伏耸峙出大大小小的坟包，旁边摆放着一排排新鲜的花圈。农民和狗不见了。人头也不见了。空气中像有许多鬼怪伸手扼住人的脖子，喘气更困难了。走了不知多久，我终于看到汽车一动不动停在村口。真的没有任何声息和动静呀。客车像口铁皮大棺材。我远远觑视，犹豫着要不要过去。我亦害怕看到，车厢里装满没有脑袋的大摞僵尸。女孩却大步流星走在了我的前面。我只得跟上。上了汽车，看到老人们都好端端坐在座位上，一排一排，严严正正，咬紧牙关，一言不发，脸蛋儿上挂满诡秘而肃穆的表情，气色红润润。大包小包，网兜里面，梨塞得满满的，却不是人头，既大且鲜，像果实内盛的，是时间和记忆，有的浓汁勒了出来，机油一样浸湿老人的裤裆。见我们回来，他们的嘴角忽然一致抽动，然后，就开始热烈讨论了，好像在诉说采摘的辉煌战果，沉浸在了昔日战斗胜利般的情绪中，而我们正是他们的证人。哦，这倒是也反证了我们的陪护业绩。我才放下心来，却又感到更大的失败，是精神上的，也是肉体上的。每回都有这样一次悸动后的失败，但它对于即将到来的庆典而言，意味着什么呢？

这才看到，老人都平安回到了车上，但除了我和女孩，年轻人均不见了。连车厢后部也没有他们的踪影。大家好像连失败和胜利均承受不起，被什么东西捉走了。但也许是统统照顾小何去了吧。小何的受伤让众人感到不安，也给了大家离开老人的理由。此时，小何一定还人事不省躺在田埂上呢。我却跟着女人回来，这算不算临阵脱逃呢？

　　快开车了，老太太忽然扑哧一声站起，梨也滚了一地，她尖叫：“还想去采呀！”就双脚并拢，跳出车门，埋头耸肩，像个猩猩，往梨园冲去。姑娘急了，也跑下车，追了上去。我大惊失色。我想撵上去拉住她，车却开了。一路上，老人们默然无语，好像这才累了。我期待到达目的地，盼望回到单位，却又满怀惧意。我很想找个无人的地方，抱头痛哭一场。但那一刻，会是等到我成为老人之后吗？其时，梨真的都被采光了吧。

（原载《小说界》2016 年第 5 期）

不能共存的节日

◎ 刘慈欣

1961年4月12日，拜克努尔航天基地。

谢尔盖·科罗廖夫站在被烧黑的发射架旁，虽然火箭升空已经快一个小时了，导流槽中仍有热浪涌出，给这里的早春带来盛夏的感觉。他抬头看看蓝天，尾迹已经消散，在那看不到的太空中，人类第一名宇航员已经绕地球飞行了大半圈。

"总设计师同志，请接受一个普通人的祝贺！"

科罗廖夫回过头来，看到一个身穿工作服的中年男人对他伸出手来，从服装看他是基地级别最低的工人。科罗廖夫握了他的手。那人从裤口袋中掏出一个瓶子，又从另一个口袋摸出一个小金属酒杯，"我们得喝一杯，总设计师同志，可我只有一个杯子。"他咬开瓶盖给杯子倒满酒。

科罗廖夫接过那个脏兮兮的杯子，他现在已经疾病缠身，结肠上有肿瘤，不适合喝酒。再说在这个伟大的时刻，他完全可以无视这个人，但科罗廖夫这时可以怠慢官员和将军，却不会无视这个最底层的人，在西伯利亚的那些年，他的身份比这人还低，饿着肚子在矿井里搬石头。

那人拿着瓶子与总设计师碰了一下杯，然后猛灌一口。

"在这个伟大的时刻，您能允许我讲个笑话来庆祝吗？"

科罗廖夫也喝干了杯子里的酒，伏特加像火箭燃料似的把热乎乎的感觉传遍全身。

"您再来点儿。"那人给科罗廖夫的酒杯填满。

"谢谢，你的笑话？"总设计师微笑着问。

"我是一个外星人，您就叫我……G吧，我来地球考察，我的兴趣是地球的重要节日。"

"哦，那你的收获一定不小，只要你调查的范围足够广，地球的每一天可能都是节日。"

"我之前进行了大量的考察和研究，那些都不是重要节日，事实上，真正的重要节日我一个都没有发现。"

"圣诞节不重要吗?"

"当然不，尤其对布尔什维克而言。"

"那新年呢?"

"也不重要，这颗行星又公转了一圈而已。"

"那你认为的重大节日是什么呢?"科罗廖夫有些心不在焉，他转身向不远处的军用吉普走去，他要回控制中心了，东方号飞船即将开始减速，开始再入过程。

"比如说分裂节。"

"什么?"

"地球上生命细胞的第一次分裂，当然那是很久以前的事了，几十亿年前吧。"

正要上车的科罗廖夫停下来，扶着车门回头看着G。

"再比如登陆节，就是生命从海洋爬上陆地的那一天;下树节，长臂猿从树上下来的第一天;还有直立节、工具节、取火节等等。"

"但这些节日，我们是无法知道具体日期的。"科罗廖夫说。

"那可以随便定一个，其实圣诞节就是在公元三百多年时由教会随便定的，圣经上根本没有记载耶稣是什么时候生的。"

科罗廖夫要上车，G拉住了他，"总设计师同志，我想说，今天就是人类一个重大的节日，我把它命名为诞生节。"

"谁诞生?"

"人类。"

"人类早就诞生了。"

"哦不，如果您此时处于加加林上尉，哦他好像刚升为少校是吧，的位置，就会发现地球是一个蓝色的子宫，婴儿只有出了子宫才能称为诞生……哦，总设计师同志，很抱歉我的笑话不可笑。"

科罗廖夫再次同G握了一下手:"很有意思的，谢谢你，同志，我以后会每年都庆祝这一节日的。"

"哦不不，"G摇摇头，"今天是否能真正成为诞生节，还要等等看，还要等等看才知道呢，总设计师同志。"

总设计师的车开走后，G大脑中的通讯单元把一条信息发往月球上的中转通讯站，由此发回母星：蓝星纪年1961年4月12日有可能成为诞生节，目前评估可能性为52.69%，持续监测中。

地球是一个蓝色的子宫，婴儿只有出了子宫才能称为诞生

2050年10月5日，北京中国科学院脑科学与人机工程研究中心。

大屏幕上显示：

窝西淫累，窝向西桶鼠入自慰鼠具，山。14一壶酒，虫屎。

我是淫类，我向系桶输入思慰数具，3.14一壶9，虫试。

我是人类，我向系统输入思慰数据，3.141壶9，重试。

我是人类，我向系统输入思维数据，3.14159。

最后一行显示后，实验室里爆发出欢呼声。这些数据是从一个人的大脑直接输入到计算机中，实验者戴着大脑感应头盔，第一实现了人与电脑的直接连接，兴奋持续了一个多小时，人们开始散去，脑机接口项目首席科学家丁一也从兴奋中平静下来。

"各位老师，请接受一个普通人的祝贺。"

人们回头，看到一个夹着一根扫帚的中年男人在对他们微笑，这是实验室的勤杂工，之前他们间没有说过什么话。这人放下扫帚，从工作服口袋里拿出一瓶酒，又从另一个口袋里拿出一摞显然是从门口饮水机上拿来的纸杯，分给大家后挨着倒酒。

"你知道我们在做什么？"有人问，像以前创造历史的科学家一样，他们多少意识到这个突破的意义，但也没有十分把握，因为许多当时看似划时代的成果都淹没于时间之中，他们此时只有项目完成后如释重负的轻松感。一个勤杂工居然对这个成果如此兴奋，让他们很好奇。

"当然知道，这是一个伟大的时刻。"勤杂工说。

人们开始喝纸杯里的酒，北京二锅头把热乎乎的感觉传遍全身，像更新系统的数据传遍网络。

"在这个伟大的时刻，能允许我讲个笑话来庆祝吗？"勤杂工说。

"笑话？呵呵，你讲。"

"我是一个外星人，您就叫我 G 吧，我来地球考察，我的兴趣是地球的重要节日。"

"哦，那你的收获一定不小，只要你调查的范围足够广，地球的每一天可能都是节日。现在节日的数量还在很快增加中，像双棍节（注：一个同性恋者网络购物节）什么的。"

"我之前进行了大量的考察和研究，那些都不是重要节日。我是想说，今天才是人类的一个重要的节日。"

科学家们互相看看，会意地点头，丁一对 G 说："有可能，你把这个节日叫什么呢？"

"我还没想好。" G 仰脖把瓶里剩下的一点酒喝了，"唉，上次喝酒是和总设计师同志，可敬的总设计师同志。"

"总设计师？还是……同志？是谁？"有人问。

"科罗廖夫，谢尔盖·帕夫洛维奇·科罗廖夫。"

丁一点点头："人类第一艘宇宙飞船的总设计师，不过，他活着的时候还没有你吧？"

"丁总，人家是外星人。"有人打趣道。

"呵呵我忘了，不过，G 先生，"丁一抿了一口酒，"科罗廖夫、冯·布劳恩这些伟大的前辈确实值得敬仰，但我们今天的突破有可能使他们所有的努力全无意义。"

"哦？" G 露出很天真的疑问状。

"这个突破之后，脑机连接技术将走上康庄大道，将飞速发展。很快，互联网上联接的将不是电脑而是大脑，接下来顺理成章的是，人的记忆、意识和全部人格将能够上载到计算机和网络中，人类有可能生活在虚拟世界中，虚拟世界，你想想，在那里人什么都可以做，想什么就有什么，像上帝一样。在那里一个人可以拥有整个星球。"

"甚至整个宇宙，每个人一个宇宙。" G 说。

"对呀，所以，飞出地球太空航行算嘛呀。"一个操着京腔的年轻人说。

"其实这个伟大的进程早已开始，"丁一说，"互联网、移动互联、可穿戴设备、VR、物联网……记得吗？几十年前父母们居然责怪孩子们沉溺于网络，而现在，断开网络沉溺于现实是最让人不耻的懒惰和堕落。今天的突破，让人类迈过 IT 伊甸园的最后一道门槛。"

"外星人先生，"有人说，"你能想象一下人类未来的 IT 天堂吗？"

"未来的虚拟世界确实是天堂，在那里面每个人确实是上帝，其美妙是任何想象都难以企及的。我只想象一下那时的现实世界。开始，现实中的人会越来越少，虚拟天堂那么好，谁还愿意呆在苦逼的现实中，都争相上载自己。地球渐渐变成人烟稀少的地方，最后，现实中一个人都没有了，世界回到人类出现前的样子，森林和植被覆盖着一切，大群的野生动物在自由地漫游和飞翔……只是在某个大陆的某个角落，有一个深深的地下室，其中运行着一台大电脑，电脑中生活着几百亿虚拟人类。"

"哇，好诗意！小李，再弄瓶酒去，哦不用，外星人先生，去和我们一起吃庆功宴去！"丁一搂着 G 的肩膀说。

人的记忆、意识和全部人格将能够上载到计算机和网络中

G 摇摇头，把手中的空酒瓶放进垃圾篓，弯腰拾起扫帚，开始打扫经过几天通宵工作凌乱的实验室，他在做的时候用梦呓般的声音轻声说："与总设计师同志分别后，我在太空中漫游，又探访过无数的世界，那些行星，蓝的、红的、黄的……各种颜色的子宫，智慧文明在其中孕育，在现实中成长，飞向太空，却在虚拟世界中熄灭，像荷塘中的萤火虫，一闪一闪，最终消失在暗夜里。你们看看星空，一片寂静，知道为什么了吧……哦各位，很抱歉我的笑话不可笑。"

G 拿起垃圾篓，慢慢走了出去，他的背影显得苍老了许多。

"原来是个文青耶。"有人悄声说。

"呵呵，这就是所有文青的未来，只有虚拟世界才能救他们。"丁一说，引起几声窃笑。

在实验楼的大门，G 大脑中的通讯单元把一条信息发往月球上的中转通讯站，由此发回母星：蓝星纪年 1961 年 4 月 12 日疑似诞生节取消，2050 年 10 月 5 日确定成为重大节日，暂命名：流产节。

（原载未来事务管理局 2016 年微信公众号"不存在"）

狗叫了一天·日月山

◎徐则臣

给天空打补丁这事，只有小川干得出来。他站在我们的屋顶上，左手钉子右手锤子，往天上敲。一片云来了，他说，打上了；一架飞机经过头顶，他说，又打上了。张大川和李小红说，看，咱们儿子多聪明，就知道针和线缝不上去，往天上打补丁得用锤子和铁钉。他们站在院子里仰脸朝天上看，在北京难得的蓝天白云下，八岁的小川高举锤子和铁钉，怎么看都像一个伟岸的英雄。在他们的视野里，我也同样高大，为了保护小川的安全，我也站在屋顶上，不离小川左右。

小川是个傻子。张大川和李小红是卖水果的，每天开一辆带驾驶舱的三轮车早出晚归，苹果熟了卖苹果，橘子熟了卖橘子，西瓜熟了卖西瓜，偶尔也卖香蕉、芦柑、菠萝和梨。最贵的东西是樱桃。李小红说，不知道城里人为什么爱吃这么小的玩意儿，贵得要死，他们非叫它车厘子。小川喜欢跟着我，哪天我不出门贴小广告，张大川和李小红就会一手领着小川一手攥着两个苹果橘子，来到我们的院子里：小川，跟木鱼哥哥玩。当然，他们还会用饭盒装好小川的午饭，中午我帮着热一下。如果我的同屋行健和米萝也在，他们会多拿两个苹果或橘子。然后他们突突突发动三轮车，对口袋里装着锤子和钉子、歪着脑袋流口水的小川说：

"乖儿子，跟爸爸妈妈再见。"

我要说的不是小川，也不是张大川和李小红，更不是他们一天到晚穿行在北京的大街小巷装满各种水果的机动三轮车。我要说的是狗，张大川和李小红养来看家护院的。他们租了我们隔壁的小院，两间屋，一间住人，一间放水果，狗拴在水果屋门口，小偷小摸的进不去。我们烦死了那条狗，三轮车一响它就叫，三轮车跑远了它也叫，三轮车不知道钻到北京的哪条小巷子里时，它还继续叫。

"早晚收拾了这狗日的。"行健和米萝说。

早上狗醒得早，我们连个懒觉都睡不好。我们仨都是打小广告的，基本上是昼伏夜出，经常大清早才能爬上床，狗日的开始狂吠。如果夜里没出门，中午我们也会眯一会儿，它冷不丁来一嗓子，让你脚心都上火。早晚收拾了你个狗日的。

那天我们没出门。午饭后，我带小川在平房顶上往天上打补丁；行健在研究《周公解梦》，夜里他梦见一头面带桃花的白猪敲响了我们的房门，他开门，然后醒了；米萝在给昨天写出来的一段话分行，他觉得自己没准可以当个诗人。他们想午睡，根本睡不着，狗一直在叫。一直叫，一直叫，一直叫。不知道哪根神经搭错了。我在屋顶上都听见他们俩骂骂咧咧。三轮车地动山摇的发动机声由远及近，小川举着多少天来的同一把锤子和同一根钉子说：

"我爸，我妈。你看，是我爸我妈！"

张大川和李小红又回来了。

行健和米萝从屋里出来，对我说："让他们把小东西带走！"

"我带他玩，不打扰你们。"

"那也不行，"行健说，"那狗日的烦死我了！"

"听着他们家狗叫，"米萝说，"还得帮他们带个傻子，没这道理。送他回去！"

三轮车停在院墙外，张大川和李小红一脸的笑，一个上午一车橘子卖光了，他们打算再装一车货。

"乖儿子，玩得高兴不？"张大川说。

李小红说："记着叫哥哥。"

我只好对他们撒了个谎，我得去一趟姑父那里，拿刚印制出来的小广告。我说陈兴多赶上时髦了，一个办假证的也整了张名片，以后我直接把他的名片到处撒就行了。所以小川我得还给他们。

张大川两口子有点不高兴，但坚持没让腮帮子挂下来。又不是别人儿子。狗还在叫。李小红把她儿子从屋顶上接下来，撇撇嘴，饭盒得还给她。"你是不是惹人不高兴了？"她小声问小川。小川歪着头扭过身看我，伸出舌头笑，说：

"哥哥喜欢我。"

他的两只眼永远对不到一个焦点上，这经常让我着急，我觉得他在跟我说话的时候看的其实是另外一个人。但我的确喜欢他，他从不说假话，想干什么就说什么，他还没学会说假话。这一点张大川不如他。张大川总在跟你说，他们两口子如何爱这个傻儿子，所以至今没有决定好是否再生一个。按政府说的，他们完全可以再生一个。"可是，再生一个小川会不高兴的。"张大川笑眯眯地说。他从李小红的手里接过儿子，掐着小川的胳肢窝，一把扔到驾驶舱里。力气够大的，我都听见小川脑袋撞到挡板上咚的一声。张大川的脸撂下来，皱着眉头低声呵斥：

"不许哭！"

车开到院子里，装满橘子、苹果和香蕉，突突突开走了。小川坐在张大川旁边，李小红坐在车帮上，屁股底下是一堆硬邦邦的苹果。狗叫得更欢了。两口子从外地来，可能跑的地方多了，口音也串了，你听不出他们说的是哪个地方的普通话。张大川没事还加几个儿化音：一群儿人排队儿买咱的果儿呢。一听这腔调行健就生气，操，丫也不撒泡尿照照，队儿队儿是他娘你丫说的么！

他把对张大川说话方式的不满转嫁到他们家的狗身上了。

"还叫！个狗日的！"行健说，"老子弄死你！要是条德国黑贝，你叫就叫了，你他娘的连条京巴都不是，就是条土狗，你还有脸了！老子弄死你！"

说干就干，他跟米萝从屋里出来。两个人火气都挺大。不单是睡不着的问题，我怀疑《周公解梦》上的答案不太好，米萝的分行事业搞得也不太顺。把狗弄死肯定不行，太容易露馅了，他们俩决定折腾它，折腾一下算一下。米萝手里端着一碗吃剩下的排骨汤，因为天冷，浓郁的油汤呈半凝固状态。

"你，继续到屋顶上待着，"行健吩咐我，"听见车回来赶紧告诉我们。"

我拿了本旧书摊上淘来的《天方夜谭》爬上屋顶。

没有比屋顶上更好的看书地方了。西郊的平房和生活低伏在地面上，因为坐得高，似乎也将这个世界看得更清楚了；也因为坐得高，理解一本书比过去坐在教室里好像更容易了。我在靠近巷子边的屋顶坐下来。狗叫得更凶了，他们俩翻过了墙头。米萝夹出一截排骨扔过去，狗哼唧了两声立马不叫了。

那条狗的确没啥出奇的，一条土狗而已。皮毛只有黑白两色，现在黑不是黑，白不是白，随地乱卧，身上沾满了泥土和便溺。风餐露宿在门前简陋的狗窝里，冷惯了，一趴下就习惯性地缩成一团。我怀疑它从没吃饱过，瘦得弧形的肋骨都快戳到了皮毛之外。那狗的名字就叫"狗"。张大川和李小红招呼它也是这个字：狗。狗，过来！狗，叫什么叫！狗，死过去！个死狗！它两只前爪抓住排骨，激动得不知道怎么啃才好。行健和米萝从墙根处搬来两只小马扎，坐在旁边看着狗哆哆嗦嗦地吃那块排骨。行健回头对我打了个响指，下午的阳光弱下来。狗的影子在地上艰难地蠕动成一团。

"先让它尝到滋味。"米萝对我说。

《天方夜谭》是本好书，尤其在屋顶上，我更觉得它是本好书，它让我迅速地从低伏在大地上的生活里跳脱出来。我随手翻，翻到哪页看哪页。

狗花了很大的力气也没能把骨头嚼碎了咽下，急得像哮喘病人一样哼哼。又舍不得那点骨头，它就翻来覆去地叼住了吐出来，吐出后又塞进嘴里。行健伸出右手食指挑了一些汤汁，放在鼻子上闻，眯缝着眼，陶醉的模样那条狗肯定看懂了，突然安静下来，慢慢走到行健跟前，温顺地趴到地上。行健抬抬下巴，对米萝作了指示。米萝站起来，上去踹了狗一脚。那狗没反应过来，立马跳起来，刚叫了一声又安静下来，重新趴到了地上。米萝对着它屁股又来了一脚，狗再次跳起来，扭头看看米萝，叫声变成了愤怒的哼哼声，拖了一个奇怪的尾音，犹豫了五秒钟，趴下来。米萝看看行健，行健坏笑着点点头，米萝对着狗的肚子踢了第三脚。这一次狗真被弄恼了，原地又蹦又跳转了好几圈，行健和米萝本能地往后挪了挪身体和马扎。不挪也没关系，狗脖子上拴着根链子，它已经到了可以活动的最大半径。狗又叫了，但这一次叫声行健和米萝不烦，他们俩转身对我笑起来。

"你也来一下？"米萝招呼我。

"你们在干吗？"

"放心，逗狗日的玩呢。"米萝说，对着狗屁股又来了一脚。

那狗终于要被惹毛了，挣得铁链子哗啦啦响，行健及时抠了一块凝固的汤汁甩到地上，那狗一头撞过去。味道肯定很好。它用舌头把那块地面都舔干净了。吃完了，咂着嘴，缓慢地趴下来，脑袋搭在两条前腿上呜呜地叫。叫声里充满了绝望与哀求。行健把碗递给米萝，拎着马扎挪到狗身边，像亲人一样抚摸起它的皮毛，从脑袋梳理到后背，再到屁股。那狗闭上了眼。从我的角度看，行健本来打算对着它脑袋挥上一拳的，但他拳头握起来后又松开了，他可能也看见了那条狗殷勤摇动的尾巴。他再次抚摸它，从脑袋开始，到瘦削的后背和嶙峋的屁股，然后，他的手落到它的尾巴上，从尾根慢慢梳理到尾梢。他站起来。

"看看，车回来了没有？"行健问我。

我站起来，稀薄的影子铺在屋顶上，宽大又长远，一直覆盖到了屋顶的尽头。这样的下午太阳跟病人一样虚弱，打几个喷嚏力气就没了。远处是平房，再远处还是平房，也有树，再远处是一片铅笔画出来似的树梢，如同地平线，偶尔有一两座高楼，太阳随时都可能掉到高楼和树梢上。我探出脑袋往巷子尽头望，没有车，连个行人都没有，好像这北京西郊突然变成了一座空城。我对他们摆摆手。

"别看你那破《天方夜谭》了。"行健说，"就你这样，下辈子也撞不到个神话。哥让你开开眼！"

他对米萝比画了一番，接过了碗。活儿由米萝来干。他把手伸进碗里，捞了一把膏状的排骨汤汁，抹到了狗尾巴上。那狗闻到了味儿，激烈地叫起来。

"叫什么叫！"行健踹了它一脚。

狗把叫声压低，开始扭着身子去找。排骨汤汁的确很香，我在屋顶的冷风里都闻到了。一架飞机从天上经过，小川的一块补丁。几只鸽子和麻雀从半空飞过去，也是小川的补丁。如果不看小川无法聚焦的两个眼神，不看歪着的脑袋和漏口水的嘴角，你不会相信他是个傻子。他比正常人有想象力多了，比《天方夜谭》的想象力都多，谁能够想象还可以给天空打补丁呢？谁还能知道针和线是派不上用场的，只有锤子和铁钉可以？

狗在绕着圈子找自己的尾巴。拴它的铁链子一次次绊住它的腿，它急得想不起来抬脚越过链子，更想不到转过身把链子放在一边。有几次它舔到尾巴尖，从它的急迫和突然就张大的嘴巴推测，它也觉得味道好极了。这激起了它更大的食欲。

我们都见过狗咬自己的尾巴，但从没见过如此笨拙、慌乱和章法尽失的追逐。看得我们一起笑。那狗一边转着圈去舔自己尾巴，一边哼哼唧唧地叫，老是舔不到的时候它就会大声吠叫。慢慢地，它发现了窍门，它把腰部猛地一对折，嘴就很容易地够到了尾巴尖。它一下下舔光了尾巴尖上的排骨汁。

行健和米萝争论起来。显然，再往尾巴尖上抹汤汁跟直接送到狗嘴里已经没什么区别了，这么干下去一点都不好玩。两人很快达成共识，把汤汁一点点往尾巴上方抹。看它能舔到哪个位置。

汤汁抹得越往上，狗的难度就越大，它得把自己对折起来。到后来对折起来都不行，怎么都够不着。铁链子也跟着捣乱，绊得它跟跟跄跄，有一次终于被绊倒了，费了半天劲儿才把身体从对折的状态恢复过来，恨得它牙根痒痒，一口咬住铁链子摇头摆尾地撕扯。链子影响了它的发挥。行健和米萝只顾看笑话。得承认，这样的笑话难得碰上。我站在屋顶上喊：

"把链子给它解开！"

我提醒了他们。行健在地上丢了一小坨汤汁，趁狗去吃的当儿，米萝解下了狗的项圈。

新的一轮逐尾游戏开始了。膏状汤汁越抹越高。那狗摆脱了项圈和铁链子的羁绊，其实并未获得多大的自由，但它以为得到了，当真是越发努力，独自一个绝望地战斗。自己跟自己的较量，基本上就是一条狗的极限挑战。我不知道一个人绝望时会发出什么样的声音，那狗舔不到沾有汤汁的那一截尾巴时，发出的狂躁、滚烫的声音，有一瞬间我觉得那完全就是人声。那声音让我浑身发冷，仿佛吹过我的不是黄昏时的冷风，而是一层层一片片凉水。我觉得游戏做过头了。

冷风带过来柴油发动机的声音，我侧耳倾听，又没了。但分明又在。我想提醒行健和米萝，差不多得撤了。他们看着推磨虫一样转着圈子的狗，前俯后仰地大笑。那狗突然凄厉地叫了一声，身体以超乎想象的幅度对折了一下，它肯定也被自己弄烦了，它一口咬住了自己的尾巴。那一口咬得如此痛切，它都无法及时地撒嘴，整个身体首尾相连地原地起跳，在空中停留了两秒钟然后尖锐地摔到地上，骨头撞击地面的声音我几乎都听得见。它松开了自己的尾巴，更加凄厉地叫了一声，跳起来往院门处冲。

老式院子，院门是对开的两扇板门，张大川上了锁。因为门大，三轮车可以直接开进院子里，两扇门之间的空隙就大，但也没大到一条狗可以随随便便就跑进跑出的程度，即使它瘦得皮包骨头。在平常，那条狗肯定有这个判断力，但那天它丧失了这能力，没钻出去，一头撞在门板上。它兜回一个圈子再冲刺，撞到了另外一扇门板上。它再次兜了个圈子，从院子的另一端围墙边开始助跑，快到院子中间时起跳，借助一棵死掉多年的香椿树桩，两条前腿蹬了树桩一下，成功地越出了院子，扑通一声，骨头和肉结结实实地掼到了水泥路面上。

"快撤！"我对行健和米萝喊，"他们回来了！"

柴油发动机的声音已经进了这条巷子。张大川的三轮车，不会错。行健和米萝显然也被那条狗镇了，张口结舌半天才回过神，赶紧去翻墙。

那条狗爬起来，歪歪扭扭地跑，尽管步态像个醉汉，速度依然很快。对面刚拐进巷子里的三轮车开得意气风发，下午的水果卖得也好，一车又空了。那狗以迎接亲人的狂乱节奏飞奔向三轮车，这种举动和速度肯定超出了张大川的意料，狗快迎面撞到前轮的时候他才想起来要躲开。猛踩刹车时他扭了一下车头，三轮车翻了。狗在叫，人也在叫，有男声，也有女声。

等我从屋顶上下来跑到翻车地点，悬在半空的三轮车前轱辘早已经停止转动。那条狗瘫倒在路边，依然在叫。李小红跪在翻倒的车前号哭，她要从侧面钻进驾驶室里，敞开门的那侧车门对着夜晚即将来临的天空洞开；另一边，不知道经历过何种鬼使神差的过程，傻子小川被夹在那扇车门里，半个身子在车里，半个身子在车外；在车外的那部分身体上，卖光了水果的空三轮车的重量正一点点分摊过去。车底下一摊红黑的血曲折地流出来。

李小红声嘶力竭地叫着小川。小川一声不吭。一点声音都没有。张大川肩膀扛着三轮车的一侧，想把它掀过去，让悬空的轮子全都实实在在地落到路面上。我把肩膀凑上去，跟他一起扛。狗还在叫，声音怎么听都不像一条狗。

夜幕降临，天黑下来。从昏暗中走过来和狗一样歪歪扭扭的两个人，行健和米萝。他们也把肩膀凑了上来。我听见张大川气急败坏地说话。

"李小红，别哭了行不行？"张大川气急败坏地说，"这下咱们正好可以再要一个孩儿了！胳膊腿儿都好使儿的，脑子也好使儿的！你不用担心对不起他了！你也不用担心咱们养活儿不了了！李小红，我让你别哭了你听见儿没！"该用儿化音和不该用儿化音的地方他全用上了。

半个月后，我在一个旧书摊上乱翻，看到一本书里说，狗尾巴的作用之一，是保持身体平衡。"尤其在高速运动时，直线加速或匀速向前时，尾巴会向后伸直，转弯时会有突然的摆动，减速时会快速地画圈，相当于飞机降落时打开的减速伞"。我使劲儿想，终于清晰地看见了那个傍晚，张大川家的狗狂奔的时候，尾巴是耷拉着的，像一截破旧的鸡毛掸子。

我在旧书摊上乱翻的时候，那条狗已经死了。它不停地往门上冲，最后把自己撞死了。张大川和李小红也回了老家。他们老家在哪儿，我们都不知道。

日月山

从西宁出来，一路往高处走。天高地迥，阳光也好，出门前朋友建议我涂上效果最好的防晒霜。他不用，他长住西宁，习惯了高原上的紫外线，脸上有两团微微的红。"有反应吗？"他问。我们坐在车里，五月初的青海植被刚刚绿起来，高速路边的树叶子小得谨慎。"心跳稍有点快。"我说。

"乍来都这样。到日月山你反应会更明显。"

朋友开车，把一首叫《鸿雁》的歌声音开得很大。我喜欢在世界屋脊上听见辽远的大声歌唱。日月山海拔四千米，内地来的人基本上都觉得氧气不够用，会心慌。我有点心慌，但不是因为缺氧。我想此刻我妹妹一定有点心动过速，我感到了她的那种心慌。我们是孪生兄妹。她在北京，正准备嫁人。她让我来日月山看一个人。我该对那个叫扎西的藏族小伙子说点啥呢？

"你想说什么就说什么。"我妹妹说，"你要什么都不想说，就说，你是我哥。他会明白。"

我见过那个叫扎西的藏族小伙子的照片。他和我妹妹站在西宁街头，坐在青海湖边，站在布达拉宫脚下，坐在大昭寺前，每个人跷起一只脚独立于八角街边的大风里。在这些照片上，我妹妹吊在扎西的脖子上，她张大嘴开心地笑，露出了好看的牙齿。在这些照片上，扎西的确是个帅小伙，他笑得比较节制，像个康巴汉子。

"哥，你记着，他是长头发。"

我没理她。在这个问题上我大致站在父母一边，谁让我是当哥哥的呢。早出生一个半小时那也是哥哥。我不喜欢她在嫁人之前还想到一个叫什么扎西的男人。他们俩不可能有戏。旅游结个伴儿还可以，结婚过日子，我爸妈说：肯定不行！事实上也如此，她不可能一辈子都在缺氧的拉萨、西宁和日月山生活，她的心肺功能先天不好，还吃不了羊肉。"你要跟着他牵一辈子牦牛，在跑几天都看不见一个人的地方放牧？"爸妈说。我妹妹哭了。

"哭了就赶快回来。"我接过电话。

那是两年前，我妹妹还住在日月山下扎西家的小平房里。

我妹妹回来了，拉杆箱里的一部分行李还舍不得全拿出来。

"还想走？"我妈把她的心电图报告抖得哗哗响，指着窗外的中关村大街，"走了你就不用再回来了！"

我来的时候，没让爸妈知道。到机场妹妹又给我发了条短信，说："哥，他是长头发。"

"他是长头发。"我跟朋友说。

"管他头发长短，"朋友说，"日月山上牵牦牛的没几个。你看这天，阴了。"

阳光不见了。天低下来，几乎就在天垂下来的同时，落下了雪。"这可是五月了！"

"谁说雪就得在正月里下？"朋友点上一根烟，递给我一个酒壶。我不开车，拧开盖子，喝了一小口青稞酒，一道尖锐的火线直入肺腑。"你要待这里，会发现六月照样下雪。"

青藏高原六月里的确会下雪。我妹妹最初就是听说六月里青海下了雪，才急匆匆地想来看一看。她到西宁时，雪已经化了，但在水井巷里遇到扎西。在西宁市那条著名的美食街上，我妹妹突然对烤羊肠有了兴趣。她站在烧烤摊子前有点迈不开步。她不太吃羊肉，怕膻味，更少吃动物的内脏，但那个傍晚鬼迷心窍就想尝尝烤羊肠。她对烤串上一截截硕大的羊肠正犹豫，一个长头发的藏族小伙子走来，买了两串，一串递给她。

"谢谢，我吃不完。"我妹妹说。

"吃多少我请多少，"长头发的藏族小伙子说，"剩下的我吃。"

我妹妹只吃了一截烤羊肠。然后两人就分手了。第二天她才知道那人叫扎西，她在日月山上又见到了他。三个牦牛客都想让我妹妹坐他们的牦牛，骑上去照张相也行，照一张十块钱。一头牦牛叫了一声，我妹妹吓得赶紧跑，缺氧了，她立马觉得心跳异常。一个男声说：

"上来吧，一分钱不要，想去哪儿都行。"

我妹妹转身看见了扎西。

"烤羊肠"扎西笑了，牙很白，像日月山顶峰上的雪。他牵的白牦牛有两只优雅的弯曲的角，牦牛的脑门上顶着一朵大红绸子扎成的花。

雪越下越大，天地一片苍茫。我在车里都感到了气温在一寸寸下降。初夏走了，春天也走了，冬天跟着一场大雪杀了一个回马枪。

"这种天气他会不会牵着牦牛回去了？"

朋友说："你见过哪个藏族兄弟怕过雪？"

车在世界屋脊上继续跑，以一种缓慢的角度往更高的高原上爬升。因为下雪的缘故么，路上的车好像突然都躲起来了，半天才能见到一辆。黑的羊白的羊，黑的牦牛和白的牦牛，在路边的铁丝围栏里贴着地皮啃还没来得及大面积绿起来的草。放牧的人骑着马在往营地跑。雪纷纷扬扬，高速公路像腰带一样打起了弯。"喏，"朋友说，"那就是日月山。"

我把日月山想高了。我以为日月山一定壁立千仞险峻高拔，应该是奇峰迭起般的十万大山，事实上她就是比高原更高的隆起、隆起、再隆起，她的隆起和攀升安静、从容、柔和，有种风起云涌但又漫不经心的升高的力量。她是高原上的高原。我知道她是圣山、神山，尚未被大雪覆盖的日月山裸露着赤红色的沙土山坡。我们的越野车沿山道蜿蜒前行，车窗紧闭，但我能感到车外大风正紧，如朋友所说，我的呼吸出现了一点小问题。朋友宽慰我，别紧张，日月山也是山，大风雪天当地人呼吸也不会顺溜。我用抽取式纸巾擦车窗上雾气，有两个藏族同胞正牵着披挂鲜艳的牦牛从山上下来，还好，来得及看清他们的脸，都在四十开外，而且不是长发。

从接受妹妹的嘱托开始，我其实暗暗希望只是来一趟而已，见不着最好。那个叫扎西的男人走亲戚了，云游四海了，或者干脆下落不明。抱歉，我丝毫没有咒他的意思。我只是想，日月山之行对我妹妹、对我，最好还是把它局限为一个仪式。既然是仪式，走完了就完了，如此而已。但在这个大雪天，我在希望白跑一趟的同时，隐隐地又担心见不到人。我把车前的挡风玻璃擦了擦，舒了一口气，雪帘后面还有牦牛和人的影子。

停车场上只有一辆车，很可能是工作人员的。卖藏饰和旅游纪念品的摊子全撤了。有一个摊主正往箱子里装他的假古董，一边装一边用带口音的普通话问我："兄弟，要狼牙吗？便宜了。"

我侧着身子对他摇摇头。顶着风雪说话根本喘不过来气。买了票，朋友让我把所有的衣服都穿上，风帽戴好，他就待车里了，日月山他来几十回了。看，那是日亭，那是月亭。当年文成公主赴吐蕃和亲，走到日月山，思乡心切，回望长安，把皇后送给她的日月宝镜拿出来照，竟在镜子里看见了京城长安的繁华盛景，且惊且喜且悲，情不自胜，宝镜脱手，摔成了两半。一半为日，一半为月，日月山就这么来的。你看那雕像，就是文成公主；还有那块石头，对，就那块，"回望石"，文成公主就是在那地方回头望长安，可怜无数山。朋友相当于把旅游指南简要地背诵了一遍，就关上车窗抽烟了。

不知道文成公主嫁给松赞干布以后，是否习惯粗粝动荡的游牧生活。她喝得惯吐蕃的酒么？吃得惯带膻味的牛羊肉么？从长安到这里，千万里也，车辚辚，马萧萧，文成公主硬是走过来了。我用围巾围住鼻子和嘴，只剩下一双眼睛看世界。好像整个日月山就我一个游客。此外就是一个磕长头的藏族老人，走几步扑通跪倒，舒展开身体匍匐在雪地上，起身，走几步，再跪倒，匍匐。他的脸是一块静默的黑石头。

经幡在远处的山坡上被风拉成了一张张满弓，艳丽的红白黄绿蓝在浑浊的雪雾中也没那么抢眼了。我沿台阶往日亭上走，因为亭子旁边有一头可供观光的白牦牛，看不见牦牛的主人。上两个台阶我就停一下，调整好呼吸的节奏再走。这个节奏是妹妹告诉我的，她说是扎西总结的经验，要不她那样的内地女孩，在青藏高原上早歇菜了。扎西的节奏很管用。我登上了日亭，牦牛客躲在背风的地方搓着两只手。五月天手伸到风里，没准也能结上冰。那人五十多岁，也可能四十多，长头发，胡子也不短。衣服很久没洗了。

"照个相吧，天不好，五块钱。"他说，"你看山东边，那是农业区；山西边，畜牧业区，一边照一张，十块钱，有纪念意义。日月山是分界呢。"

我站在日亭边上往四周看了看，大雪飘扬。除了风雪，整个世界像日月山一样安稳不动。

"兄弟，照一个吧，"牦牛客说，"除了我这个，没第二头牦牛啦。"

月亭在西，比日亭低。一个人影没有。

"您认识一个叫扎西的人吗?"

"叫扎西的人多得很。我就叫扎西。"

"我说的是叫扎西的年轻人，也在日月山上牵牦牛。"

"照个相吧。今天还没开张呢。"

我掏出十块钱递给他，我不想照相。

"那不行，"他笑眯眯地收了钱，把我往牦牛身边拉。"一定要照，不照我哪能要你钱。"我告诉他，手机没电了，照不了。他就让我骑到牦牛身上，他自己退两步，用两只手冻僵了的大拇指和食指拼成一个取景框，对我说，"看这里，笑一笑。笑得好。咔嚓。好啦，照完啦。"

我根本就没笑，就算笑他也看不见，围巾之外只剩下两只眼。但从牦牛背上下来我就笑了。

"谢谢你啊，小兄弟，"他说，"今天开张了，回家老太婆不会骂我了。我走啦。"他牵着牦牛真往山下走了，"对了，你要找那个小扎西？你看那边的山道上有没有。他不喜欢让他的牦牛站着给人照相，他喜欢让你骑在牛背上，他牵着满山道走。再见啦!"

我从日亭上下来，爬到月亭上，一路留意山道上的活物。早上我给扎西家里打电话，应该是他妈妈接的电话，说一早扎西就牵着牦牛上山了，带了干粮，通常傍晚才会回来。藏族的兄弟是不怕雪的。扎西喜欢在外面跑。我妹妹说，扎西散步能散出去二十里地。

站在月亭边上，我才看见另一边的山道上站着一头牦牛。雪还在下，要不是牛头上的红绸子和牛背上色彩鲜艳的坐垫，那头白牦牛就被大雪遮蔽了。因为牦牛在，我费力地在它周围看了半天，才看见一个坐在地上的人，他衣服的颜色像沙土，身上的落雪也在隐藏他的形状。他是最后的希望。日月山上不会再有第二个扎西了。

在我走到他面前的十几分钟里，牦牛摇了两下头，甩了三次尾巴，他像文成公主雕像一样动都没动。

我说:"兄弟，走两圈?"

他抬起头，光头，没戴帽子。就算他头磕顶多五毫米，我也知道他就是扎西。他比在我妹妹照片里的时候黑了一点，也老了一些，脸上出现干燥的皱纹。扎西的身上落满了雪。他没说话，从盘腿的坐姿直接双腿交叉站起来，站起来的一瞬间两腮的咬肌动了动。依然像个康巴汉子。他调整好牦牛位置，掸去坐垫上的雪。

"怎么走？"他问。

"随便。走你最喜欢走的那条线。"

我骑在牦牛上，看着他在左前方牵着缰绳。他穿一双靴子，可能是出于习惯，因为一大早出门时天很好，而他的衣服在风雪里看上去有点单。腰间缀着个老黄铜做的阴刻雕花铜环，直径两个半厘米，铜环下肯定不会有流苏。这是我妹妹的风格。

"能介绍一下日月山吗？"我说。

"你想知道什么？"他没回头。

"随便。挑你喜欢说的。"

"哦。"他摸了摸牛头，抖落红绸子上的雪。"您肯定听说过文成公主的故事。她的日月宝镜掉到地上，碎成了两半，东边的半块朝西，映着落日余晖，西边的半块朝东，照着初升的月光，所以，这里叫日月山。"

然后是沉默。牦牛的四只蹄子和他的两只脚踩得山路上的雪咯吱咯吱响。一头牛，两个人，我们孤零零地走在日月山的风雪里。

"你是本地人？"

"嗯。睁开眼看见的就是日月山。"

"没想过去西宁？"我说的是到西宁生活。

"过去想过。"

"现在呢？"

"不想了。"

"为什么？"

"日月山好。"

"那，北京呢？"

他停下来，扭了半个头看我，也可能根本没看到我就把脑袋转回去了。好像我说的是外语。"北京？"他用方言说了这个词，笑了一声，"太远了。"

沉默。

"这么大雪你怎么还不回家？"

"这么大雪你不也来了么？"他说，"不需要的时候，牦牛没用；需要的时候，没它可能会出人命。"

"其他人都走了。"

"那是他们。"

"干这个，够吃么？"

"看怎么吃。"

雪还在下，不像要停的样子。他的头上落了一层雪。我们围着山路绕了一圈，把该看的景点都看了，回到原地。"还走吗？"他问。

"你还愿意走？"

"你是客人，你说了算。再走一圈也没问题，不加钱。"

"那再走一圈。不用往景点绕了。"

他牵着牦牛继续走。我想在新的一圈里决定，是否该跟他说点啥。走了半圈我也没想到该怎么开口。我就盯着他的光头看，雪簌簌地落，仿佛日月山的雪全落他一个人的身上了。这一圈也快到头了。我觉得浑身发冷，我把自己包裹得严严实实，风还是有办法往身体里钻。朋友在车里应该很暖和，他可以开足空调的暖风。我看了一下停车场，我们的越野车只剩下一个被雪覆盖的车的轮廓。传来三声喇叭响，朋友已经等急了。

"冷么？"我问。

"还行。习惯了。"

他说话让你无可奈何，你必须不停地找一个新话头才能把交谈进行下去。

"日月山好在哪儿？"我还是问出了这个问题。

他停下来，想了想，说："地老天荒。"

终点到了。我不能再在牛背上待下去了。跳下牛背的时候我拉下围巾，露出完整的一张脸。按照扎西式节奏调整了呼吸以后，我才说："你看我长得像谁？"

"你自己啊。"

"我的意思，你知道我是谁么?"

他笑了笑，"一个游客。"

（原载《收获》2016年1期）

棋语·扑

◎储福金

常朔在棋盘上下了一手，对手梁怀欣朝盘上看了一会儿，抬头笑了。常朔有点莫名其妙地看看她，又看看棋，觉得这步棋实在是常态，没有什么可奇怪的。是无关乎胜败、也说不上好坏的一步棋。不知她笑什么，她有时会让人有莫名其妙的感觉。

梁怀欣指指盘上常朔走的那步棋：扑。

常朔应了一句：是扑。

常朔意识到了什么，用恶狠狠的眼光看着梁怀欣，随后他也笑了。

常朔平时下棋擅用的棋着，便是扑。棋语中也叫作"倒扑"，便是往对方棋的虎口里扑送一子，待对方吃了子，再把对方打包圆了，有时扑出的一子虽送吃了，并没有吃到人家的棋，但把对方的棋打实了，自己的棋形就成了势。

常朔是有扑便扑，没有扑也创造机会来扑。所以常朔的棋友便私下里给他一个外号，称他为"常扑"。

文化馆的旧楼原本是庙殿，靠在郊边，出门向西走一段路便是野田。

"运动"中文化局取消了，文化馆代行文化局的部分职责，内有图书馆，还有文化活动室。

这是一个有文化底蕴的小县，县城里有好多喜欢下围棋的人。常朔就以围棋结交了不少朋友，他属于县城的围棋高端人物。常朔是南城下放的知青，在南城他就是一个片区的围棋霸主。但县城里还是有与他棋力相近的棋手。

"运动"期间，围棋只在民间。常朔是知青身份，户口还在农村，是借调在文化馆搞群众文艺。他的文才与棋力虽为大家称道，但他的农村户口，总让他的内心带有悲哀，源于自大与自卑交融的悲哀。

常朔在人前扬着精神，但有时他独自往西走出街去，看晚霞在乡野尽处的彩色，想他其实属于那里，也许哪一天便会回到那里流汗与劳作，那里便是他诗的源头。

自从遇上了梁怀欣，这一切有了变化。

梁怀欣对他的文才很是赞赏，每每捧着他私下里写的诗稿赞叹着：

"你写得真好！"

对常朔的棋力，梁怀欣并不肯定，他们对局的胜负差不多，也许她还要多一点胜率。常朔并没有觉得她的棋强，只是梁怀欣有着一种稳定之力，她下棋的时候，常会上齿咬着一点下唇，直盯着棋盘，细长的手指拈着一颗子，将落未落，盘上的缠绕中显有一种坚韧。她什么时候都不会投子告负，总会下到填满最后一个官子，往往落后的盘面会被她扳回去了。

无论盘面好坏，一旦她凝神棋局，便恍惚有色彩在她的脸上舞动。

梁怀欣是另一座城市的知青，随全家下放。后来，父母落实政策回了大城市，弟弟也随父母回城了。她刚到成人的年龄，按规定只能留下，复职的父亲活动了一下，将她招工到县城，在国营柴油机厂制图。

常朔与梁怀欣在楼下的图书馆相识。常朔常在图书馆里，有时还会帮着做一点服务工作。那一次来借书的梁怀欣见常朔在看一本围棋书，也就主动走到他的身边，在长案桌对面坐下来。常朔发现她借的是一本哲学书，不由地多看了她两眼。

梁怀欣的相貌，一眼看去，并不是十分出众，圆圆的脸，腮边有一颗小黑痣。但多看了一点时间，就会发现她的美来，在静态与动态中，显现着不同的美。她笑得微微，腮上露出两个酒窝，而那颗黑痣便在酒窝底部，仿佛在摇晃着旋转着。对话的时候，其他部位是静态的，那痣却在舞动一般，使她整个的脸都生动起来，飞扬着色彩。

从她投到他面前书上的眼光，常朔知道她对棋也有兴趣，而她手中那本哲学书，增添了她身上的知识分子气息。

她开口了："你下棋?"

常朔笑了。他从小就下棋，他的棋力还是可以自信的，她提到了他的强处，却用的是问话。他的笑，让梁怀欣也笑了，知道了他笑的意味。这是一个聪明的姑娘，当然还是一个有头脑有知识积累的女性。常朔并没有太多的女性交往史，女孩给他的感觉都是浅层次的，只有容貌支撑着她们，在社会上浮来浮去。

"我们下一盘？"

常朔不用问她会不会下棋，他一下子耳聪目明。她有一种让人纯净的感觉，而纯净的气息便生智慧。

她两边张望了一下，显然是觉得这里不是下棋的地方。他便站起身来，说："你跟我来。"

常朔就把她领到他的宿舍去了，就在楼上，一个三层小阁楼，狭小的面积，开着老虎天窗，坐床上从老虎天窗看出去，是一片清净的蓝天。

他还从来没与女性这么接近，也从没有女性到他的住所来。她似乎没有一点防备之心，那个时代的女性与男性都保持着一定的距离，男女之大防似乎比旧社会还要严。

她与他在一张小桌上摊开纸棋盘，用烧得不怎么规整的玻璃棋子下起了棋。她根本没有在意这些，也许习惯了如此下棋。

常朔本以为能很快让她在自己的强棋力下缴械投降，一开始就展开攻击，自然有扑与包、斗与杀，着数恶狠狠了些，毫无怜惜之意。她居然扛住了，似乎并不费力，相反因为他的有意搏杀，让她在空上展开来。常朔这才知道棋逢对手，因刚才过于自信的笑而脸上有点不自然。

常朔曾经听棋友说过，城里有位女棋手，棋力很强，姑娘原是苏城的下放户。现在常朔想到了她。

放下棋子后，常朔和梁怀欣聊起来，谈的不是棋，而是哲学。她既然棋力不输他，他更不能在哲学上输了她。谈哲学，当然要谈到哲学家，黑格尔、康德名头大，一般学哲学的都知道，常朔便选择了贝克莱。贝克莱大主教是主观唯心主义哲学大师，最重要的哲学命题是：存在便是被感知。常朔看过他的书，并经过思考的。

常朔仿佛借助贝克莱向她扑去，男女之间，一旦有着输赢感，便有了不同的情感存在。

那时，社会上一直在批判唯心主义，贝克莱的理论还是主观唯心主义，常朔谈贝克莱，显然是不把梁怀欣当外人，梁怀欣自然感知到了这种存在。

梁怀欣想象贝克莱大主教是个长脸长胡须穿着神父服的老人。常朔听了要笑，说她能够写小说的，比他只会写些小诗与小演唱要好得多。

"你能不能不用扑？"她笑指着棋盘说。

"你以为我只会用扑吗？"他说。

"只要你用了扑，就算你输。好不好？"她笑说。

他看着她腮边滚动的笑珠，便答应了。

一连几天梁怀欣都到常朔的小楼来下棋，她提到了他的"扑"，应该是知道了他的棋名，她是一个不错的棋手，当然会有本地棋手告诉她，文化馆里有个"常扑"。他有点高兴，毕竟声名在外，并传于姑娘。

常朔说了不用扑，他要遵守，往往准备扑时，他停下了手，抬眼看到她正抿嘴笑。他喜欢她了，又有点恨得牙痒痒。几次欲扑又止，他要费好大的劲来控制自己，想另外的招式，尽量不再搏杀，就不用扑招。这样他发现自己也开始思考大模样了。棋路无非是围空与搏杀，常朔发现了自己的短板，往往空围得小，过于注重实地。争夺实地时，棋的缠绕搏杀便不可避免。

她似乎看清了他的犹豫与控制，接下来，她就走出虎口来诱他去扑。一个很诱人的虎口，仿佛像她红突突的嘴。他有时恨不得就扑进去，随后放下棋来，叫一声：认输我也扑。

棋余他们照常会谈哲学。说到贝克莱大主教的存在就是被感知。他说：

你的存在只在我感知之中。

原来我没感知你的时候，你有没有存在？

我没有被你感知之前，我有没有存在？

我与你互相感知了，才共同感知真实的你我。

他似乎在念一首诗，她朝他看着，说着哲学的时候，她从来不笑，他也很认真，像一同扑身于无尽隧道。

这样过了些日子，有一次下棋，她在棋盘上布下了虎口，接着又是虎口，再接着又是虎口，一个个张开的虎口朝着他，就像她笑着张开的口，而那颗黑痣如活珠子般在腮上荡漾。他投了子，就朝她扑过去了。他心里想，是那一个个虎口朝他扑来，他只有迎上去。

她几乎没有拒绝便接纳了他。仿佛那一个个虎口确实是她故意朝他扑来的。

　　两个年轻人很简单地走完了情感探索的最后一步。按中国旧传统的说法，女性的付予便是一生。女方被占有是与婚姻连着的。但梁怀欣并没有被占有的感觉，她是自自然然地接受他的一切。不是半推半就，也没有轻嗔微怨。她的自然让他没有感觉到第一次的生硬，仿佛是水到渠成。

　　她笑着对他说："你这个时候，就像你下搏杀棋发狠一般，咬牙切齿的模样。"

　　他有心情俯身在她的耳边说："扑。"

　　他的声调显是有意味的。她依然微笑地看着他，似乎过了一会儿才体悟到那一个字的意味。本来她对他所做的并无羞涩，感觉是自然的，但对他的意味，身体上有了反应，她的脸红起来，仿佛从意念中如潮般蹿浮上来的红，艳如桃色。红之上依然是低眉低眼的微笑。

　　此时，梁怀欣说到贝克莱大主教的感觉复合论："你就在我感觉中复合，在我的视觉、嗅觉、意觉、味觉、听觉，还有触觉中复合起来。早先没有味觉和触觉时，你就不是完整的你。"

　　当时，男女之间一旦成了事，便是结婚，但常朔并没有这种意识。也许意识到了，他还是没有那样想。因为他还是农村的户口，还是一个乡下人，而她是城市的工人。应该说，他们肉体的结合没有功利权衡，用流行的话说，是出于爱。

　　在一起时，他们谈到各人的身世，常朔知道了梁怀欣父亲是苏城的文化官员，她的生母早去世了。父亲、后母与后母生的弟弟都回苏城去后，她在山村做过各种农活。

　　梁怀欣觉得这一切缘于政策，并无委屈，但常朔听来，感觉她被单独留在乡村的那段日子，有着一种被丢弃的悲哀，只是她不自知罢了。全家下放的时候还是个孩子，后来风雨中独自荷锄出工，再无亲人在侧，一个女孩，心境该是多么荒凉？常朔的感悟，正是他在乡村的心境。

　　与梁怀欣的交往，让常朔的内心里有了一种自信。一方面是她对他作品的欣赏，她的赞赏是真诚的，原来常朔自己都拿不准，他的作品只在这小县城里演出，往往得到的评价还并不一致。另一方面便是一个城里姑娘的献身。

这种自信的力量支撑着常朔，在恢复高考的第二年，他考上了省里的大学，回到了南城。

去南城以后，开始常朔和梁怀欣还有书信来往，后来慢慢就断了。他开始接触女同学，虽然那时大学还有不准谈恋爱的说法，但许多学生和常朔一样是知青，年龄都偏大了，不可能不谈恋爱。梁怀欣一点没有缠他，似乎她早就清楚：常朔的离开便是他们关系结束的时候。那时社会还没有开放，如果梁怀欣找到南城去的话，传开来，常朔起码要受道德的谴责。梁怀欣有过的书信中，没有任何的暗示。与他的断，和与他发生关系一样自然。梁怀欣的开通，让常朔获得了轻松，他也不知假如梁怀欣缠着他，他是否会硬着心与她断绝。但梁怀欣像一阵轻风似的过去了。常朔多少有点觉得是他把她丢弃了，像棋盘上扑时投出去的一颗子。

大学期间，常朔写的诗歌发表了，还产生了一定的影响，他又是学校围棋队的队长。他的诗人与棋手身份，使他颇有声名，常有女人环绕。

常朔的女人多，放到后来，此事不足为奇，但那时还才开放，大学的同学，都羡慕他的女人缘。常朔有过女人，梁怀欣让他懂得了女人，再加上他的声名，自然是同学无法比的。

同室的同学请教常朔，为什么自己还没有女朋友？常朔先让他们学下棋，接下去便开讲棋语：扑。对女人，你们少的就是这个扑。要扑，扑需要先舍弃一点，要舍弃什么，自己领会。要有扑的精神，要能制造扑的状况，让对方无法回避，只能呈现实实在在的情态。多扑几次，总有一次会成功的。

难怪人家传言，常朔对所有接触到的女人，都会迎上去，扑一扑，成就成不成就走人，所以常朔的女性朋友，要么是情人，要么就是仇人。

大学毕业后，常朔分进了文艺研究会。他的棋下得少了，因为同样需要费脑力，但他自以为眼界宽了，棋上依然是好手。

常朔还是结了婚，是一次他扑向女人的过程中，那位女性朋友怀了身孕，且姑娘还有着一点家庭背景，不会轻易作罢的。别人也都称他们是天造一对，地设一双。然而没过几年，随着社会上的风气西化，离婚变得平常了，他们也就离了婚，孩子由母亲带去。

正是常朔成熟的年龄。在单位，因他的能力与他作品的影响，他入了党，担任了一点职务。此时他的形象，在一般年轻女性眼中，是钻石王老五。

多少年后，他自称有了一种智慧，等着别人飞蛾扑火。当然他是不避的，社会也不再有以谈恋爱为名行流氓的罪名。说不清他有过多少女人，他在女人中如鱼得水。

偶尔在酒桌上，他喝得脸红红时，应酒友要求传授过他的经验。主要是四条：不主动，不拒绝，不负责任，打死也不说。酒话也当不了真。

人生四十，进入不惑之年的生日那天，他独自在住宅楼上，看着外面跳闪的霓虹灯光。这些天他身体有点不舒服，心理上厌烦正交往的女人。他突然想到了梁怀欣。他有过很多女人，各种性格与形态的都有，他却想到了梁怀欣。是不是因为她是他的第一个，印象特别深刻？那么他是不是她的第一个呢？当初他想丢开梁怀欣时，他就怀疑似乎不是。她有过男人吧，要不她那么轻易地与自己上了床，与他进行中那么自然，一点没有手足无措的过程。有时他又会否定自己，因为她的脸红与另外的小动作和神态，经历多了，他清楚那些动作与神态只有深爱之中才会表现。这时候，他感到自己某种怀疑的想法是卑鄙的，于是，他就会特别地想着她。

阅尽春色，才有比较。这一天他深深地想着她。后来有过的多少女人，有比她有地位的、有比她显高贵的、有比她富才情的。但他想到她的时候，发现她是无可比拟的。她的形态、她的动作、她的红脸、她的黑痣，特别是两性相合时，身体的自然表现，反应温润如水。似乎他只要一碰，她便水灵灵的。她便如他真正的家，最合适的居所。接触越多的女人，他越会觉得女人都不如她。

这一夜，他软弱身体中的感受，让他有扑向她的意识。如果需要一个女人长期生活，她是最合适的。然而，他早就不知她的情况了，他虽然还与县城的朋友有着联系，但他们都回避着她的名字，也许他们心里都清楚是他对不起她。

就在第二天，常朔应邀参加一个省里的中年画展。他在画展中看到了一张裸女画。裸体女性的形象在画展中已属平常，但他在那张画前停住了。他认定那画的便是梁怀欣。从那形体的自然随意，女性的如水柔软，除神似之外，偏偏画中裸女的腮帮上，还点有一颗小小的黑痣。再看作者标签，正是他插队的县城所在。

画中的她，飞展着身子像是在扑，表现着一种奋不顾身的精神。

所有的感觉扑向了他的内心。

常朔赶去了县城，自考上大学离开后，他从没回来过。

梁怀欣在电话里的声音，还是那般润润的有点磁性。旧时的感觉之上又添了一点感觉。

"你来我这里吧，他想与你下一盘棋。"她说。仿佛她与那个他一直在等着他，等他下一盘棋。

她的所在仿佛是一座旧库房，高且宽大。常朔一眼便认定他便是参加画展的画家。只是他坐在了轮椅上，　一把自制的木轮椅。他有点笨拙地摇动着它，他应该在那上面坐了有段时间了，腿因常年不移动，显得细瘦。但他的一双眼睛却有着画家的敏锐。常朔来不及观察梁怀欣，却被他的形体与眼光吸引。

"黄立。"他摇着轮椅轮子过来与常朔握手。他的手薄而暖。也许是一直笼在袖筒里的结果，一般不怎么活动的人四肢应该凉一点。

没有过多的寒暄，常朔本来是想与梁怀欣诉说什么，或解释什么，突然发现不用了。她有着她的人生。一切与这宽大的房子，和这轮椅上的男人联系在一起。还有一个孩子，这个孩子肯定不是梁怀欣的，孩子长脸长身，与父亲黄立相近。孩子在房子的一角做功课，他一直坐在那里。

黄立的头上方贴着一张图，是一张世界地图，房内除了这一张印刷品外，四围挂的都是画，肯定是黄立画的。而绝大部分画面上都是以梁怀欣为模特。有她盘坐的，有她站立的，有她弯腰的，有她走动的，但画面突显的是她的那双眼睛，是常朔在画展时看到的，那眼神显着向前飞扑相融相合的精神。

已经在小案桌上放下了木棋盘，旁边还有两盒标准的云子，想来他们经常在一起下棋。

一旦棋盘上落了子，常朔便展开了攻杀，手筋迭出，扑的着数自然少不了。对方进入了思考。常朔发现黄立的棋路与梁怀欣相近，开始时以为是他们一起研究过棋，后来他恍惚便如当初与梁怀欣在对子。

那时是他的窄小阁楼，现在是她的宽高库房。

常朔是快棋手，有时间空出来注目梁怀欣，他为她而来，还没好好看她。只见她的身子在活动、端茶、烧饭，再为孩子端去烧好的饭菜。

给常朔续水的时候，梁怀欣看到了他的眼光，微微一笑，还是原来的神态，微努一下嘴，黑痣颤动一下，意思是让他专神棋盘。常朔一笑，旧感觉压抑在不自由的状态下难以自持。她却没有注意似的，把换了水的杯子，放到常朔的手边，她只是肉体在做着事，精神却在黄立身上。黄立正全神贯注于棋局，有时举棋不定间，会抬头看一看她，她的眼光柔柔地与他交流着，一时，常朔仿佛感觉她的精神与黄立交融，黄立落子的下一手，正是当初梁怀欣的棋着。

当初梁怀欣的棋着就对常朔的棋有所克制，特别是化解他扑的棋形。也许这些年，常朔的棋下少了，而梁怀欣又有了进一步研究；也许常朔注意力没有太集中，走到中盘的时候，他的棋就吃紧了。黄立神情放松下来，此时常朔再看他与梁怀欣眼光交集时，黄立便是黄立，梁怀欣便是梁怀欣。常朔不由想，黄立在作画时，面对梁怀欣的眼光，他飞笔落纸，想他的身上也交融着梁怀欣的精神吧。

最后常朔已无斗志，投子认输了。

梁怀欣把饭菜端上来。梁怀欣的菜做得好，饭似乎也有着新鲜的香味。常朔与梁怀欣有过那么一段经历，但还从来没吃过她做的饭菜，吃在嘴里有着特别的滋味。梁怀欣肯定还有许多他不清楚的女性能力，只有眼前这个坐在轮椅上的男人都感受到了。毕竟常朔与她没有在一起生活过。

黄立在饭桌上谈着他们刚才的一盘棋，神态中颇有得色。常朔口中应着，心想，这本不是一盘他着力的棋，他是来看梁怀欣的，棋盘上的胜负有什么意思。

然而胜就胜了败就败了，要说起来，情感上失去了，不该在棋盘上胜回来吗？他表面上显着外面大场合经历多了，于棋并不在意的样子。

饭后，常朔起身说要回宾馆了。梁怀欣送他。出了门，风在巷子的一片空地上吹得紧，他们靠近了一点身子。她身子的温软，让常朔有一点旧时的感觉。多少日子里对她的歉疚，也许可以消失了，在她的意识中，也许本来就无须存在。

梁怀欣告诉他，黄立前几年刚过世了妻子，接着他又伤了下半身。然而人生的深刻感受化入了他的画作中，让他的作品有了一种力量。

常朔能想到，又正因为有她的存在，才让他有了画上的精神飞扬。不过他没有说出来，梁怀欣能意识到他要说的话。他们之间比原来要多一层理解。

她一直送他进宾馆房间。她自然地接受了他的拥抱与亲近。他感觉自己仿佛没有离开过，她那里如同是他的家。他恍惚回到了他旧日温润的家。

起身的时候，她轻轻拍拍他的脸，以示嘉许。

她去冲澡，他跟着在卫生间靠门边站着。

"你一直都快乐吗？"

"快乐。"

"你跟我出来，他会不会有看法？"

"不会。"

她把水放得很大，水流从她头上冲下来，她晃一下头，把眼前挂着的头发甩后去，有水滴甩到他的脸上来，带着她温甜的气息。

"你知道，他的肉体要求很少的……"

梁怀欣依然对哲学有兴趣："贝克莱大主教的存在就是被感知。感知产生意念，意念便是一个个念头，念念相续，形成了记忆，形成了我的存在。一旦意识到我，便有痛苦，但只有形成独立的我，才有力量去做事。而'我'能有相融的意念对象，便不再孤立，是快乐的，不管什么痛苦也都变得简单。"

常朔想到了画展上裸女的眼神，表现的是意念的力量。画家感受到了这个意念的力量。她说的意念相融，正是她的精神扑向了他。过去常朔和梁怀欣一起的时候，他们很少有眼光缠绕，也许有的只是她俏嗔的眼光，那只是肉体的反应。她曾扑向自己的是肉体，而扑向黄立的是精神。

又过了多少年，人生如流水，常朔似乎如鱼得水。没有什么痛苦，他有着避开痛苦的最大能力。痛快只是意识满足，又何必争先恐后，又何必得意忘形。他也算是官，经营官场，须从大社会来看，不能眼盯小处。他布局围空，在官场上做得空灵。他是文化人中的官员，他是官员中的艺术人才。他与文化人交往的时候，谈一点官场无奈；他与官员交往的时候，谈一些艺术异象。然而，处世再游刃有余，老年终将来临。虽然在体能上，他并无感觉，但履历上登记得明白，组织部门找他谈话了。他要退居二线了，上级安排让他去基金会，那是退休前的一种过渡，从权力来看，形如鸡肋。但毕竟还是一个官，还可延续一段官场人生。

要退了，要退了，他见过多少退了休的官员，似乎一下子委顿了，与退休前的意气风发判若两人，权力可谓是一剂春药啊。

此时，常朔不免回顾人生，他一直认为，其实他是可以写出真正的艺术作品的，他清楚艺术作品的高度在哪儿，有那些经典作品作标杆。他以往的作品也有影响，但他同样清楚，那些作品的影响是他的官位给他带来的，是权力资本的附属品。现在他还有精力，只有集中时间才能写出他想象中的作品。真有这样的把握吗？多少年混迹于官场的平庸之气，已成习惯，还能挖掘出艺术才气吗？到底用什么艺术来表现意念的华章？就算能写出他自以为好的作品，能好到哪儿去？也许还不如靠官场权力产生的影响大呢。

也许步入官场之前，他便有过权衡，那时的权衡很简单，他便飞蛾扑火似的走上了他的人生路。但眼下不再是年轻时，他该好好地权衡一番了。基金会虽然虚挂，毕竟还可支配几个人和一些钱物，关键是还能延续一种习惯，要是这习惯一下子舍弃了，他会不会有踏入虚空的感觉？

有这么一天，他在梦与醒的恍惚之间，组织部门的官员与他谈话的一幕突然跳出来，那官员习惯地手指轻敲文件，脸上是笑着，感觉却是一种不耐烦。这情景本不出奇，多少次他也如此与人谈话。

然而，他再无法入睡。他被丢弃了，出于必然，毫无怜惜。他这一生中，也有无情丢弃的。他向大城市扑去的时候，梁怀欣是他丢弃的。后来他扑向财富、扑向权力、扑向女人的时候，丢弃的是他的青春与时光。似乎还有更多的更有分量的东西被丢弃了，是什么呢？

这许多年，他自以为活得滋润，活得有水平，但细想想，他想要的太多，扑的太多，抓到手里的却是空空，钱与物是冷冰冰的，权力的泡泡正在破灭，而那些女人也就像一串雷同的肉体，看多了，是同样的神态、同样的声调、同样的嗔怨。

行尸走肉，他感觉有点恍惚。

他出行了一次，是回插队过的县城里去。过去他每一行都有明确的目的，唯独此行，直到坐上车，他也没想清目的。

他没要求派车，而是坐上了长途客车，是因为他想先体验一下无车行路的感受。行程中，他感受到了已经久违的人生：候车室里杂乱的人声、肮脏的大包小包；拥挤的车，司机随处停留招呼熟人。好在已有高速公路，行车时间不再那么长，但分分秒秒都那么磨人。下车后，他想到了一件要紧的事，便是尽快找一个驾校学车。

出了车站，他在路口站着，一时不知往哪里去，他似乎是来寻找什么，当然不像上次那样来找梁怀欣，他也不知寻找的是什么。

既然来了，他还是去找梁怀欣。原来的电话联系不上，他找到了梁怀欣的一位女友，女友告诉他，黄立已经去世，黄立的儿子上大学后留在省城工作了。梁怀欣一直处世平常，模样没变，好像永远不显老，只是也许因精神空虚，会说出一些莫名的话。女友记得她说到过：存在是感觉的复合，境由心生，世间之恶皆我心中之恶，世间之善也皆我心中之善。

常朔想一想，感觉那话并非是走火入魔，有着佛教同体大悲的意味。

女友对常朔说，梁怀欣退休后，谁也弄不清她去了哪儿。

一时没有目的，常朔不想再见任何人。他如今接触的只是官员，没有秘书通知，没有车随行，是个人活动，再加上官员知道他要退下来了，还会不会有接待的热情？他信步走着，县级小城已改市，建筑与大城市相同，到处是一般的宽路高楼，如果他被一阵风卷到这里，突然睁眼，意识的念念相续，他大概会以为自己依然是在南城偏郊的城区。

眼前有一幢古式建筑，看路牌是寺前街，正是自己早先生活过的街，曾经改名为人民街。以前他在这里工作时，常在城街中散步，现在旧意识把他带回到这里。虽然街道变了，文化馆的老楼修旧如旧，还显旧时轮廓，只是新围了山墙，改建回寺庙了。如今每一地都修有寺庙，解放后拆毁的寺庙多有重建，比旧时的寺庙建筑更气派了。

山墙边有一道偏门，正是旧时文化馆开门处，门半掩着，常朔推门入内，里面安安静静，脚下的砖地、两边的僧舍，依稀是旧时模样，他原来住的那间阁楼又在哪儿了呢？

常朔只管东张西望，突然耳边响了一声：扑。似乎有人在他耳边说的，又似乎是他内心中响起来的。一时再无声息，朝前看，只见前面路正中间，立着一个僧人，因背西而立，后面晚霞灿烂，看不清僧者的脸。似乎刚才那一声便是此僧者发出。随后，见僧者转过身去一手托着佛珠，念了一声：阿弥陀佛。常朔一下子感觉那侧影便是梁怀欣，还是梁怀欣年轻时的模样。就在他注目间，僧者往僧舍旁边隐去。常朔赶紧地跑过去，口中叫一声：怀欣。那边没有任何反应，僧者的身影消失了，赶过去的常朔只见一片空空。

常朔越想越觉得那一声便是梁怀欣的声音。在常朔后来的记忆中，那声音恍惚是他曾在她耳边轻叫过的回声。

常朔找到了庙里的住持，亮出了名头。对这位从县里出去、在省里的名人官员，住持是听闻过的。于是请茶让座。住持合掌对常朔说，这座庙里所有的出家人都是他招收的，大多拜他为师，云游来挂单的，一般是有名高僧，也都由他亲自接待，其中没一个俗名叫梁怀欣的。

（原载《上海文学》2016年第7期）

萤火虫

◎王啸峰

　　沿着石板路前进的时候，二子闻到了空气中湿润的香味，他在理发店里时常放邓丽君的《夜来香》，现在，他认定这就是那醉人的味道了。骨头酥软起来，永久自行车颠簸抖动，他下意识地用手摸一下书报架上的货，扎实地压在他心头。出门的时候，他让未婚妻阿莹清空皮夹子，回来时，皮夹子又将是鼓鼓的。他觉得自己处于"黄金时代"，一切都是好的，顺的，以往的霉运说没就没了。想到这里，他偷偷地撇嘴笑了笑。他笑自己的狡黠，每次总能比三子设法多装十几把扇子。每把三块半，本身就比三子高出五毛，加上多出的货，一次下来比三子多了七八十块。一星期交一次货，一年大概五十次，整整多出四千块钱。一台彩电赚到了。

　　那是一条死路，虽然一侧是著名的护城河，但是改变不了笔直向前无路可通的事实。河流是活的，老辈人说水有魂魄，临到绝境总会潇洒一拐，与固执的陆路分道。吴瘸子的工厂就挡在路中央，反正人也走不过，违章建筑搭了里三层外三层，机器轰鸣类似工业革命。产业工人的皮裙子、长筒胶鞋踩在永远不会干的地面上，五颜六色的泥淖，在灯光下庄严又神秘。

　　约好三子在大门口碰面，时间已经过去一刻钟，还不见人影。二子想那小子是不是已经进了吴瘸子的收货屋。于是，他一手扶纸板箱，一手把龙头，走向最里间。他经过微型冲床车间，一把把扇子在这里定型。经过拉丝车间，钢丝锯把普通木扇拉成檀香扇模样。经过漂染车间，刺鼻的香精把木料变成檀香味。经过印花车间，模具准确地将花卉、仕女、山水等图案压在扇子上。最里间是外发加收货车间。说是一个一个的车间，其实就是一间间油毛毡房。只有吴瘸子的那间才是正式砖瓦房。

　　三子不在屋里。二子快速地将货摊到一张长条桌上。吴瘸子右胳肢窝紧压拐杖，右手把烟丝装进楠木烟斗，左手打着火机，粗大烟斗发出"噗噗"的微弱声音。古怪的香气弥漫整个屋子。二子想起以前店里烫发用的大功率灯泡。

他一个走神，顾客的头皮就烫出个大泡。幸好后来有了冷烫，但是药水的味道还是太重。他有点感动，阿莹戴着皮手套，已经帮上了忙。吴瘸子超长的对襟长褂，表明他曾经是个艺术家，或许现在他还认为自己是。二子急于给他验货。他左一句"吴老师"，右一句"吴老师"，估计就能很快过关。三子以前有一次一进门就嚷着"老板快验货"，这个称呼令他的货退了两次。

"虽然是工艺商品，我们也要用艺术品的标准衡量。"吴瘸子的话就是让加工产品的人，自认为在赚钱的同时，也满足了做艺术品的自豪感。

二子的货验得慢，原因是质量好。吴瘸子每次都细细品味后放行。然后总会拖一句"你不搞手工艺可惜了"。太师椅后面挂了把大宫扇，上面是《姑苏十景》中的"沧浪清夏"，色彩就是二子上的。吴瘸子翻看别人"生活"，就经常以"沧浪清夏"为模板，教训外发加工的人。被"吴老师"表扬多了，二子更有压力。三子经常退货，也成为二子的心病。他总是约三子结伴而来，一起验货，全部通过的几率高些。而他的货，却不能有一点瑕疵，这一点使他深夜伏在书桌上的时间更长。刚开始的时候，他沉醉在久别的色彩的世界里。仿佛回到童年，父亲亲手调制一种又一种新颜色给他看。他也试着调，狠心地加入过多品种颜色，结果得到灰暗一片。这也预示他一段时间生命的颜色。但是，现在他不这么认为了。

吴瘸子有点反常。扇子摊满桌子后，他并没有打开扇子，只是轻轻抚摸这些货，来来回回几次后，拖长声调："装箱吧。"

二子诧异极了："吴老师，您不看看扇子质量？"

吴瘸子叹了口气，让会计付钱给二子。他注意到二子不时往外张望，补了一句："你不要等了，三子不来了。"

二子连忙问原因，得到的却是一股浓似一股的烟雾。

从并不遥远的扬州来到苏州，二子才十六岁。他跟在哥哥后面，身高却已经超过大宝。他能够比哥哥看得更远。

哥俩在表舅开的理发店帮工学生意。店在扬州老乡聚居的运河边上，二子每天看河上日出日落，来来往往的船只，还有飘飘荡荡的各种垃圾。父母离世的悲伤一天要涌上心头好几次。大宝似乎对周围的一切都不敏感。他的注意力在头发上。手艺越来越成熟，表舅不在，他顶上去客人也不反感。他们到店里才三个月。

大宝比表舅对二子还要严格，在二子发呆、懒惰、想出神的时候，"毛栗子"就落在二子头上。二子有艺术天赋，技术上大宝精细，创新上二子点子多。表舅也看到了这一点，把儿子三子送到二子店里，而不是大宝店里学徒。那是二子和大宝吵翻以后分灶吃饭不久的事。

扬州三把刀，剃头刀是其中一把。理发师水平体现在对剃头刀的完美运用上。刀在头上飞舞，呱啦爽脆的扬州话在耳边萦绕，客人在不知不觉中精神起来，把烦恼和不快都丢给地上的乱发、泡沫中的胡须和鬓角。

表舅的最拿手技艺却是吹风定型。头发理得再好，没有吹风，也显出乡镇干部模样。电视台的主持人、电视剧和电影剧组演员，都来找表舅。看着一朵朵云飘出店门，一张张笑脸在阳光下绽放青春。二子感觉手艺的伟大，这些进门还普通平常的人，半小时过后就显出明星气质。

大宝谈恋爱，对象近水楼台，就是表舅的大徒弟，比他大了好几岁。她的水平就在烫发，火候连表舅都要问一声：小芹，是不是可以拆了？她低头俯瞰那些浪花或者云朵的样子，像在琢磨一件艺术品。两人结婚后，顺理成章地分灶开店，他们想把二子带走，可是二子不愿意走。他看着那些明星和演员入迷。他就研究哪些头上适合顶什么云。而表舅常常给他创新的机会，也乐于给这个年轻人打下手。爆炸头、中分头、大波浪等样式成为表舅店里的象征，而这些点子，都是二子学了港台明星样式创新的。表舅的店仍然红火，大宝的店却艰难维系。哥哥几次劝说弟弟跳槽，甚至提出入一半股的请求。二子都拒绝了。几次三番，索性自己开了店。没有帮工，表舅把儿子送了过来。

二子骑车回家的心情远不如来时轻快，一些疑问盘旋在他心头。没由头地，细雨就下来了。刚开始，他还在雨中昂首挺胸，迎接湿润中微微带香甜的雨丝。河岸边，一丛丛鹅黄的迎春花开放，在暗夜里显得特别明亮。他微微欠身，似乎要仔细观察水和花。雨点子渐渐大了，河里的声音大起来了，催促他赶路。店里还有几个客人等他吹风定型。看着雨势，他觉得客人几乎要白白做头了。

书报架上空空荡荡，一年多来第一次碰到。吴瘸子拍着二子肩膀把他送到院子里。机器的声音停止了。工人和技师们正在整理工器具。吴瘸子含糊地说断货，大家都得耐心等上几天。吴瘸子低声告诉他，几天后可以打电话来问问，有货再过来领。外快的路基本断了，二子对几天后打电话不抱希望。老老实实回店干活，他又不甘心。水街邻居老刘有句经典话：尝过鸦片味道的，哪还会留恋香烟呢？现在，二子一个脚已经跨出理发店大门，再跨一步或者收回脚步都面临抉择。他把龙头一拐，进入与理发店并行的小路，三子的店就在不远。

三子有独立开店的想法时，不敢跟二子说。每天收工后，往对门老刘家一坐，喝茶抽烟聊天。老刘是抄水表的，本地路路通。职业改变人的性格，据说老刘还是小刘时，羞涩又腼腆，不善于表达。做了抄表工几年，烟不离口，喉咙响亮起来，泡壶茶坐在家门口，路人中倒有一小半跟他打招呼。屋里更是谈生意的接洽处。塑料粒子、钢材、木材、瓷砖等等词汇，在那些人嘴里盘来盘去，三子偶尔进去一听，就被百万、千万级的数字吓跑。到底成交了没有，赚钱了没有，大家讳莫如深。只是天天晚上老刘家灯火通明到午夜。

三子找门面找对了人，老刘一搭话就开始介绍好的门面和市口。这个挺好，那个更不错。三子越听越困惑，父亲给点、自己凑点，勉强能开出个店，要求不能太高。二子，甚至大宝现在还在弄堂深处、新村旁边开着店。

老刘收回话题，往实处讲："按照以前的规矩，徒弟不能与师父在同一个区域开店，抢师父生意。现在好点，但是也不能开得太近。"

老刘的一个朋友刚把房租久拖不还的旧书店赶走，三子就开始进来打扫卫生。每当三子把垃圾往河道里倾倒的时候，他都会往河对岸瞟几眼。二子的店就在影影绰绰的灰白建筑里面。

为了这个事情，二子和三子好多天不讲话。还是老刘出面讲了一些劝慰的话，加上时间总能抚平一切问题。二子只提出一个条件，离开他三个街区。算上那条河，勉勉强强达到要求。三子又把老父亲搬出来请二子一顿酒。两个人就这样和好如初，面子上开心和气。但是大家知道分开了，心也就散了。

二子刚刚在水街破墙开店，老刘就来了，说既然开了店，水就得算营业水价格。单价高出一倍多。在房东兰姨目光示意下，二子跑出去买了两条红塔山，匆匆用报纸一包，塞进老刘胳膊肘。以至于后来很长一段时间里，每次二子在老刘家喝茶聊天，习惯性地认为扔给他的红塔山还是他去买来的。老刘家前门对着二子的店，后门开出去就是小河。他们在河里洗菜、洗衣服，妇女在河滩上用棒槌击打男人们的衣服时，二子双眼就红了起来。

里下河地区也是这样，他母亲只是在更广阔的河埠不停地洗衣服，别人家的衣服。母亲不在，他就没有东西吃。父亲总在忙与吃饭无关的事情。大家都去广州、深圳、上海等地打工，父亲仍然在家摆弄一个个木坯子。二子在边上用一根芦苇挑起大红朱砂漆，在墙根展示小小髹漆匠水平。

老刘的头当然由二子包办，二子忙的时候，三子就在老刘头上练身手。只要老刘不点头，三子就永远在上面咔嚓咔嚓地剪着。妇女们喜爱二子吹出的造型，更对他清秀羞涩的样子着迷。冬天，整个理发小屋散发着浓烈的廉价香波味道，经验十足的老刘说，一股女人的闷骚味弥漫其间。三子就说，难怪我的鼻子过敏了。二子笑笑，继续在女客人头上慢慢地烘烤。

她们最热心做的一件事，就是帮二子找对象。这个介绍的二子去看了，那个介绍的没有去，矛盾就产生了，从经营的角度讲，三子劝二子，凡是介绍的，来者不拒。渐渐地，三子变成二子的代言人，嬉笑之间，阿姨们也得到了满足。

兰姨的老公是货车司机，常年开的是广东线。他们说这些司机都有固定情人，一条线开过去，每夜换不同情人睡觉。兰姨特别关照二子，她不给二子介绍对象，她恨那些多事的大小阿姨。

那是一个雨天，黄梅天的湿度让她肩膀酸痛，甚至抬不起右手。一个大眼睛、瘦高个男孩手有点抖，指着雨中濡湿的招租纸片，问她开理发店是否可以。她本来想找个工艺品店，哪怕胭脂店也好，她怕闹。但是看到这个男孩的一瞬间，她改变了主意，为什么不可以有点热闹呢？

兰姨有时会怒不可遏，看见有些手在二子身上摸来蹭去，看见有些人说着说着就往二子身上靠。她一把拉过二子，训儿子一样："好好做生意，不要动不三不四的念头。"

这个女人在吃醋。这句话像刮旋风似的，在水街转来转去。

三子的店门口三色灯已经关掉，店堂里只留了一盏小灯。三子的帮工出来应门，说老板晚饭后出去到现在没有回来。二子掉转车头准备回去。帮工又嘀咕一句，老板可能在水街下塘的什么地方。水街下塘不长，两三百米样子。如果水街勉强能够单行一辆汽车的话，那么下塘并行两辆自行车都有点危险。从桥堍冲下去的时候，二子只能把精力集中到跳动的龙头上，路面和河面都是黑魆魆的一片。整个下塘都沉静下来了，只有粮油店的旧仓库里透出明亮的灯火，隐约传来切切错错声，人影闪进闪出。

二子进去的时候，三子正在指挥装货。时间看来很紧迫，他只对二子挥挥手，嘴上继续点着货物数量："五十，好了好了，这次就拿一件去。"

几个等货的人在书报架上装上纸箱，捆扎结实，颠颠簸簸地上路。二子看到三子学着吴瘸子的样把货发走。两人在门槛上坐了下来，河水轻轻流动，无声无息。

"我们辛辛苦苦地画啊描啊，这么大的一件只领加工费150元。"

"我听说成品工艺扇卖六七十元，宫扇要百元以上，是真的吗？"

"有的店开价还要高。"

"吴瘸子赚得厉害啊。"

"他的时代过去了！"三子站起身来，学着赤卫队领导人样子，捡起一块石子，往河里扔去："现在大家都开始做，吴瘸子垄断不了了。"

问三子拿货？二子自己都感到可笑。设定的程序原来是这样：吴瘸子：老板；我和三子：伙计，伙计对老板负责。现在有伙计翻身做了老板，原来的弟兄，还能一样吗？二子陷入一段时间的沉默。

"我准备把理发店盘掉，明天就把转让启事贴出去。"干事业的心，三子比任何人都强烈。

二子似乎规劝的心情都没有了。初春还带有点寒意的夜里，这几小时，一切变得太快。他是手艺人，虽然学手艺为了挣钱吃饭，但总觉得手艺高于金钱。他接受吴瘸子外发加工扇面，每天晚上在花花绿绿的世界里专注畅游，已经成为他的生活习惯。

店面的灯全部熄灭，兰姨就开始炖红枣白木耳。二子爬上里间阁楼，不管酷暑严寒，他总撑开那扇仅有的小窗，静静地描画。此时，他一遍又一遍地想念父亲，每一笔都是在为父亲未完工的作品添上分量。调色、用笔、渲染，他回到少年时代，用心接受来自遥远时空传递来的父亲指导。关上窗户，兰姨的白木耳也炖烂了。二子从来没有说不好吃，大多数时候，他沉浸在画中，默默地喝完，说声谢谢就再回阁楼睡觉。他如果说一声今晚的木耳特别香甜，那么女人会兴奋地一夜微笑。

他并不是注定要做剃头匠的，他觉得自己生来就是做艺术的。大宝把理发店改造成工场，任何单子都接，工场化运作，千篇一律很僵化。三子的店，价格低廉，一个个波浪在三子眼里就是一张张卷起的人民币。表舅岁数大了，外面店越来越多，他就把店关了。但还有不少人找上老人家门，他就当作练练手。二子常常在下雨的周一早上去看老人，大家都闲着，聊天喝茶。不管他们谈了些什么，回来的路上，二子总想象成两个艺术家的一次聚会。即使一句话也没有，对坐也变成一段佳话。

他即使在做最卑微的活计，也带着喜悦。扫头发的时候，他发现头发粗细不同，人的性格也不一样。洗头的时候，他让温暖的水流经客人头部每一个穴道。梳头的时候，他想到瀑布、溪流和里下河地区的水。他开始琢磨人，什么样的人需要什么样的发型。并不完全依赖脸型、头型，他告诉客人应该改发型的理由。深藏在客人内心的欲望，常常一下子被激活了。

店里的广告都是二子自己设计、制作，顾客都认为是广告公司做的。兰姨当然是知道的，她把"我们二子就是灵巧"这样的话讲出去的时候，大家都大声附和着：我们二子、我们二子。吴瘸子年轻时就住在水街上，整天懒洋洋地摆出画家样子，随手涂个东西什么人也看不懂。兰姨想弄懂，一来二去，两个人像真的一样黏在一起。虽然最终好事没成，但是兰姨热爱艺术的心却一直火热。

有雨的周一早上，兰姨带二子去吴瘸子那里。其实是二子骑车带她，她躲在大大的雨披里。书报架一颠簸，二子清新健康的味道就发散出来，她少女般羞红了脸。

吴瘸子忙得要命，没有时间与两个来路不明的人说艺术上的事情，他现在是商人。兰姨很着急。二子却不急，细细地一个个车间看下来，认真观察每一个交货人的水平。

园林周边工艺品店越开越多，商品越来越全国化。吴瘸子看到一家又一家国营工艺品厂关门、转制。当家门口檀香扇厂也关闭时，他感到机会来了。正宗的檀香扇原料贵、工艺精、售价高，不适合低档工艺品店。他开始大量生产、加工香木扇，香精可以几年不挥发。价格比较低，游客也承受得起。二子去的时候，苏州的香木扇市场都认吴瘸子。大家都跟着他做。

二子要求拉一箱回去试试，吴瘸子并不在乎，只是卖了兰姨一个面子，每把扇子多付二子五毛钱加工费。

刚开始时，兰姨也爬上阁楼帮忙，颜料、墨汁、毛笔等准备完毕，她就在小方桌边织绒线。被烙铁烫出简单模样的扇面，冰冷僵硬。二子扫了一眼样稿，便勾勒、上色、填充。手仿佛不再是他的，父亲的神明在指挥着，这么顺畅、这么自然，他的眼泪滴在飞天的飘带上，与云朵一起飘飘欲仙。兰姨把扇子一把把摊开，一个箱子只有一个样式。夜半的阁楼，神话传说、佛教故事等等铺天盖地。兰姨祈祷能给二子带来好运。

第一次交货，仍是兰姨陪着去，三子借了一辆黄鱼车，三个人和一箱货。吴瘸子大大地吃惊了。当场让二子画一幅。对此，兰姨既得意又愤怒。二子描摹了一幅《金陵十二钗》。吴瘸子一手柳体，在黛玉身边写下："侬今葬花人笑痴，他年葬侬知是谁"。二子顿时觉得湿润的空气里传来桃花的香气。字与画配起来，似乎成了艺术品。吴瘸子点评他的勾画技法、用色敏感度，他却已经听不进去了。他实在不想管洗头、剪发、吹风那些俗事了，他急着要拿货，拿最有难度的货，天黑就关店门。

三子也嚷嚷起来。二子只好分一些活给他，看着三子胡乱地涂色、勾勒，他很难过。他以阁楼堆不下货物为由，不让兰姨再上阁楼。三子的货，给兰姨看到，有点对不起她。事实上，二子还是想多了。吴瘸子并没有因为三子画得差而大批退货，也没有因为他画得出色而另外堆放。货，还是一样的价钱卖出。理发店仍然满负荷运转，二子找到了理想和现实之间的平衡点。

普通的理发店，更普通的外发加工，一年多的时间里，二子经受了很多冲击。

简单重复劳动，单调的上色技法，他早已烂熟于心。不允许创新，不能够发挥自己的才能，他将注意点向加工费倾斜，也总能从吴瘸子那里预约到高档货。

老刘有事没事就托个宜兴紫砂壶来店里，只要对过不传来杀猪般的"还不滚回来"之类的厉声叫喊，他就一直沉醉在浓浓香味当中。阿姨当中有这样一条黑鱼精在搅和，大家都生动妩媚起来。除了兰姨。

她越不睬老刘，老刘就往上贴："今天这件短衫好就好在将透未透上……脸色这么苍白，昨夜睡得不安稳吧。"

他似乎一直有空，针对阿姨们的质疑，他解释说，领导早就要让他做小头头，但是他就喜欢清闲、宽松，坚决不被蝇头小利所牵制。他对大家笑笑，又朝兰姨努努嘴："她最知道我想什么。"大家哄笑起来，说老刘今天断黑回去，要跪到明早太阳升起。

才二十二岁，二子的腰就不灵光了，颈椎也跟着僵硬。老刘说会推拿，吓得二子逃上阁楼。他觉得不远处有一个很亮的目标在引领，虽然不知道具体是什么，但是他认定不是理发带来的。而现在的描摹，又看不到突破口。

一天，他把头伸出天窗，午夜的水街上空，流淌着一条雾带。他闭上眼睛，将自己融到雾里，随着水汽，钻进弄堂、客厅、天井，在香樟树、杨柳树、黄杨木等等枝叶间游走、缠绕。激动了，一下子直上夜空；疲倦了，紧紧地贴着石板街爬行。彻底的自由，还需要形体吗？他眼前闪过一幅幅水墨画，化身于雾才能得到的观测角度。他不敢睁开眼睛，摸索着碰到小方桌，摸到笔。睁眼就画，一幅接一幅，像吴瘸子车间里的印花机。早就躲在被窝里打"俄罗斯方块"的三子惊呆了，游戏机掉下钢丝床，两节七号电池跳了出来。

看着沮丧的二子，三子把兰姨刚炖好的汤端给他。一张张画摊开着，没有一张达到二子化身成雾看到的那些水墨画效果。他怀疑自己的创作才能，或许，父亲暂时从他身上离开一会儿？

"我还是一个不同寻常的手工艺家，现在只是准备阶段。"二子这样为自己打气。至于准备什么，怎么准备，他觉得应该不会是理发师这条路，虽然他的技艺在水街一带名声响起。

那天黑得比较晚，天太晴朗。店里客人流水般没有停过，早上吞了一副大饼油条后，二子就没有吃过东西。连上厕所都一直憋着。抽一个空当，二子飞快地奔向桥边的厕所。转进厕所的时候，光线一下子暗了下来，脚下一绊，他往前仆倒小便池前，心里暗自骂了句倒霉。这个念头还没有转完，头、背、脚和屁股就挨了打，不光是脚踢，还有棍棒。那几个人都不出声，黑暗中喘着粗气。二子把身子尽量蜷起来，还想回头偷偷看个大概，头上就来了一闷棍。接着一双皮鞋狠狠地踩住他的右手五指，使劲碾了几碾。三子把他唤醒的时候，他看到一个个鬼在面前晃，有的披着长发，有的顶着一根根小狼牙棒，有的头发张牙舞爪。

阿姨们也不嫌弃，听到三子的叫喊声，都冲到男厕所里，一人一条胳膊一条腿地往外抬二子。兰姨一面骂着，一面把大家往自己房间引，让二子平躺在大床上。她又急忙奔出去，借电话呼叫120。刚往回走，想想又不对，再返回电话边，嘴里嘟囔着，一定要把这帮杀千刀的捉起来。她向派出所报案的声音，传出好远。水街上，一个个头都伸出门窗，仔细地听着，辨识着。

既不能理发，又不能画画的日子，二子被大家逼迫着去相亲。阿莹就是这个时候兰姨给介绍的。看着二子被绑架着去约会，看着一个个稀奇古怪的姑娘进出理发店，兰姨显然是生气了。也许在一个没有星星和月亮的阴郁夜晚，她终于想通了，二子总会离开水街，他会结婚生子，继续他的生活，而她会在有一天突然被告知，二子将离开，可能永不会与她相见。想到自己的命运，和即将老去的躯体和精神，她想到一个词：继承。

阿莹是她的外甥女。动到这个念头后，兰姨像被闪电击中，从床上一跃而起。她拉开窗帘，天还麻麻亮。她管不了许多了，收拾齐全，整装待发。在湿漉漉的石板街上行走时，她分明闻到了玫瑰的香味，而她四处观察，却根本没有玫瑰花。

阿莹读书不灵光，职业技校只读了两年就辍学在家。不是她不努力，就是功课上不去。也不是与社会上团伙有关系，她哥哥就是盘门地界上小老大。她长个国字脸，细眉毛下一对丹凤眼，大家与其跟她约会，还不如找一个社会关系纯洁点的。

阿莹脾气好，人也坐得住。她帮哥哥看夜市服装摊，热情周到，生意还不错。兰姨到姐姐家的时候，阿莹还在睡觉。兰姨说二子其他都好，就是老家是苏北的。

但是她又话锋一转："其实我们的爷爷奶奶不也是从苏北逃荒过来的？"她指着沿河的那些棚户，"他们，还有他们，不都是那里过来的？"

阿莹隔着墙，一边听，一边在心里盘算自己的未来。等兰姨一走，她就马上起来。她要去看看水街上的那家店、那个人。她是有主见的。

后来，她依偎在二子怀里的时候，时常会说起那起偷窥事件。"你知道我第一眼看到你在干什么吗？"

二子笑着回答："肯定是发呆喽。"

"不是。"阿莹眯起眼睛，似乎在认真回想那个阴霾沉沉的早晨。

"一个年轻人在屋里忙。另一个右手打着绷带，左手把鲜红的'二子发艺'店招艰难而仔细地贴到大玻璃窗上。"阿莹也伸出左手，比画着，二子感到她手滑过的地方，成了一片红海。

"我刚听过阿姨说你的事情，他们打伤你，就是逼迫你离开或者关店。你换上新店招，很有骨气。我回家对哥说了，他也佩服。"

二子又陷入无助，"我也没有办法，为了吃饭，我只好撑下去。我没有其他本事。"

老刘暗地里找到些蛛丝马迹，托了几层关系，摆平了一些人，帮助二子渡过了那个难关。二子觉得阿莹勤快又不咋呼，在兰姨的撮合下，越走越近。

二子解开绷带重新上手后，春节快要到了。店里的生意迎来了前所未有的高峰。阿莹过来帮忙还不够，又请了一个帮工。其实再多帮工都没用，大家都冲着二子来。他只能像机器一样不停地剪发、吹风、造型、定型。要求高的顾客烫发全套都要二子来做。吴瘸子急得嗷嗷叫。三子看看时机成熟，就要求把画包给他，指定要他服务的不多，他不愿干辅助工的角色了。那个阶段，夜晚的阁楼属于三子。他飞快地画着，觉得自己应该独立了。一过年，他就提出自己开店的要求。

从水街下塘回店，骑车只需要五六分钟，但是二子却走了很长时间。他开始恨大宝，为什么偏要投靠表舅做理发生意？不少亲戚在玉石雕刻厂、红木雕刻厂或者漆器厂工作，大宝还是自私，学艺要快，回报也要快。

如果不是这样，他应该可以坐在园林般的工厂里，静静地坐在工作台前，对着一块玉石，或者一段木料，精心地打样、描摹、雕刻、打磨等等。四季的轮回，消散在桌上一杯清茶袅袅升起的热气中，消散在铿锵有力的一段扬州评话里。如果有一位沉静的姑娘，也在附近的工作台边，时不时地过来切磋技艺、线条、色彩、刀工等等，他一定会有很多话可以讲。那是多么美好的生活。但是，都被大宝毁了。

"把理发店关了。"这个念头冒出来的时候，二子正好看到阿莹送走最后一位烫发客人，然后她往水街上泼了一盆水，关门。夫唱妇随，这也是温馨的一幕。而此时二子看来却异常别扭。他把车子轻轻往对门墙上一靠，拐进了老刘家。

"店这么火红，关了，为什么？"

"表面火红，实在赚不了几个钱。晚上还得做外发加工补贴。"

"店关了，你靠什么赚钱？"

二子就把三子现在的情况说给老刘听。

"你也做，他也做，迟早这样的货没人要。"

二子回来的路上想得比较周全："我要做精品，质量要超过吴瘌子。"

"如果你这样想，我劝你趁早不要去做，肯定亏本。"

"是的，刘师傅说得对，你这样的想法很幼稚。"阿莹在店里左等右等，二子就是不回来。她出门张望，一眼看见老刘家门口二子的永久自行车，就先在门外听了几句。然后推门进来就说："照目前的形势，理发店不关掉，也会越来越差，索性关了，倒是有了生路。"

二子骑车载着阿莹，在空无一人的小巷里游走。谁都没有说话，两个人各有各的心思和想法。

春天的午夜，雨早就停了，散发出甜腻味道，不时有失眠的人在弄堂深处号叫几声，夜也就更静了。二子想，命运的剧变，往往都在寂静中完成。伟大的选择通常在午夜里敲定。只是阿莹说的这条"生路"他还没有做好准备。明天天大亮，大家看到"二子发艺"关门大吉，会是怎样的惊讶和猜疑。

"缓一缓吧，等我们有了把握再关掉吧。"

"我知道你舍不得手艺、老顾客，还有水街的老邻居。"

二子把阿莹送到家门口，转过自行车龙头。"你说的'生路'，我会认真考虑的。"

以往都是三子到二子店里多，毕竟内心有点愧疚，有时能够帮上二子几个头，三子就觉得很充实。三子把精力集中到下塘仓库，理发店基本自生自灭，守店的帮工理三块钱的老人头。一个阶段，二子经常晃悠到下塘找三子聊天。

刚开始，三子觉得很奇怪，二子这么认真的人，怎么会浪费理发时间跟他闲扯呢？几次下来，他明白了二子后面的那双手。于是，他说话也谨慎起来。

下塘有一样不好，春天雨水一多，河水涨起来，就会淹进小仓库。二子打伞进来的时候，三子正指挥几个交货的人，往架子上层转移纸箱。二子抬起这些箱子的时候，闻到了浓烈的香味，三子为了赢得客户，比吴瘸子多洒了两倍的香精。现在说起吴瘸子，三子蹦出的词变成了："这个死瘸子，就知道压榨我们的剩余价值。"

二子连忙阻止他："他对我们还是不错的，加工费还是比别人要开得多。"

三子不出声，点查货物。多了有点记不住，让二子在本子上记下基本数。二子望着堆到房梁的纸箱，低声嘀咕："这要多少钱才能进到这多么货呢？"

三子仍然没有睬他，嘴里报着数字。他甚至踏在一只板凳上，夸张地往靠墙的角落张望，终于，吃力地报出一组数字。斜眼看二子认真记数的样子，三子不急着下来，点了一根烟，在上面的感觉真好。下面这个男人马上就要结婚，没房、没钱，靠手艺只能维持生活。兄弟一场，总要给他一条更好的路走。

三子是聪明的，他早就预见了利益场上绝无兄弟的真理。他没有提出与二子合起来做什么，这个工场老板只有他一个。他只是让二子去接接货、送送货。几次三番下来，二子来下塘的次数明显少了。三子可以笃定地在雨季，搬个小凳子，打上一壶太雕，抿一口，看梅雨落在河道，急促得像自己拉响"老虎角子"般爽脆。他觉得是放手搏一场的时候了。

梅雨降临的时候，二子和阿莹正在决断，他们还找了兰姨、老刘和阿莹哥哥商量。二子把摸到的小商品市场现状概括成两句话：加工市场利薄，销售市场空间大。

二子用他最熟悉的散装洗发水来说明问题。"生产厂家卖给批发商一般在十块钱一升，批发商批给零售商十五块钱一升，零售的家伙提个桶拎到理发店，讨价还价一番，我拿下十八块。最后的环节，我用在客人身上，那可不是用升来计量，用一次算五块，只用掉了几毫升。最大的赚头在我这里。"

他到三子的上家和下家都去看好几次，上家就是一个竹木工场，规模比吴瘸子小得多，只负责扇子成材和压花定型。下家专门向全市各景点兜售成品扇子。一把毛坯扇子竹木工场出来，到三子手上八块钱，三子加工成品，卖给零售商是十五块钱。

"我最近特意去那些园林边上的工艺品店转了一圈。不看不知道，看了吓一跳。"二子流露出来的兴奋，使大家感觉这就是一个手艺人的眼界。

"我不知道兜售给店主多少钱，但是我最熟悉的扇子，挂在那里，一般的要七八十块钱，宫扇之类的要百把块。"二子与阿莹交换一下眼神，继续说："当然，客人都会砍价，即使砍一半再转弯，也是店主在整个过程中赚得最多。"

阿莹对小店小摊有一种自然的亲近感。她帮哥哥看服装摊，经常拿着亦舒的小说看。书里人物的命运，潮起潮落，一点一滴都洒在她的心头。她就是要被安排，被宿命。她等着、策划着，被人改变生活轨迹。

二子还是比较稳重，他只是先把理发店转租给别人半年，与兰姨的合同还有两年。他和阿莹在虎丘山脚租了一小间门面房，付了一年的租金。

老刘笑着说："有艺术天分的人，开工艺品店，这就叫：乌龟爬门槛，但看此一翻。"

又一个春节要到了。二子发屋里挤满了人。冷不丁，店门被推开，新客人嚷嚷道："落雪了，落雪了。"二子停下手中的剪子，阿莹从汩汩热水中抽出手，夫妻俩同时望了一眼水街当空飞舞的雪花。此刻，他们心中却是温暖的。再冷，有这个热闹拥挤的店，还有店后的小小新房。

这个店的大玻璃上，鲜红的双喜字贴在"二子"的前面。想要沾喜气的，奔着打折来的，大家吃着喜糖，剥着大红塑料纸包裹的芦柑。雪珠开始敲打门窗，水街极少有这么绵密的雪，人们窝在小店里，沉浸在童话般的哄笑里。

二子知道，三条街外三子理发店早就歇业，而下塘的旧仓库也被粮油店收回堆放年货。那些里一层、外一层的货物，三子被迫廉价处理。非但三子躲不过这场劫难，整个工艺品市场都遭受重创，幸亏二子选择了开店，而不是囤货销售。

浙江商人看中工艺扇的商机，大批货品入苏，成品批发价降到十块钱，甚至更低。吴瘸子最早预见到这一变化，初春的时候就悄悄转行。三子正做在兴头上，大把大把进本地货。一天，突然货一件都销不动了。二子的店也把工艺扇的零售价从七十降到了二十，后来又降到了十五，还是问者寥寥。浙江人进而全面掌控苏城小工艺品，本地企业、工场绝大多数退出。二子进货价被垄断，挂牌价又不敢高。两头夹击，二子和阿莹大热天守店十个小时，心里却冷得像下雪。

三子最后一次到虎丘山脚下，已经是秋天。　百年前，正山门荒凉冷僻。现在，游客、商贩挤作一团，但是真正的赢家是谁？二子和三子很茫然。他们在小店门口的秋风里，坐了半天，游人无数经过，都没有停下脚步，甚至瞄一眼小店都不愿意。

工艺品店门前萧条，真丝围巾在廊檐下瑟瑟发抖。小吃店的看家本领，也无非是臭豆腐、炸里脊、烤墨鱼等，景区周边臭成一片。几片早黄的银杏树叶飘落到他们脚下，二子想到了闹哄哄的理发店，霸道的大宝，和气的表舅，还有水街上的那些喜欢轧闹猛的人。刚开始，他离开他们，而现在，他们似乎已经把他忘记、抛弃。

三子要去做兰姨丈夫同样的行当。长途跋涉，不断地用新的景色装点自己的梦想。他不走回头路。他站起身来走的时候，送给二子一把扇子，当初他们在吴瘸子那里加工时的扇子，三子留下了最精美的观音像配《心经》的一把宫扇。

老刘混杂在阿姨堆里，像在做社会调查。

"小广东承包这个店不到半年，就把我头发做坏两次。"

"头发剪得像锅盖，水平太差，话也听不大懂。"

"长得又黑又矮，就这副样子，还整天色眯眯的。"

"对的，手脚也不干净……"

杂乱中，老刘把她们喝住："好了好了，现在二子回来，一切都好了。"他拿出一张红纸，大声宣布年初三婚礼的时间和地点，请街坊邻居一起去喝喜酒。

按照行规，大年夜后，店要歇业。年初五一早爆竹声中迎路头菩萨，打开一年理发店的新生意。

年初三晚上，喜酒过后，二子和阿莹推开阁楼的小窗，大雪后的水街寂静无声。每一景、每一物，在二子眼里都是那么妥帖，连那辆靠在老刘家墙角的永久自行车，也在深深地入眠。阿莹轻轻对二子说："水街真美啊。"

这时，远处传来几下炮仗声，屋檐的雪似乎抖动了一下。二子想起三子送他的宫扇上的一句经文："度一切苦厄"。在自己认为最理想的时段，生出一点贪念，为过去的一年增添波折。

他记得表舅刚才在喜宴上，拉着他的手，反复说的那句话："我们的指头，就是挂剪刀的。"他觉得还不全，最重要的是心，心静了，不向外求，一切都顺了。

后天，肯定是好天。

（原载《花城》2016年第4期）

小 双

◎葛 亮

　　其实，关于我为什么要开这间士多店，镇上有各种传闻，我一直没有对人解释过。因为三言两语，并不能解释清楚。

　　至于我是个什么样的人，我也未必觉得需要作交代。镇上有许多像我这样的中年男人。已经过了年富力强的年纪，虽未至颓唐，但精神已不如以往。在镜子里，看到自己上移的发际线，一两星的白，我深深地吸口气，收藏自己微凸的小腹。人似乎也体面了一些。

　　然而，我与他们的不同之处是，我并非当地人，在这个偏僻的岭南小镇里，我的口音实际显得有些突兀。我上翘的舌头经常引起他们的耻笑。他们模仿我的腔调，与我打招呼，顺便买走一两包烟。

　　总体而言，他们对我算是友好。当最初的好奇过去，距离感也随之消失。观望的趣味是短暂的。他们终于会在我的店铺前坐定，点上一支烟，开始和我说镇上的家长里短。多半都是琐事，南方口音说起这些琐事来，干脆而轻碎，的确恰如其分。我坐定，袖了手听他们说，当彼此比较熟了，也有一两个以耳语的方式，放大声量向我宣布，镇东头彩姐家的新抱，是买来的。我自然是有些惊讶。因为这个镇子虽然偏僻，但尚可称富庶，远不需要以这种方式娶亲。他们就指指自己的脑袋，解释说，彩姐的仔，傻傻的。

　　入秋，来帮衬的人少了一些。夏天有买冰淇淋的孩子跑来跑去，总显得热闹些。我会就着柜台看书，一两个看见我，就说，原来是个读书人。我说，都是闲书。来人就说，书就是书。如今哪有人读书，我们镇上的先生都跑出去做生意了。我就笑一笑，用手掸一掸揉皱的衣服下摆。

　　我已经习惯于穿麻布衫子，镇上自产的。这种麻布非常粗硬。开始穿时，觉得浑身不舒服。但是穿久了一些，也就惯了。

　　好吧，我承认我有些怕孤独。冬天来到的时候，为了留住他们，我在铺头里架起一只小灶。我在灶上坐上平底锅，浇上热油。烙我家乡的油饼。小火，热油，慢慢地烙。煎完一面，再煎另一面。撒上一把葱花，香味立时飘散出来。刷上我自己攒下的鸭油，皮薄，味足。先给孩子们吃，孩子们大口地吃了，抹抹嘴巴，一溜烟跑回家，将家里的大人带来了。大人吃了，说，他佬叔，还真没吃过这么好吃的饼，就一块面皮，香得赶上潮州人的蚝烙了。我笑笑说，尽吃，管饱。

我的铺子前于是又热闹起来了，我一面烙饼，一面听他们说家长里短，里短家长。一个孩子说我要烙一张他带回家去，他婆婆嘴馋，却腿脚不好。我说"好"，他眨眨眼睛对我说，多放葱花哦。

后来有一天，镇长来了。来收铺租。这铺子是镇长租给我的，不过铺子不是他家的。关于这连铺两间半房的来历，没有人对我说过，我也不问。有时有人问起我知不知道，我摇摇头。问的人轻轻"哦"一声，就转开了话题去。

镇长吃了我的饼，说，哎呀，当真好好食。傻佬，识不识做生意，这样的饼，是要拿来卖的，无怪之你发不了财。本钱总要收回来，听我的，一张一块钱，我说得算。

镇长找镇上的先生，帮我写了一块招牌，"一文饼"。就挂在铺头的房檐底下。来吃的人没有少，反而多了。毕竟谁也不把一块钱当回事。不过收起钱来，我反而觉得麻烦，我一只手烙饼，一只手淋油，没有多余的手收钱。我腾空了一个糖罐子，放在柜台上，吃饼的人，就自己把硬币投进去，"当"的一声响，很好听。

邻镇的人也来了。说是邻镇，也要翻过一座山的，来的是几个年轻人。来吃我的饼，说，大叔，翻山越岭为口饼，这就是品牌效应。

光顾我的，很少有本镇的年轻人。到了过年的时候，他们却来了。他们都成群结队地在外面打工，去北方，或者更南的南方。他们回来，饶有兴趣地打量我，像当初的镇民一样。他们吃着饼，卷起舌头问我，佬叔，你是不是北京人？我不知道什么时候我有了一个绰号叫"佬叔"，后来才知道，他们称北方人叫"佬子"，正如我们北方人叫他们"蛮子"。我说不是，他们有些失望。他们说，北京多好啊。我看你也不是。北京那么好，你怎么会来我们这里。

虽然是南方，冬天的夜很冷的。只是没有家乡的雪，我一个人坐在屋子里，看着外面。没有雪，还是冬天的样子。灰扑扑的，树和树的影子，都不精神了。南方的冬天，是湿润的冷。不爽利，冷在了骨子里。说不出来的滋味。

我给自己包了一碗饺子，慢慢地吃着。煮一点，吃一点。就着醋和大蒜头。

我看一看日历，年初三了啊。

初三，为什么镇上这样冷清和安静呢。大年初一，镇长请了一支舞狮队来，在镇上挨家串户地走了一圈。到了我的铺头跟前，已经没精打采的，像是头睡不醒的狮子。我给他们封了包利是，他们才打起精神来，舞弄了几下。镇长说，好了，好了，就是图个吉利。你们北方也有舞狮子，好歹解解乡愁。

我们北方也有狮子，倒不是这样的。我们北方的狮子，没有这么大，也没有这么花花绿绿。我们的狮子，不会眨眼睛，舔毛搔痒，摇头摆尾。但我们的狮子勇猛，舞蹈如战斗。我们的狮子，是胡人传过来的，头上顶了一只角，是不可近人的神兽。小时候，过年赶庙会，就为了看舞狮。那时节的庙会，多热闹啊，好吃好玩儿好看。捏面人的，烙花馍的，变戏法的。那时的好玩，如今的孩子哪里看得到啊。

我揭开了锅，舀了一碗下饺子的面汤，就着碗，咕嘟咕嘟喝下去。这也是我们北方人的老讲究，姥姥说得好，叫"原汤化原食"。

外头不知怎么，淅淅沥沥地下起了雨。南方冬天少雨，不过下得也不爽利，下起来，少说也得个三五天了。我靠着窗子，闭起眼睛养起了神，听雨打在败叶上的声音。窸窸窣窣，窸窸窣窣。

忽然，我听到一阵声音，眼皮抖动一下。那声音怯怯地，是脚步声，到了门口。是一个人，站到了我的门口，再没有声音。我站起来，打开了门。

门外站着一个人，抬起头，夜色里是一张不干净的脸。就着灯光，我看见是个半大孩子。男孩子，寸把长的头发，几乎遮住了眼睛。雨水正从头发上湿漉漉地滴下来。顺着脸颊往下淌，在灯底下泛着苍白的光。衣服穿得单薄，也打湿了。

他看着我，开了口，说：一文饼？

我点点头，本想说，过年不开张。这时候，他打了个喷嚏，于是我说，进来吧。

我从锅里舀了一碗饺子汤，说，对不住，饺子刚吃完，先喝碗汤暖暖吧。我给你烙饼。

他端起碗，咕嘟咕嘟地喝下去。看来是渴坏了。

我开了炉子，将小鏊洗一洗，坐上。我和面，揉面，摊饼。切葱花，油已经在锅里吱吱地响。我回过头，那孩子端正地坐着，眼睛却呆呆地望着窗子的方向。饼上起了泡，发出焦香味。我刷上鸭油，撒了葱花。这香味更为浓郁了。

我烙好了一只饼，起锅，说，得嘞，帮手去橱子里拿只碟子。

没有人应声，我转过脸，看那孩子已经趴在炕桌上睡着了。炕桌是我自己打的，我嫌矮，他趴着却正好。

我走过去，拾了件衣裳给他披上，接着烙饼。烙了五只，都放在碟子里摞着。他还睡着，在灯底下，脸色好了一些。忽然，他身体轻轻抖了一下，嘴角翕动，似乎睡得很沉。灯光在他脸上，是毛茸茸的一层轮廓，这是个清秀的孩子。

我挨着床沿坐下，也觉得困了，迷迷糊糊睡过去了。

我醒过来，天已经大亮，我看见床上整整齐齐地叠着衣服，碟子空了，五只饼都没有了。碟子上还有一些细碎的渣子，我发着呆，拈起渣子放在嘴里，嚼一嚼，有焦香的味道，还有点过夜的苦和涩。

初五那天，我开了张。自然没有什么生意，偶尔有几个外出的打工的年轻人，经过铺头，买包烟。说，侉叔，走了。

到了天擦黑的时候，我就想打烊了。这时候，却见远远有人走过来，将一张五块的钞票放在柜台上。我一看，是那孩子。

他说，我来还你钱。

他的声音清细，但我终于还是听出了他的外乡人口音。在这里呆得时间长了，多少也分辨的出。

我把钱收下。他站在柜台前，没有走。

我说，你来串亲戚，是哪家的？

他摇摇头。

我说，没有地方去？

他点点头。

这时候天上响起一声雷，还没开春，这雷打得很蹊跷，眼见着，雨又下来了。我皱皱眉头，说，进来坐吧。

他就跟我进来了。自己搬了个板凳坐下来。

雨淅淅沥沥地下开了。雨势还不小，打在屋檐上劈哩啪啦乱响。

我也坐下来，点上一支烟。让给他一支，他犹豫了一下，点上火。我说，悠着点抽，我这是北方的土烟，味道可冲。话音刚落，他已经咳嗽起来，我看他咳得脸也涨红了，上气不接下气。

我哈哈地笑起来，我说，看你那手势，就知道没抽惯。

我把他手里的烟接过来，一并叼在自己嘴上，说，男人一辈子长得很，先开个头，留着将来慢慢抽。

待咳嗽慢慢平息下来，他也没有说话。抬起眼睛在屋子里打量，目光落在我桌上的书。这本《笑傲江湖》已经被我翻得有些破旧了。

我笑笑说，读过？

他点点头。

我想一想，问，那你说说，这书里头，你最喜欢谁？

他不假思索道，任盈盈。

我顿时来了兴致，说，倒不是令狐冲？

他没再出声。过一会儿，抬起头来，说，我没地方去，你能给我个活干吗？

我一时有些吃惊。再看他，眼眸里并没有一丝怯，也没有玩笑的意思，是想好了说的话。

我说，你这个年纪，要么读书，要么正是出去打工的好时候，留在这里有什么出息。

他一咬嘴唇道，人各有志。

我说，你该看出来，我这间小铺，是一人吃饱，全家不饿。我没有多余的活儿，也养不起闲人。

这孩子说，你怎么就知道我是个闲人？

我眯起眼睛，说，是，我还不知道你的底细。你倒是会做什么？

他说，我会做白案。

我说，白案？

他点点头，我帮你揉面，摊饼。我还会包云吞，整叉烧包。

我笑笑说，我这是个杂货铺，小本生意。

他说，谁不想赚钱呢，你管我吃住就行。

我看他很认真的脸，不知为什么，觉得有些喜欢他了。我说，罢了罢了，看你本事吧。三天开不了张，你卷铺盖走人。

夜里头，我在杂货间给他搭了个行军床。

我拿了身麻布的睡衣给他。说，把身上的衣服换下来吧，挺大味儿。

他不动弹。我搁下衣服，走了。

我转过身，听到后面窸窸窣窣换衣服的声音。我想，这小子，还知道害羞。

叔。我听到他喊我。

怎么？我问。

我叫小双。他说，一双的双。

第二日，天擦亮。我听到外面一阵响，像是什么倒了下来。我赶紧出去，看见柜台旁的灶披间，一阵阵地往外掏灰。小双一边咳嗽，一边又搬出了一个大纸箱子。

我冷眼看了一会儿，问，这是干嘛？

小双没有抬头，手一扬，说，没有地方，怎么做白案。叔，给我搭把手。

这个灶披间，我其实没有怎么进去过。打接下这爿铺子，便一直由它闲着，没想到，小小一间房子，里头竟有这么多东西。一箱箱的空酒瓶子，包装袋，几串已经发了霉的花椒和银耳。最多的，是一摞摞的卷标，各种卷标，"淘大酱油"到"剑南春"。我皱了一下眉头，说，看来这铺头原先的东主，不是什么老实人。

小双抿一下嘴，没有说话，将那些标签扫进了垃圾桶。

待爷俩儿收拾得差不多，天已经大亮。小双留下了一张条案，几把凳子。凳子有几只朽了，缺了腿。小双说，叔，你会不会木工活？

我说，小事。我后生时候，名号叫"赛鲁班"。

天公作美，几天的雨，竟然有了大太阳。小双和我将条案抬到太阳地里晒。

小双骑着我进货的小三轮出去了。个子矮，看他蹬得有些吃力。我想，这孩子，人看着瘦小，倒真是个干家子。

我叼一根烟，将我打柜台的那套家什收拾出来，斧钺刀叉，倒也齐全。天儿好，没刨几下，出了一身汗。

有人路过，问说，侉叔，年都没过完，忙什么呢。

我嘴里一根烟，手里不闲着，没空搭理他们，就笑一笑。

旁边年轻的就说，侉叔想要拓展业务呢。

我将条案刨平整了。拾掇了几只板凳。油漆也拿出来。刷绿色，清爽些。想一想，还是刷层清漆吧。

小双回来的时候，是后晌午了。灰头土脸的一个人，眼睛却格外亮。小双浅浅地笑说，叔。

我说，小子，我看你买了些啥。

车上琳琅地一片，有白案的家伙什。案板，擀面杖，笊笠，还有一只饼模子。我说，好嘛，我一只手，一只灶的事。你整出了这么一大伙子来。

工欲善其事，必先利其器。小双说。

啥？小子，你读的书看来不少。叔听不明白了。

我摆摆手，帮他拾掇车上的东西。一袋面粉，一大块精肉，一大块肥膘。几棵大白菜，茴香，一瓶"八大味"。我说，我给你那几个钱，你还真能置办。

小双说，都是下到明镜村里买的，肉是跟李屠户现割的，白菜疙瘩是杜阿婆藏在窖里的过冬菜。半买半送，你人缘好。

我说，他们倒是都认你的账？

小双低了低头，半晌，说，我说我是你的远房侄儿。叔，你不怪我吧。

我看看这孩子，不知怎的，心头莫名的一软。我没等他解释，自己先把话绕了过去。

我说，好，我在这住了这么久，人都认不完全，倒给你作了大旗。

小双从车上捧下一个陶罐子，摆在我刚刷了清漆的桌子上。我说，嘿，没干呢。小双赶紧捧起来，罐子底已经印了一个圆印子。我一阵疼惜，说，匠人最怕留瑕，你毁了我的手艺。

小双无措，末了却小心翼翼将罐子又摆在那个圆印子上，说，往后这印子专为摆这罐子。

我叹口气，端详那罐子，不像个新东西。彩陶的坯子，黑釉上得粗，颜色都渗出来。还是能囫囵看出人和动物的形状来，沿口上有层油腻。我揭开坛子盖。小双忽然伸出手，挡住我，我还是闻见一尘土味。

我说，哪里弄了个古董来？

他不看我，将一层油纸将罐口封起来。

这天夜里，我睡得很沉。我这人是看家睡，稍有动静就会醒来。这天却很沉。可能是许久没有干体力活了。我甚至做了梦，梦见了年轻时候的事，迷迷糊糊的，都是些以前的人和事。

凌晨，我在一阵香味中醒来。这香味奇异极了，丰腴的油脂的气息，混着浓烈的中药味，刺激了我的鼻腔，生生将我从梦里头拉出来。

我披了衣服起来。看见小双单薄的背影。他坐在灶披间里，眼前蹲着炉子，炉子上坐着那只罐子。天还暗着，微微的火光照在他脸上。脸色倒更苍白了。那奇异的香味，正是从陶罐里飘出的。小双埋着头，正用剪刀细细剪着什么东西。我走过去，看板凳上搁着一只扁筐，筐里整齐地摆着包好的馄饨。在岭南叫作云吞。模样很精致，一行行地码着，像含苞的芍药。

小双唤我，叔。

我说，这是你包的？

小双耸一下肩膀，揉一揉，说，嗯，忙了整个后半夜。

我说，看不出，包得真不赖。

小双说，等天亮了，就能开张了。

他手却没有停，我看那剪刀细密地剪过去，是一些枯黄的干草。小双剪成手指长短，便小心地打开罐子，投进去。

我问，你在做什么。

小双没有抬头，又细细地剪，答我，请来的老卤，将来的锅底汤，就全指

145

望它了。

我还想问什么。小双说，天还早，叔，你去睡个回笼觉吧。

清早。我睁开眼，看小双清爽爽的一双眸子，正对着我。这孩子没怎么睡，眼睛却亮得很。他捧着一只碗，说，叔，尝尝。

碗里的清汤，很香。是方才的香气，药味却滤了，香得爽利。里头卧着几只小馄饨。我掂起勺子，舀起一只，搁在嘴里头。还未嚼，那薄薄的馄饨皮，竟在舌头上化了。轻轻的碱水味，也是香的。粉红的馅子有一点子甜，又有一点子涩，可味儿却说不上的馋人。呼噜吞下去，在嗓子眼儿里滚一下，嘴里头空荡荡的。我呆了一下，赶紧舀起另一个。停不住似的，一碗下了肚。又把汤喝了个干干净净。

小双问，好吃不？

我抹下嘴，说，小双，你这是跟谁学的。

小双热切的眼睛里，光有些暗下去，说，俺娘。

我说，你娘人呢。

他接过碗，口气却清淡了，说，死了。

我也噎住了。这孩子倒站起身，只问我，叔，你看咱能开张了不？

我愣一愣，使劲点点头。

好东西，自然都有个说头。

小双的云吞，随我的饼。也就三四天的工夫，在这镇子里，就算传开了。

来的人，都听说我的侄子来了，又得了个厨子。来的，吃了一碗，禁不住似的，又吃了一碗，说这灶台上的味道，缠住了人的腿脚。说没看出来，侉叔，你们北方佬，倒一家都是好手势。容婆婆眯起眼睛，说，侉叔，这孩子生得靓，围上了围裙，倒好像个小媳妇儿。

我看小双，脸色给炉火熏得红红的，精神得很。

到下半晚的时候，镇长来了，手里拎着一张纸。说，我是不请自来。刚从县里开会回来，就有人塞给我这个。

我接过来看，上头写着几行字：侉叔一文饼，云吞任我行。要知此中味，听朝士多见。

我扑哧笑了。这字方头方脑的，该是出自小双的手。我说，前面的韵压得好，最后一句破了功。

镇长说，你侄儿倒是怎么寻了来。村里都说这孩子能干，这宣传作得，有水平。话时话，我还没见过你这新厨子。

我朝里头喊，小双。

小双没出来。我又喊了一嗓子。孩子从里头走出来，手里捧着一只碗，放在镇长跟前。不言语。

我说，这孩子，不知道喊人。刚才倒好好的，不出趟儿。

镇长说，孩子怕丑，莫勉强。谁叫我是个官，多少怕人的。

小双这时却开了腔，说，镇长也算个官？

镇长一愣。我也一愣，斥他，回屋去。

镇长干笑，舀起一勺馄饨，放到嘴里，刚想和我说什么。突然，眼神直了一下，稀里呼噜，一碗馄饨下了肚。

他头上渗出薄薄的汗，轻嘘一口气，说，看不出，这孩子愣头青，倒整得一手好云吞啊。

我说，蒙您不嫌弃。

镇长说，云吞也该有个名堂，算给你的"一文饼"作个伴。

他盯着手里的勺子，说，刚才，我就是给这一汤匙的味道给惊着了。就叫"一匙鲜"吧。

我心说好。

小双出来了，将镇长面前的碗收走了。又抹了抹桌子，眼睛也不抬一下。

村长倒笑了，孩子不怎么待见我。我却觉得他面善，在哪见过似的。

我心里忖一下，嬉笑说，您能不面善吗？亲侄儿长得随我。你老人家，跟他叔可脸熟着呢。

镇长走了，我走进屋，看小双正将汤里的药包取出来，淋干净。他将锅里的汤，小心翼翼地倒进罐子里头。不声不响，唯有黏稠的汤汁灌入咕嘟咕嘟的声音。

灌老卤？

嗯。小双轻轻回答。

灯影里头，那只陶罐，这时渗着幽幽的光，原本凹凸的表面似乎被笼了一层青色的釉，看起来轮廓有些发虚。

我说，这罐子看着污，换一只吧。

小双沉默了一下，闷声说，不换。

夜里头，我铺开过年写春联剩下的纸，就着灯，饱饱地蘸下墨，写下"一文饼，一匙鲜"六个大字。

小双走过来，看了半晌，说，叔在写招牌。

我问，小双，叔写得好不好？

他又细细地看，说，叔写得好，欧体。

我心里一颤，说，就你那手方块字，倒识得欧体。

小双不说话了，过一会儿，拿抹布将我手边上的一点墨迹轻轻擦了，说，没吃过猪肉，还没见过猪跑么。

我便说，小双，叔教你写大字，乐意学么？

小双说，那敢情好。

我便教他写。手把着手，小双的手指，细长长的，葱段似的。泛着清白的光。我教他执笔，悬腕，看他写下自己的名字。

小双。仍是方头方脑的方块字。

可是，我却看出来，他执笔的手势，不是初学书法的人。那最后一撇收束的力道，被他克制。这孩子会写字，是个练家子。

我不动声色。只看他写，看他敛声屏气，努力地将名字写成中规中矩的方块字。

我问，小双，你是哪儿人。

他停住手，手指有不易察觉的抖动。小双说，江湖飘零，叔问这么个做什么。

我说，小双生得是南方人的样子，口音里头，却有侉腔，叔好奇。

小双问，叔是哪里人。

我说，叔是陕西西安人。

小双说，我离叔不远，绥德人。

我点点头，说，米脂的婆姨绥德的汉，小双长大了，也是条好汉。你们那地方的人，都生就一双骨碌碌的毛眼眼，叔信。

小双抬起头，望望我，又望望外头密成一片的漆黑夜色，说，老乡出门三家亲，小双是叔的侄儿不假了。

一文饼，一匙鲜。叔侄二人，在这镇子上有了名堂。

久了，也就知道，小双不是多话的人，人却真是勤快。话都在忙忙碌碌的动静里头。镇上的人，都欢喜他。欢喜他没声响的笑，欢喜他的眼力见儿。

镇上人的口味，他一清二楚。谁来了，他打眼一瞅，多搁上一勺子花椒辣油，多撒上一把葱花。谁来了，便嘱我将饼煎得硬些，有咬头些。容婆婆来了，他搀她坐下来。从冰箱里拿出一盘茴香馅的云吞，是容婆婆爱吃的。茴香在蒸笼上蒸过，只为婆婆牙口不好。

镇长来了，小双照顾得也周到，人却淡淡的。

小双在这，我便没有洗过衣服。也没套过被褥，不声不响，就全都做好了。

干完了活，晚上在灯影底下，照我交代的，写大字。写得渐有了模样。他每天都进步一点，不算快，是克制着自己的进步。

我轻轻笑。

我看着整整齐齐的一间屋子。不知怎么的，忽然有了家的感觉。我什么也不说。只想起曾经自己也有一个家，婆姨孩子热炕头，那是什么时候的事了。

我笑一笑，点上一支烟。对着小双的背影，挥一下手，将眼前的烟雾，混着回忆赶走了。

这一天打烊，我眯着眼睛歇，只听见厨房里咣当一声。起身过去，看见铁锅斜在灶台上，小双跌落在地。脸色煞白，豆大的汗珠从脸颊上滚下来。

我一惊，要扶他。他却摆摆手，不肯起来。我哪里肯听他的。一把将他抱起来，只觉得胳膊肘上黏黏的潮。低头一看，是殷红的血。小双穿了条蓝色的裤子，这血像条青紫的蚯蚓，爬到他的裤管，滴下来。

我一时无措。我抱紧了他，要往外跑，去镇上的卫生院。

小双一把捉住了门框子，小小的人，虚白着脸，不知哪里来的这么大的劲。小双说，叔，我不去。你让我回屋歇，歇歇就好了。

我把他抱到杂物间，看见那张干净的行军床，愣愣。我伸出手，想把他沾血的裤子脱下来。小双紧紧地揪住自己的裤腰，他哆嗦着嘴唇，说，叔，让我自己来。

声音颤抖，尖锐得哑，几乎像是哀求。

杂物间光线昏暗，我还是看见他发白的脸上，那双眼睛一点点地暗下去。

我只觉得自己的心，刚才还跳得猛。这时候，也在缓慢地暗下去，凉下去。

我轻轻放下他，走出去，将门带上了。

小双再走到我面前，仍是干干净净的一个人。

叔。他唤我。

我没应。

他说，没事，老毛病了。过了就好。

我沉默，闷声说，怕是女娃子的毛病。

我抬起头，看见小双的眼睛，没有内容。不怨不怒，不嗔不喜。

但是，我看出眼前的这个人，却已经将身心松弛了下来。少年的坚硬和鲁莽，褪去了。站在眼前的这个人，是柔软的。甚至软弱的。

她说，叔，我不是个坏人。

我跌坐在门前的长条凳上，想要点上一支烟。手抖得，却燃不起火柴。小双走过来，将火柴擦亮，点上了。我看她一眼，将烟捺在地上。

我说，你不是坏人，我是。你不怕？

小双坐在门边上。她说，人坏不坏，只有自己知道。

我苦笑，说，蹲过号子的，还不是坏人？

小双将胳膊屈起来，将脸埋在臂弯里。我只听见她的声音，她说，叔收留我，不是坏人。我欺瞒叔，是不仁不义。

这声音，是好听的女娃的声，轻细地，在我耳朵边上一荡。我肩头一软，

150

伸出手，想摸摸她的头。只一瞬，又收了回来。

半晌，我站起身，走到屋里头，打开五斗橱翻找。

我终于将那张纸放在她面前。

我的刑满释放证。

我瓮着声音说，信了？你还不走？

小双并没有看，她只问，叔犯的是什么事？

我说，贪污，受贿。

小双抬起头，看着我的眼睛，说，上头贪，你不敢不贪；领导收，你不敢不收。

我心里一惊，眼前风驰电掣，是妻子的脸。她看着我，在离婚协议书上签了字。冰冷的声音，甩过来：你这辈子，就毁在一个"窝囊"上。你就是个窝囊废。

离吧。离了婚，儿子就少了个贪污犯的父亲。儿子过了夏天，就该上高中了吧。也不知道模拟考试的结果怎么样。想必不会差，儿子不窝囊，不随我，随他妈。儿子奥数比赛全省一等奖，儿子测向比赛全国冠军。省重点中学加分，没有上不成的道理。

我是个窝囊废，我一个侉佬，这么远来到这个没人知道的岭南小镇。我不会再影响任何人的生活。我窝囊，就让我一个人窝囊下去吧。

叔。小双说。

我颓然睁开了眼睛，看着这个陌生的年轻女人。就在刚才，她看穿了我。

叔。她将那张释放证折叠好，放在我手里头。她说，都是过去的事了。这世上，先谁都有个不情愿，后谁都有个不甘心。

我说，我对自己的事，是甘心情愿。你走吧。

她站起来，眼神灼灼的。她说，叔，赶我走，是因为我不仁义？

我摇摇头。

小双说，那我不甘心，也不情愿。我要留下来。

我看着她，只觉得一阵恍惚。

我说，随你吧。

我和小双，仍然生活在同一屋檐下。她扮我的侄儿，我扮她的叔。

我们形成了某种默契，谁也不去触碰谁的心事与来历。热闹了一天过后，打烊。沙沙洗锅子的声音，咕嘟咕嘟灌老卤的声音。在黄昏里头，夕阳的光铺展进来，将这年轻女人的轮廓投射在墙上。让人有错觉，这生活是静好的。

我知道是错觉，惯性而已。

收拾完了，她依然坐在灯底下，临我的那本《九成宫碑》。

一笔一画，字写得很成样子了。或者，或者原本就写得这样好。

我阖上眼睛，什么都不想。

再睁开，小双已经转过身来，忧愁地看着我，也不知看了多久。小双说，叔，我在报纸上看了个字谜，给叔猜。

我说，叔脑子笨，打小就不会猜字谜。

小双说，这个好猜。叫"AOP"。

我说，AOP，听起来像是美国佬的情报组织，CIA，FBI。

小双说，是个成语。

我想想，说，猜不出。

小双就执了毛笔，在纸上先写了个A，底下写了个O，再写了个P。

我一看，是个"命"字。

我说，这谜倒新鲜，中西合璧。命中注定？

小双摇摇头，轻轻地说，相依为命。

我脸上的笑凝住了，不知被什么击打了一下，眼底泛出一阵酸。我侧过脸，不让小双看见。我瞧着夜色里头，我写的招牌，在微风中慢慢地转过来，又转过去。

小双说，叔，人一辈子就一条命。自己也是一条，偎着别人也是一条。

我不说话。

小双说，叔，你说，人为啥活着。

我说，为了有个奔头。

小双问，叔有奔头么？

我说，叔没有奔头了。

小双问，那叔为啥活着？

我翻开手掌，搓一搓，看自己的掌纹，曲曲折折地分着叉。我说，就为了活着。

小双说，叔，我给你唱首歌吧。

我说，你们年轻人的歌，叔听不懂。

小双说，这一首，叔保证听得懂。

她就将身体端正一些，开始唱。

我听懂了，的确懂。她唱出来的是：洪湖水呀，浪呀嘛浪打浪，洪湖岸边是呀嘛是家乡。

这歌从年轻的口中流泻出来，竟未有一些突兀。开始唱这歌时，她的脸上有一种端穆的表情，眸子里莫名的坚定。声音也是坚硬的，字正腔圆，由齿间倾出。但渐渐的，她松弛下来。歌声也柔软了，目光也有些虚了。这歌并不是唱给我听的，是唱给一个很遥远的人听。或许，是一个遥远的人在唱，不过借了这年轻的声音，宣之于口。我阖上眼，体会到其中的陌生。再次睁开，我看着她，一丝略微的不适，稍纵即逝。那眼神已经散了，不是她，不是小双。是那种经历了世故的女人才有的眼神的一点风尘。

我站起来，有些粗暴地说，行了。

"人人都说天堂美。"是这一句，这久远的歌，我还记得，郭兰英抬起了粗短的胳膊，脸上挂着和她的年纪有些脱节的娇俏表情。那是什么时候的事了。青年时对女人的遐想，如此地轻易。

小双在"堂"上戛然停住。她站起来，又恢复了有些拘谨的样子。让我稍稍松了口气。

隔了一会儿，小双问我，叔，我唱得不好？

我犹豫了一下，说，好，唱得好。

小双没有再当着我面唱歌。然而，这是一个开始。有时她在厨房里，在杂物间，我都能听到轻轻的哼唱的声音。没有词，那些旋律太耳熟能详。都是极老的歌曲，往往是铿锵的，是那个时代的铿锵。但是，被她哼唱得慵懒而圆融，甚至，有一点淡淡的放纵。

我让自己走远，同时感受到了，身体内的膨胀。久违的膨胀。在未及消退时，我被自己暗暗诅咒。

但是，下一次，我又会听，似乎生怕错过。我开始惯常于循声而至，并且原谅了自己。

在人前，小双似乎不如以前活泼了，也不及以往体贴。她克制得很好，将一个少年的心不在焉，表演得恰到好处。人们打趣说，小双，才多大，被镇上的哪朵花勾了魂。小双敷衍地对他们笑，包云吞的手快了些。

然而，有一天的黄昏，镇长坐了下来。我正想让小双招呼。看小双站在角落里，微微皱起眉头，目光忽然凝聚，在镇长脸上逗留了一下。她手里，将脱下的围裙，攥成了一团。镇长抬起头，想和我寒暄。我刚要应声，他却和小双的目光撞上。只一刹那。

小双退缩了一下，回了厨房。

我嬉笑地说，嗨，这孩子，还是怕官。

镇长嘴角冷了一下，也笑，说，我看不是怕官，是怕我。

晚上，小双就着灯，擦她那只罐子。她哼着一支旋律，是《东方红》。罐子依然那么旧，发着污，在灯底下，笼着微微的青光，像上了一层釉。小双将它搁在那个浅浅的油漆印子里，眯着眼睛看。

照例，这时候她应该临我的那本《九成宫碑》。

我在桌上翻开，报纸上，工工整整的"楷书极则"。写得比我好。

我呆呆地望着那字。

叔，我满师了。她没有抬头。

小双。我说。

嗯？小双将那罐子郑重地挪动了一下，擦另一面。

我说，没事。

过了一会儿。小双坐到我的身边来，说，叔，我临得最好的，是赵孟頫。

我说，谁教的。

小双说，我爹。

我说，你爹？

小双说，嗯，我爹。我爹写《胆巴碑》，没有人比得过。爹会说俄语，唱《莫斯科郊外的晚上》。

我说，你爹念旧。

小双说，第一批留苏的工科生，谁不会唱？

我猛然地回过头。灯光黯淡了一下，窗外一只夜鸟飞过。在小双面颊上投下浓重的影。她的脸色青白，有淡淡憧憬。

春困秋乏，黄昏的太阳底下。我慢慢收拾厨房的家什。捡到一张纸，渍着浮浅的油腻，还辨得出，上面是方头方脑的"侉叔一文饼"。

这时候，镇长走过来，说，侉佬，不开张？

我说，你来了，我就开张。

我抬头，看他左右端详，问，小双呢。

我说，去买菜。

镇长靠近说，压低了声音问，你这侄子，有身份证吗？

我心头微微一动，佯作不快，说，亲侄子，你是信不过我？

镇长愣一愣，看着我说，不是，我是想，海华他儿不是在城里做生意吗？建材生意，做大了，人手不够。我看小双识文断字，不如去帮帮他。男孩子，拘在家里有什么出息。

这话说完，他干咳一下，说，他不比你，你已经老了。

晚上，我就对小双说了。小双似乎并不吃惊，只是说，叔，我该要走了。

我说，你要去哪里？

小双摇摇头，笑一笑说，你没问过我从哪里来。

我说，你如果从我这里走，我就要问了。

小双说，叔，我临走前，想摆一桌宴。

我点点头，问，请谁。

小双说，我拟个单子。

她就便抽出一张纸，埋下头写。我看到她颈子里，有细细的绒毛，在发尾打着旋。我的心里动一动。只是动一动。

我看见那单子上，又是方头方脑的字了。

净是镇上一些叔伯的名字，有些我打的照面少，不熟。

我说，海华伯你也请了，真去帮他儿子？

小双笑，我不认识他儿，我认识他。

我说，你是认识他，他哪天不来吃上两碗云吞。加上三勺辣子。

我又看见一个名字，说，阿翔腿脚不好，就来过一回，你也请？

小双说，就来过一回，我才记挂。

我看到镇长的名字，说，你又不怕官了。

小双说，我怠慢了他，请他，给他赔不是。

我点头，说，也好。好聚好散。

小双就着灯，将单子又看了看，递给我。说，叔，你去请。

我说，你摆宴，我请？

小双默然，然后说，叔请，他们肯来。

第二天，我就去请。都愿意来。

有的稍有些意外，也愿意来。

小双将厨房里的碗盏、炖锅都拿出来。发蹄筋，卤猪手，吊高汤。

我远远坐着，插不上手。我点起一支烟，我说，小双，以为你只会做白案，你对叔留了一手。

小双舀起一勺汤，凑到我嘴边，说，叔，帮着尝尝，鲜不鲜？

我说，鲜掉眉毛。

小双说，我娘炖的汤，头发也要鲜掉。

夜深了，小双还在忙。我问小双说，这几个老的，值当这么大的阵仗？

小双将一条梅菜摘开，轻轻说，让他们吃饱。

我说，小双，真的要走了。

小双说，走了。

她又笑一笑，问，叔跟不跟小双走？

这笑和我以往的笑不同，有些妩媚，眼角挑一下，挑在我心尖上。我说，小双啊。叔老了，走不动了。

小双抿一抿嘴，这才说，叔不老。是世道太新了。

又过了一会儿。

我说，小双，给叔唱个歌吧。

小双想一想，清清嗓子，唱起来，当旋律响过一段，我才意识到，这是我所不懂的语言，轻颤的小舌音。声音竟是有些厚实的。是那首曾经家喻户晓的歌曲。

田野小河边红莓花儿开，有一位少年真使我喜爱。可是我不能对他表白，满怀的心腹话儿没法讲出来，满怀的心腹话儿没法讲出来。

这时候的小双，像个外国姑娘了。脸上放着光，眼睛里有蓝色的火苗。她的有些坚硬的五官剪影被微弱的光投射到了墙上，也柔和了。小双是个好看的孩子。

我张了张口，也跟她唱。唱的中文。我不会唱歌。我的声音有些沙，有些哑，有些跟不在调上。小双唱着，就慢下来，在下一句上等着我。等着等着，两个人的调都合到了一处，唱到了一起。

这一夜，我睡不着。我躺在床上，听小双还在外面忙，窸窸窣窣的，放轻了手脚。锅与碗的边缘轻轻碰在一处的声音，当的一声响。

熟悉的草药味。小双照例熬她的老卤，熬好了封罐。今天的格外浓，格外香。

待一切都静下来了，我叹了一口气，疲惫地闭上了眼睛。

迷迷糊糊，有轻碎的脚步声。我看到一道灰白色的路。有一匹马低下头，踟蹰而行。它回过头，看着我，眼睛大而空。我也望着它，它的眼里，慢慢地流出了血。

我惊醒了，看见床前站着一个人，是小双。

这天是十五，外面一轮圆满的月亮。月亮是瓷白的，分外大和圆，散发着毛茸茸的光芒。这光芒笼着小双。小双也是毛茸茸的了。

小双身上穿着一件阔大的麻布衫子，是我的。因为她身形的小，这衫子便显得更为大，遮到了她的膝盖。

她忧心忡忡地看着我，眼睛大而空。我坐起来，也看着她。我说，小双。

她遮住了我的口。解开了衫子。里面是一具瓷白的身体，没有遮掩。少女的身体，和起伏。小小的圆润的脐，平坦的腹部。两只小小的乳，熟睡的鸽子一样。

我低下头。她的脚也光着，交叠在一起。她将我的手执起来，放在胸前。我抖动了一下，但却不敢动作。我触到了那一点温热，我不敢动作。怕惊醒了鸽子。

然而，此时，我却觉得自己的身子，一点点地凉下去。有一股血，在奔突了一下之后，没有缘由地冷却了。

我痛苦地抖动了一下，推开了小双。

小双将衫子掩上，后退几步。她跪下来说，叔，我欠你。

房间的光线黯淡了下去。一片霾游过来，慢慢地将月亮遮住了。

隔天的晚上，都来了。

看满桌的大碗大盏，都吃惊。

我抱来一坛自酿的米酒，说，小双，你敬大伙一杯。

小双端起酒杯，说，各位叔伯，多谢照应了。

一饮而尽，抹抹嘴，亮一亮酒杯底。

气氛就松了些，海华说，小双出去发了财，莫忘了我们这些老东西。

小双说，头一个忘不了您。

说这话时，并没有笑，是郑重的。在场的人都愣一愣。

我打着哈哈说，为这一桌，孩子忙了一夜。你们吃好喝好，莫负了他。

觥筹交错。老家伙们喝多了，都有些忘形。阿翔说，咱们光屁股交的朋友，好久没坐在一桌了。

是啊，倒还在这屋里。海华环顾了一下，压低了声音说，说实在的，你们怕不怕？

众人默然，只端起杯子喝酒。

过了一会儿，阿友说，怕什么。半截身子入土的人了，活到现在，连本带利，够了。

镇长咳嗽了一下，说，行了，侉佬在这呢。

阿友说，侉佬怎么了，又不是外人。

他把头转向我，满口酒气，侉佬，你在这一个人住。有没有狗屎运，女鬼找你采阳补阴。

都给我闭嘴。镇长黑着脸，将酒杯狠狠蹾在桌案上。

　

叔。我听见小双唤我。

我起身，到后厨，我看见小双将那只陶罐倒过来。小双说，叔，搭把手。

我帮她，她左磕右磕，里头的老卤，完完整整地掉出来。结瓷实的老卤，是个完整的罐子形状。

小双执起一柄刀，在老卤上划一刀。老卤分成两半，颤巍巍地抖动。

我说，你这是干什么？

小双说，我给叔伯们加个菜。

我一惊，说，你这么金贵它，现在就当个肉冻上了菜？

小双没言语，又划上一刀，说，人都要走了。还留它做什么？

　

叔伯们看了，都说新鲜，问是什么奇珍异馔。

我闷声说，你们有口福，是小双熬的老卤，便宜了你们这帮老家伙。

一人一块。

海华说，小双，侉叔倒没有。

小双一笑说，侉叔和我是厨子。厨子吃老卤，就是坏根基砸了饭碗。不吃是规矩。

我走到一旁点起一根烟，心想，这规矩没听过。我也吃不下。小双夜夜熬，熬出这一罐。吃了心疼。

这老卤的香气还是传了过来，有些与平日不一样。我嗅了嗅鼻子，确实馋人。老家伙们吃了一口，眼一亮，都说好吃。说没吃过这么好吃的东西，天地精华，赶上吃阿胶，吃龙肉。

镇长抿了一口酒，慢慢品，说，慢点，噎死你们这帮老东西。

小双不见了。

我的酒上头，先醉过去，记得有人把我搀扶到窗户根儿打盹儿。

哭号的声音响起来，一盆凉水激醒了我。

我的屋子，被人从外围到里。

八个老家伙，死了六个。镇长和海华送去了市里的医院抢救。

五个回到家里死在床上，算善终。一个死在镇上的洗头房。死得难看。正快活着，忽然歪鼻斜口，脸色铁青，在地上抽搐。

公安在厨房里找到那只罐子。其实不用找，端端正正地摆在桌子上的圆印子里。

法医在死者的血液里发现了乌头碱。罐子里的老卤残余，也有。

我后来知道，这毒性烈，只要二到四毫克，就够死于呼吸麻痹心脏衰竭。

公安在灶台底下发现一包中药渣。里头有关白附、天雄、毛茛和雪上一枝蒿。这最后一味，是毒上加毒。不求你速死，待你体温渐渐升高，再要你的命。

我是犯罪嫌疑人。我有前科，却无犯罪动机。

有人说，这屋里住的是叔侄两个。他们问我小双姓什么，我说，侄跟叔的姓。

公安通缉小双。小双不见了。

我说，我要见镇长。

他们铐着我，见镇长。

镇长的命救回来，人的精神却泄了。灰白着一张脸，看着我说，侉佬，你何苦来。

我说，镇长，你有事瞒我。

公安手里抱着那只罐子。镇长眯着眼看着，忽而慢慢地瞳孔放大。他说，我知道是她，我就知道。

镇长昏死了过去。再醒转来，却癫了。不认人，只是颠三倒四地说着一个名字。

检验报告出来。这罐子的老卤里头，还发现了另一种物质，是人的骨灰。

活下来的，还有阿友伯。阿友是个半语儿，说不清楚话，他少了块舌头，许多年了。

但是，他认识这只罐子。他艰难地说了两个字，阴功。

这罐子里头，装着一个人。

看守所来了一个人，是容婆。容婆说，你们放侉佬走。

公安说，他是犯罪嫌疑人。

容婆说，犯下罪的，都死了。

容婆要见我。她拿出一张照片。给公安看。公安点点头，拿给我看。

照片泛了黄。上头是个陌生的女人，大眼睛，长眉毛，粗辫子。

这女人以前住在你屋里。她眯起眼睛，悠悠地说，以往，我们这里还是个村子，叫下沙。那年上山下乡，来了好几个知青学生。就属这个学生最好看，叫丁雪燕。老远的来，是陕西绥德人。

我心里猛然一动，说，绥德人？

容婆说，他们都住在你屋里。刚来的时候，学生们不知苦。到了晚上，还有人唱歌。丁雪燕会唱俄语歌，好听得很。

雪燕的声音像黄莺。我一个乡下丫头，生得不靓。可是她对我好，教我唱歌，教我打毛线。她说，这歌是跟她爹学的，毛线是跟她娘学的。

他爹是留苏的大学生？我听到自己的声音轻轻发颤。

容婆看着我，眼里泛起一丝光，说，你怎知道？

她说，我们乡下苦，久了，学生们都想回城里去。上面下来名额，有招工的，有上大学的。说是给表现最好的知青。

什么叫个好。我只是看丁雪燕细皮嫩肉的一双手，手心磨成了粗树皮。插秧，扬场，拾粪。学毛语录，写标语。样样都比别人好，比别人用心。

可是，同来的知青，都走了。只留下她一个。我才听说，她老爸在蹲牛棚，正累着她。

我问雪燕，想不想走。她说，想。我说，那咱们就想办法。

雪燕摇摇头，说，我爸是右派，没有办法想。

有一天，她对我说，有个人正给她想办法。我问是谁，她说，是村长的儿。那人刚娶下了亲。嗯，就是现在的镇长。

她将办法跟我说了。我脸使劲红一下，说，雪燕，这不是个办法。

雪燕冷冷看我一眼，说，我想回城，没有其他法子想。

村长的儿一边替她想办法，一边往她屋里跑。跑着跑着不走了。有人看见夜里窗户上，头碰头的两个影子。灯就黑了。

后来，雪燕怀了身子，办法还没有想出来。村长的儿，不上门了。雪燕和我说，不走了，留下这孩子。我说，你疯了。我们上他的门，逼他想办法。这孩子生下来，也要在城里。

我说，我陪你，跪在村长家门口。

她摇摇头，说不想害了他。

她由那孩子在肚里头长大，自己拆了棉袄，扯了点布。做尿褯子，小衣裳。我陪着她，只见她没人的时候，一个人笑。

一天夜里，她的门被人踢开了。进来一群男人。

撬开她的嘴，给她灌中药。藏红花，要打下她的胎。

她不从，他们就打。打着打着，药也灌下去了。她没力气动弹，由着他们撕扯衣裳，踢她肚子。她下身终于有血流出来，一股子腥味。有人将她裤子拽下来，露出细皮嫩肉。一群浑小子，都是躁性子。看着她光溜溜的身子，眼也直了。

不知道是谁先上前，污了她。然后是第二个，第三个。到最后一个，她有那一星力气，咬一口。咬下那人的半块舌头。

我发现她的时候，满身的血，死了。腿叉子淌着脏东西，里头是个没成形的胎儿。眼睛睁着，嘴里头半块人舌头。

暗影子里，蹲着一个男人，是村长儿子。他眼睛空着，说，我没让他们，要了她的命。

162

村里没声张，将她送去烧了。对外说她作风腐化，勾引无产阶级工农，是畏罪自杀。

我和村长儿两个人，在村口的乱坡上，将她葬了。就一个陶罐子。

容婆看着我，说，小双来那天，下了雨。我看见她一个人抱着一只罐子，走过来。颜色褪了，污了。可我认得出，我知道，是她回来了。

我听到这里，眼睛抖一下。手心里的汗，一点点地冷了。

一个月后，公安联系到了死者丁雪燕的亲属。她唯一的亲属，是她爹。九十岁了，是西北工大的退休的老校长。当年没了妻女，平反回来，至今孤身一人。

他将那个陶罐抱在怀里。没言语，只是紧紧地抱着。

这天晚上，镇长从医院的楼上跳下来，也死了。

三个月后，公安找到了小双。带我去辨认。

是小双。见我没有声响，安安静静的。头发长了，遮住了颈子，又不是小双。

一个中年女人，脸相憔悴，是小双的娘。说这孩子，一年前突然不认人，满口西北腔的普通话，说要回家。说自己还有一个爹。留过苏联，发明过农用飞机的推动器。会说俄语，会唱《莫斯科郊外的晚上》。

他爹哪会说什么俄语。我们两公婆，连初中都没读完。

小双不说话。女人说，过年前的时候，这孩子忽然说，想写一副春联。我拿了纸给她，她就写了这个。

我举起那春联看，"舍南舍北皆春水，他席他乡送客怀"，是清秀的赵体。

女人将一本簿子给我看，说，孩子以前是写不出这种"大人字"来的。我看簿子上的字，方头方脑，也很熟悉。

大年初一，没看住，孩子就不见了。女人说，再回来，不闹了，也不说陕西话了。只是安安静静的，不知在想什么。

我说，小双喜欢读什么书。

中专毕业后，没见她读什么书。女人想想说，只看金庸的武侠。说里头有个女子，叫任盈盈。女孩子，看什么打打杀杀。心也看野了，人也看痴了。

女人幽幽地哽咽。公安和我，说了一些安慰的话。天擦黑，终于起身告辞。

女人点亮了灯。说要送我们出去。

这时候，小双将头抬起来。她看着我，眼睛大而空，开口说了一句话。

并没有声音，但我看懂了她的口形。

她说的是，一文饼，一匙鲜。

（原载《香港文学》2016 年 7 月第 380 期）

小　满

◎艾　伟

白天，隔壁赵老板家的姨娘会来大屋坐一会儿。喜妹不喜欢她来，她一坐下，就会讲主人家的事。

"我们家女主人昨晚和赵老板吵了一宿，"隔壁姨娘神情诡异，"晓得伐，赵老板又换了个小姑娘，才十六岁，都有了。"

喜妹的心沉了一下，目光不由得看大屋墙上的照片。照片里的年轻人微笑着，俊美的脸光亮亮的，好像上面涂了一层金子。

隔壁姨娘顺着喜妹的目光看过去，表情也变得严肃起来，"你家太太——啧啧，什么年代了，叫太太，亏你叫得出口——你家太太快五十了吧？"

喜妹老派，一直叫东家为先生和太太。这是娘教她的，娘以前也是做姨娘的。先生开始不适应，说叫老白就可以，但喜妹坚持这样叫。太太倒是坦然接受了这叫法。

喜妹一脸茫然，难过地转向窗外，好像照片上的孩子这会儿正在窗外明亮的天空上看着她。二十年前，她来到大屋做姨娘，孩子是她一手拉扯大的，她在他身上花的心血比亲生儿子国庆还多。

"你们家先生是好人，不像我们家赵老板，花花肠子，只是可惜了，白白留下这万贯家产，以后给谁呢？"隔壁姨娘说。

这话喜妹不爱听，先生家的不幸轮不到隔壁姨娘来说三道四。

隔壁姨娘并没察觉到喜妹的不悦，她看着墙上孩子的照片，"含着金汤匙生出来的人，可惜没福消受。"

说完，站起身夸张地掸了掸袖子，走了。袖子上并没有灰尘，好像这屋子里有晦气，怕沾染上她似的。

太太心情不好，先生带着太太去塞班岛散心了。喜妹一个人守着大屋。伺候人惯了，突然闲下来，心里面空落落的。她每天打扫大屋三遍，打发时间。有一天打扫孩子的房间，她偷偷翻看一本相册，看到相册里一张孩子吃奶的照片，当即瘫倒在地。照片里那个喂奶的人只是个局部，孩子不会知道，他叼着的是她的奶子。当年她抛下自己的儿子，把奶水都给了这个孩子。她看着他长大，长得那么漂亮，可突然就不在了。喜妹一直清晰记得孩子吸她奶头的感觉，心里面格外疼爱这孩子。她替先生难过，中年丧子，谁能受得起这打击。

敲门声把她吓了一跳。她赶紧擦掉眼泪，来到大门前，透过猫眼，她看到一个瘦高个站在门口，由于猫眼变形，他身上的西服看上去像一件长衫，显得吊儿郎当。

她紧张地打开门，国庆鞋也不脱，大步进了屋，然后一屁股坐在沙发上。

"你怎么来了？叫你不能来大屋的。"每次，儿子进城，她总是让儿子住在小旅馆，然后做贼似的去看他。

"白老板又不在，你怕什么？"

"谁告诉你的？"

"你以为我是傻的？"

国庆从口袋里掏出皱巴巴的劣质纸烟，摸了摸口袋，没找着打火机。

"这屋里不能抽烟。"

国庆没来过大屋，但他仿佛熟识这里的一切，他径直走进厨房，打开煤气灶。灶火很猛，儿子侧着头，点着了烟。在灶火的映照下，她看到儿子苍白的脸上有一条若隐若现的伤痕。

"又打架了？"

国庆皱了一下眉头，沉闷地吸烟，不说一句话，也不瞧一眼母亲。

"输了多少？"

国庆伸出一个指头。

"一万？"

"十万。"

"什么？你不是说会改好的吗？你怎么又去赌！"

这次喜妹再也控制不住了，她拿起拖把，打儿子。

"你个败家子，我打死你。"

国庆站在那里一动不动，任母亲打，好像他早已习惯了棍子。

最终是喜妹崩溃了，她无力地把拖把丢在一边，气得浑身发抖。

"他们在等我。"国庆指了指远处，"你不给我钱，他们会弄死我。"

"我哪里有那么多钱！你当我在挖金矿？让他们弄死你，我也好省省心。"

国庆沉默不语，嘴上的烟火亮了一下，烟头上长长的烟灰落在地上。国庆看了看大屋，指了指墙上的照片，"他和我同岁？"

喜妹低头不语。

"看起来比我年轻多了，妈的。"

国庆把烟蒂扔在地上，用脚狠踩了一脚。

喜妹容不得屋子弄脏，"你别乱扔，这不是乡下。"她拿起拖把擦了一把，然后去卫生间放好。出来时，儿子已经不在了。

她的心突然揪紧了。这不像国庆的做派。平常要是没从她这儿抠出钱来他是不肯走的。这反常倒让她不安了。十万块，她不吃不喝得做五年，儿子哪里去弄这么多钱？

她的脑子里出现儿子走投无路的情形。她不敢想象他们怎么对待他。

第二天，喜妹收拾孩子的房间，发现放在抽屉里的一只金表没有了。她站在那儿，有半天缓不过气来。

一个月后，先生和太太从塞班岛回来了。太太晒黑了一些，气色也好多了。

喜妹见到主人，不由得紧张。那只丢失的金表让她觉得自己像一个小偷，做姨娘的最重要一条就是要手脚干净，要是主人发现了，她怎么说得清，一辈子的清白都没了。

这天晚餐，喜妹烧了不少太太爱吃的菜，先生和太太吃得很香。看得出来，太太的悲伤减轻了些。太太吃的时候，不时看着喜妹，眼睛亮晶晶的，还带着笑意。喜妹却不敢正眼瞧太太。

晚饭后，喜妹刚收拾停当，太太就把她拉进房间。先生出门去了，屋子里只有她俩。喜妹的心怦怦跳，难道太太发现金表丢了吗？如果太太摊牌，她不知道该如何解释。

太太没问表的事，竟问起喜妹老家的情况。太太很少问喜妹家事，喜妹担心太太是绕着弯子，最终会说到金表上。

太太说出自己的用意时，喜妹一时没有反应过来。不过喜妹是聪明人，很快明白了。喜妹长长地舒了口气。喜妹马上想到了小满，同太太说了小满的情况。太太点点头。

"明天，我们去看看。"

那个死了儿子的疯女人站在村头的香樟树下奇怪地打量着她们，脸上挂着仿佛是看透一切的笑容。喜妹对太太说，每年春天，她都要发作，很可怜。

喜妹没把太太带到家里，直接去了小满家。

小满家在一座山脚下。老家是穷地方，小满家更穷，屋子是用石块垒起来的，然后用黄泥抹了一下，屋顶的瓦也好久没整了，歪歪的，遇到刮风下雨，肯定漏水。小满有一个哥哥，三十多了，在不远处的一棵树下，面无表情，奇怪地瞧着她们。

快到小满家时，一个女孩子从屋子里出来。她穿着一件白底红色细格子衬衣，下着一条灰长裤，身材饱满，脸蛋圆圆的，脸上有一块健康的红晕。

喜妹对太太说："她就是小满。"

太太站住了，上下打量小满。

小满大概知道有人瞅着她，红了脸，低下头。喜妹叫了她一声，"小满，不认识姑了？"小满吃惊地抬起头来。她的眼很大，和善的眼光里有那么点慌乱。乡下姑娘见到陌生人都这样。看到这双眼睛，喜妹就踏实了。小满没变，还是从前的样子。毕竟是只有二十岁的姑娘。

小满见是喜妹，腼腆地笑了笑，轻轻地答道："姑，你回来了。"

喜妹点点头，向她介绍太太："这是我家主人。"

小满笑笑，笑得很天真，站在那里，有些局促。

太太比任何时候都和善，笑眯眯地看着小满，还拉住了小满的手，说："这孩子，真水灵。"

小满不适应这亲热，她显得既害羞又有些迷惘，一会儿看喜妹，一会儿看太太。喜妹说："小满，你放心吧，太太只是夸你。"

小满点点头。

太太对小满很满意，对喜妹交代了一番后，提早走了。

喜妹留在了老家。儿子还是不在家。喜妹问他爹，国庆究竟哪里去了，怎么老是不回家，老头一脸讨好地对喜妹笑，不回答。喜妹讨厌他这样子，同儿子一模一样，真是有其父必有其子。喜妹知道老头想要她兜里的钱。喜妹不给他。他一旦拿到了钱，那张脸就拉长了，像个债主，好像她这辈子都欠了他似的。喜妹知道他心里面对她挺不满的。喜妹叹了口气。

"我担心国庆。他这样下去总有一天要吃牢饭。"

老头子还是笑眯眯的，抽着卷烟不说话。

"你还有心思笑，他来大屋偷了主人家的金表，你知不知道？"

"我知道。"老头儿抽了一口烟，"他当了，值钱，回来给我买酒孝敬我呢。"

"当了？天哪。"

傍晚，喜妹找到小满爹，把太太的意思说了。昨天晚上，太太同喜妹谈，喜妹没敢告诉太太，小满是她远房侄女。她怕太太认为她有小九九，肥水不流外人田。现在，太太满意，这就不是问题了，亲戚反而好说话。

"二十万元不是小数目，有了这笔钱，你们家就发了。你这房子也得翻修了，你儿子等着娶老婆呢，再拖下去要耽误了。"喜妹晓之以理。见小满爹沉默不语，喜妹又补充道："事情顺利的话，我家主人还会再加的。我家主人出手很大方的。"

不出所料，小满爹答应了。毕竟有这么一大笔钱，付出这点代价也是值得的。

"得问问小满。"小满爹说。

"小满孝顺，你做主就成了。"喜妹说。

喜妹觉得自己做了一件好事。这事儿可以解决先生一家的问题，也可使小满一家受益。喜妹想，她这是在积德吧。积德总是好的，菩萨看得到的。

"事情完了，谁也看不出来的。小满还像从前一样，你们家发财了，这样的好事哪儿找去？"

按预先安排好的，喜妹把小满带到了城里，把她安顿在大屋附近一间二居室的小房子里。小满很茫然，看得出来她对接下来要发生的事心里没有底。

喜妹说："小满，你住这儿，你不要慌，姑会来照顾你的。"

小满点点头。

喜妹不知道这件事别人怎么看，她觉得先生真是个大好人。这世道，她见得多听得多了，有点钱的人哪个不坏呢，像先生这样的男人不多了。这个小区都是富人家，姨娘们说起主人的事来，那真是让人讲不出口。有些男人还占姨娘的便宜呢。不过喜妹从不说主人家的事。做姨娘的怎么能在外面嚼主人家的舌头呢？

只有像先生这样的好人，才会想出这个办法。太太虽然老了，先生却从来没有花心思。本来嘛，这件事情要简单得多，要生一个孩子还不容易吗？先生有钱，先生正是盛年。但是先生要绕一个大弯子。喜妹不懂医，太太同她说时，才知道生孩子还有那么多花头，这样的事，乡下人想也想不到。太太说，医生将把先生的种和太太的种结合了，再弄到小满的肚子里。

先生、太太带着小满去了一趟上海，喜妹也跟着去了。可是到了医院，小满突然反悔了，死活不肯做，好说歹说都不听劝。她坐在那儿，低着头，死死盯着地面，好像目光变成了一只桩子，把她固定在了那儿。喜妹第一次感到小满的固执，她感到脸上有些挂不住，觉得小满太不懂事了。喜妹一把抓住小满，把小满拖进手术室。喜妹说："你家等着钱盖房，给你哥娶老婆呢。"

手术做完后，喜妹和太太进去。先生留在门口。小满躺在床上脸色苍白，疼得满头大汗。看到喜妹，小满就大哭起来，无比悲伤，"姑，我要死了，我疼死了。"

喜妹紧紧抱住小满，"小满别担心，一会儿就好了，没事的。"

小满也抱紧喜妹，哭得喘不过气来，喜妹听到了小满的呜咽："姑，我一个大姑娘，以后怎么还嫁得出去啊？"喜妹觉得自己的心被揪了一把。

小满在医院住了三天。喜妹照顾她。小满起床，大概因为下面痛，走路都有些异样。喜妹觉得罪过，小满还没碰过男人呢，可已经不是处女了。

医生确认成功后，小满就从上海回来，住在那二居室小屋里。太太叫喜妹不要干别的事了，照顾好小满就好了。太太买了红枣、银耳、莲子等一大堆营养食品，让喜妹做给小满吃。

小满毕竟是乡下姑娘，心思简单，从上海回来后，已平静了，不再想太多，反倒是惦记起自己的肚子。

"姑，我一点反应也没有，肚子空空的，医生会不会搞错了？"

喜妹也担心这事。她不希望这件事搞砸，不希望小满这二十万元泡汤。二十万啊，哪里去赚？老实说，就是做一辈子姨娘也积不了那么多钱。小满拿到这笔钱，也该知足了。喜妹生过孩子，虽然是件苦差使，可女人健忘，你去问生过孩子的女人，哪个在乎生产的痛？若还像小满这般年纪，这好事她也愿意！

喜妹让小满不要担心，住在这里当享福好了。小满点点头。

小满没有什么好照顾的，乡下人，肚子里有货了，还得去农田劳作，哪里来这么多讲究？小满肚子里虽然有先生的种，小满还是小满，她不是千金小姐。不过做姨娘的，得听主人的话，主人把小满托付给她，喜妹得照顾好。

小满是识相的人，争着要干活儿。喜妹让她坐着，不要动。小满说："姑，你这样侍候我，我哪里担待得起？"

"我不是侍候你，我是侍候你肚子里的种。"喜妹说。

每天吃得这么好，睡得这么足，一个星期后，小满就胖了，脸变得细白滋润了。

"姑，一辈子没人这么宠过我。"

喜妹笑笑。

小满又问："他们真的会给我那么多钱吗？"

喜妹不高兴了，冷冷地说："不会少你的。"

小满是会察言观色的，见喜妹不高兴，讨好地说："如果他们真给我那么多钱，姑，我给你一万。"

喜妹的脸拉长了，"姑不要你一分钱。"

小满露出难堪的表情，站在一边可怜巴巴地看着喜妹。喜妹知道小满心地好，只是有些傻，所以原谅了她。喜妹笑着说："只要你日子过得好，姑就开心。"

一天，喜妹从菜市场回到大屋，隔壁姨娘跟了进来。

"喜妹，这些天你神出鬼没的，到哪里去了？"

喜妹说："我天天在。"

隔壁姨娘目光明亮，好像眼睛里装了一盏探照灯，"我听说你家先生养了个小？你在照顾那小的？"

喜妹吃了一惊。原以为这事捂得严严实实的，终究还是传出去了。传出去倒也罢了，没什么见不得人的，可这些八婆，什么事到了她们嘴里都会走样。

"别胡说八道，没有的事。"

喜妹不想解释。越解释闲话越多。喜妹把隔壁姨娘推出门去："我得干活了。"

隔壁姨娘没走，从她脸上的表情知道有话说。喜妹猜到隔壁姨娘肚子里积了一肚子赵家的私事。喜妹能管住自己的嘴，但她还是喜欢听的。喜妹假装不理她，擦桌子，但耳朵竖着。

"我们家老板外头得罪人了。昨晚回来脸都破了，身上都是血。"

"赵老板怎么了？为女人的事？"

"要是女人的事就好了。这些有钱人，你以为随随便便能发达的？都有事。"

隔壁姨娘看上去很忧虑，说话吞吞吐吐的，不如往日爽快。看来是真说不出口。隔壁姨娘目光明亮地看了喜妹一眼，"听说你家主人是做古董生意发起来的？"

喜妹不会讲主人家的事。

"古董怎么来的知道吗？坟头挖来的，伤了阴德。"隔壁姨娘看了看墙上的孩子，"难怪儿子出这种事，好端端的，被汽车撞死。"

听了这话喜妹不高兴了。她听不得别人这样议论孩子。这次，她板起脸，说："别胡说了，不作兴在大屋说这话。"

隔壁姨娘撇了撇嘴，讪讪地往门外走。

屋子暗了一下。门口出现一个高瘦的身影。喜妹抬头一看，是国庆。好久没见到儿子了，喜妹愣了一下。国庆这次穿得很体面，上身的衣服是金色的，亮得刺眼，还戴了一副墨镜，左手中指上套了一个大大的金戒指。

隔壁姨娘问："你是谁啊？"

国庆抽了一口烟，吐到隔壁姨娘脸上，"你管得着？"

隔壁姨娘用手扫了扫眼前的烟。隔壁姨娘走远，喜妹才说："你终于来了，我到处找你。"

"找我干吗？"

"我怕你变成死鬼。"

国庆不吭声，走进屋子，抬头瞧了瞧那年轻人的照片。

"你收拾收拾，跟我走。"

喜妹看了眼儿子，脸色十分严肃，有些装腔作势，似乎他转眼之间成了一个大人物。

"为什么要跟你走？"

"我养你啊。我发了，你不用再做姨娘了。"

"拉倒吧。瞧你那样子，跟你走我只能吃西北风。"

国庆皱了一下眉头。

喜妹伸出手，"还我？"

"什么？"

"金表啊，你偷走的金表。"

"我没偷。"国庆微笑着撇了撇嘴，指了指墙上的照片，"是他手上的那块？"

"你要是不还回来，我怎么向先生太太交代？"

"有你什么事，又不是你偷的。"

喜妹气得浑身发抖。这事儿她落了心病了，总觉得对不起主人家。

"你怎么这么说话？你还要不要脸？"

国庆冷冷地看了看喜妹，把烟屁股丢到窗外。

"你真不想跟我走？"

喜妹一脸悲伤，"我怎么生了你这个无赖。"

国庆不高兴。他阴沉着脸，又看了看墙上的孩子，回头淡淡地说："你难道想在白家待一辈子吗？我告诉你，有钱人没一个好东西。"

那块金表成了喜妹挥之不去的心病。有一天，喜妹见太太在孩子的房里整理床铺。喜妹进去，泪流满面。太太问，怎么啦，喜妹把丢了金表的事讲了出来。太太一脸迷惑，说："我记得那只金表是随葬了的啊。"喜妹愣了一下，不再吭声。

小满的担心是多余的。四十天后，小满就激烈反应了。她看见什么都觉得恶心，什么也不想吃。她时不时冲进卫生间，对着马桶，差点把苦胆都吐出来了。

"姑，先生太太待我这么好，我没福气，把一个月吃进去的都吐出来了。"

"傻丫头，做女人都这样的，熬一熬就过去了。"

喜妹把喜讯报给太太。太太很高兴，当即要去看小满。

太太进门时，眼睛是亮晶晶的，盯着小满的肚子看。小满的肚子当然还是瘪瘪的。没那么快的啊。太太坐在椅子上，让小满过去，然后伸出手去摸小满的肚子。小满的肚子上起来一层鸡皮，汗毛一根根竖起来。

太太说："你想吃什么，尽管说，你不想吃，也要吃点下去，吃下去才有营养。"

小满点点头。

"这件事辛苦你了。你一定要把肚子里的孩子照顾好。好在我们是亲戚，有什么话都可以沟通。我和老白真的非常感谢你，小满。"

小满被太太的诚恳打动了，眼中有雾一样的东西洇开来。

喜妹连忙说："小满你可别哭，要高高兴兴的，当心动了胎气。"

太太似乎真的过意不去，幽幽地说："我年纪大了，生不出来了，实在是没办法，让你受苦了。"

先生也来看过小满一次。先生独自来的，她们没任何准备。小满只穿了件棉毛衫，因为孕期，小满的胸有些胀，没戴乳罩，小满的胸绷在那里。小满难为情了，慢慢地把身子缩进被窝里。她大概怕自己形象不好，下意识去理乱蓬蓬的头发。小满的发质真是好，乌黑闪亮，一理就整整齐齐的。

先生一直看着小满的肚子，没有说话。先生在大屋话也不多。不过他是个温和的男人，脸上总挂着淡淡的笑意。喜妹喜欢先生的笑容。喜妹见到先生的笑容就有满心的暖意。

先生走了之后，喜妹和小满经常谈论先生。喜妹喜欢谈论先生，喜妹觉得先生什么都好。以前先生会瞒着太太偷偷塞点钱给她，她受宠若惊，幸福得颤抖。先生品性好，乐善好施。有了一个话头，日子就好打发了。

"他做什么生意？"

"先生做的生意大了去了。洋房、商店、服装，什么都做的。我也说不清。"

"那他是不是百万富翁？"

"他哪里只有百万，他如果只有百万，他会给你二十万？"

174

"他有多少钱啊?"

"我不知道,我听隔壁的姨娘说,我们家先生比香港的大老板还有钱,城里最高的大楼就是我们家先生的。"

小满叹了口气,说:"天哪,那么多钱。"

"哪天我带你去看看大楼。"

"先生就住在大楼里吗?"

"有钱人不住大楼,住小洋房。"

"要是我就住大楼,最高一层,可以看得很远,兴许能看到我们村子呢。"

"傻瓜,怎么看得见。"

小满像是为自己的想象迷住了,独自傻笑起来。

"先生以前也是很穷的。我听太太说,先生以前帮人做古董生意,刮风下雨去乡下收集古董,虽然很辛苦,但也只得到一点工钱,大钱都让老板挣去了。后来才做起生意,发了。"

小满听得入迷,看着喜妹,希望喜妹说得更多。

"先生苦出身,所以很节约的,连吃剩的菜都舍不得倒掉。"

"他赚了那么多钱,吃也舍不得,要那么多钱干什么?"

"我不知道。有时候我想先生是个小气鬼,可有时候又觉得先生也是挺大方的,他捐了好几座学堂呢。"

"先生这么好心啊。"

"如果不是好人家,我会把侄女介绍给他们吗?"

小满不自觉露出受宠若惊的表情。

"等你把孩子生下来,先生高兴了,让他出钱给村里造一条马路。"

"嗯。"

有一天,她们谈先生的时候,小满问:"先生多大了?"

"五十多了吧?"

小满惊叹道:"天哪,真看不出来,他好年轻啊。"

喜妹给小满带去先生年轻时候的照片。

"先生年轻的时候还挺好看的噢,帅小伙呢。"小满由衷道。

"这人吧,有没有福分,面相上是看得出来的,小满你以后找男人,要找面相周正的，跟着贼头贼脑的男人，肯定要吃苦的。"

此刻喜妹脑子里浮现儿子的面容，叹了口气，"姑是过来人，见多了。"

虽然先生太太让喜妹只要照管好小满就可以了，她还是两头跑着，一头也没有落下。

赵老板家进了"小偷"，把隔壁姨娘给杀死了。是太太告诉喜妹的。太太说，邻居们都在传，是仇杀。赵老板早先得罪过人，黑道找上门来了。

"隔壁姨娘很忠心，死活不肯放过小偷，结果被捅了几刀。"

这天，太太有点恍惚。太太坐在沙发上，手握遥控器一次次换台。平时太太可不是这样的，她喜欢看戏曲台，电视机总是飘出京腔。做姨娘的平时不好看电视的，但喜妹喜欢老戏，在干活时这样听听也是好的。太太今天是怎么了，她这样换台弄得喜妹也心神不宁起来。

一会儿，太太说："最近这地儿老是出事。"

太太看了看喜妹，欲言又止。

太太又换了一遍台，然后关了电视，转头问喜妹："你相信报应吗？"

喜妹点点头。她不清楚太太为什么问这个。太太看上去心事重重，脸上又出现了孩子刚死时的那种阴郁。

喜妹替太太找来小满后，太太和喜妹的话比先前多了，有事也找喜妹商量，所以喜妹斗胆问："太太，有心事吗？"

太太拉住了喜妹，说："我想去一趟寺院，但我不懂怎么拜佛，你教教我怎么做。"

喜妹点点头。

太太是知识分子，城里人，不知道佛事的规矩。喜妹从小看着娘做的，知道这一套。

"求什么呢？"

太太摇摇头，说："我心里慌。"

准备去寺院的祭品时，太太断断续续同喜妹讲了一些过去的事。

太太说："先生早年同人做古董生意时，曾遇到过一件怪事。一个下雨天，是晚上，先生一个人在山路上走。夜很黑，连雨丝也是黑的，先生打着手电。

这时，有一个人突然跟了上来……"

喜妹听到这儿，不知怎么的想到了鬼，她问："是谁呢？不会是鬼吧？"

太太愣了一下，先是点了点头，然后又摇头，说："那个人要抢先生的东西，和先生打了起来，后来那个人从山谷滚下去了。"

"死了吗？"

"不知道。"

"后来呢？"

"后来，先生常常觉得那人跟着他。"

不知怎么的，听到这儿喜妹汗毛竖了起来。她说："我们挑个好日子，去寺院拜拜吧。"

小满听说喜妹要陪太太去寺院，也想跟去。虽然喜妹每天傍晚陪小满在屋外走，但大多数时间是在屋里，日子长了闷得慌。喜妹同太太说了，太太爽快地答应了。

先生的司机开车送她们去寺院。小满本想坐在前排，太太却一定要小满同她一起坐在后排。山路不太平，汽车有点颠。太太的手紧攒着小满，唯恐小满动了胎气。太太要司机开得平稳一点儿。喜妹说："小满，太太就是对你好。"小满乖巧地点点头。

寺院在离城不远的一个山谷里面，香火很旺。喜妹喜欢闻香火气味，闻着觉得自己的经脉都疏通了，满心欢喜。太太的脸上有些恍惚，又有些盼望。喜妹让太太和小满在寺院门口等着，自个儿去买香具和香火。喜妹觉得白家备个香具是好的。

拜佛的时候，太太显得很笨拙，小心地模仿着喜妹的动作行礼，生怕有一点差错。这让喜妹感觉很好，仿佛在佛爷面前她成了太太的东家，一下子气势逼人了。小满倒是挺熟练的，拜得虔诚，头都磕出了红印子。喜妹不知小满在求什么，她只求小满肚子里的孩子健康出世。最好生个男孩，这样白家就有香火了。

有一个小和尚来到她们边上。小和尚一眼见出三人中太太最贵。他对太太说，刚才大和尚路过，大和尚有话和太太说。

太太不知如何是好，惊慌地看着喜妹。喜妹笑眯眯道："好事儿，太太的心事和尚会点化的，会会大和尚是好的。"太太不愧是太太，这会儿的表情是喜妹熟悉的模样儿了，压得住阵脚。喜妹想，这表情做姨娘的一辈子学不来。

她们跟着小和尚穿过一道狭长的回廊，再向左穿过一个小天井，然后到了一座小楼。一个大和尚闭着双眼在那儿打坐，四方脸，大耳坠，肤色红润细腻，宝相庄严。

大和尚见三人进来，态度和蔼。大和尚让她们坐下，然后说："刚才看见你们，想同你们说几句话。"

太太客气地说："请师父指点迷津。"

大和尚呵呵一笑，道："你家先生身体不太好，让他看开些。"又指指小满，"这肚里的孩子可了不得，将来大富大贵。"

小满听了这话，脸上放出光来。她不自觉摸了摸自个儿的肚子。小满的肚子还没显出来，这和尚竟看出来了，必定是高人了。太太是亦喜亦忧的表情，想对师父说什么，又欲言又止的样子。喜妹明白太太不想当着她和小满的面讲，喜妹就对小满说："我们出去吧。"

大和尚也没留她们，态度和善地站起来送喜妹和小满。小和尚也跟着出来，然后轻轻关上了门。

走到半道，喜妹发现忘了带装香具的香袋，刚才进小楼时她放在门外的，就折了回去。刚到小楼前，听到太太在哭泣。喜妹隐隐约约听到太太在和大和尚说先生的事，那个雨夜，从山谷滚下去的是先生的老板，先生拿走了老板的东西。

喜妹听得心惊肉跳，连声说"阿弥陀佛"。

过了半个钟点，门又开了，太太出来了，她的目光有些闪烁，没有和喜妹交集，脸上的表情像做梦一样，好像她的灵魂被那大和尚掳走了。

她们快出寺院时，太太站着愣了会儿，说："我再去烧炷香。"

小满有些不解，说刚才不是烧过了香了吗，喜妹说，太太自有她的道理。小满不再吭声，跟着去了。

这次太太熟练多了，礼佛的动作有模有样。跪拜完毕，太太往功德箱塞了厚厚的一叠钱。

上小车时，太太比来的时候平静多了，还是要小满坐在她边上。汽车在山路上开，一路无话。坐在前排的喜妹通过车内后视镜看到小满摸着自己的肚子，神秘地笑着。

小满的肚子终于隆了起来，眼睛里开始流露出做娘的样子。她站在镜子前，把衣服撩开，转来转去看，眼睛亮晶晶的。她看着微微隆起的肚子，对喜妹说："姑，大肚子也蛮好看的噢。"

"丑死了。"

"姑，你说我儿子会像谁?"孕检时，医生已告知是个男孩。

"他不是你儿子。"

"你说会像谁嘛?"

"当然像先生啊。"

"也许像我呢。"

"你别胡说。"

正说着话，小满突然捧着肚子，一动不动，然后一惊一乍道："姑，动了，动了，小东西踢我呢。"

听说小满有了胎动，先生在太太的陪同下，过来了。这是先生第二次来小屋。

那天先生的眼睛放着光，似乎又有点不好意思。太太让先生去听小满的肚子。先生显得有些束手束脚。小满倒是大方，站在那里，笑吟吟地撩起自己的睡衣，露出雪白的大肚子，连奶子都露出半只。喜妹连忙把小满的奶子遮住。

"听到了吗?"太太问。

先生摇了摇头。

这时，肚子里的小家伙踢小满了，大肚子鼓出一团。小满一脸幸福，说，他踢我呢。先生看到了，在一旁竟流出眼泪来，连声说，好，好，小满是白家的有功之臣。看到先生这么高兴，喜妹也差点掉泪。

先生从口袋里拿出一个玉手镯，递给小满。一旁的太太有点吃惊。太太手上戴着一只玉镯，和先生送小满的一模一样。太太不解地看了看先生，有些不悦。小满不好意思接受，看着喜妹。喜妹说："小满，这么贵重的东西，要不得。"先生硬是塞给了小满，小满怯生生地接受了，看得出来她的喜悦，只是遏制着。喜妹是有些嫉妒的，自己在大屋辛苦了快二十个年头，先生没送过她这么贵重的东西。

那天，先生和太太走后，她们又议论了先生半天。喜妹说："小满，你生下这个儿子后，你以后也是贵人了，先生不会亏待你的。"小满一脸憧憬地点点头。

有一天，喜妹和小满闲聊。小满说起那次寺院之行。小满说："姑，和尚说我肚子里是个贵人，你说我儿子将来会干什么？"

"小满，我告诉你，肚子里不是你儿子。"

"瞧你，你就是认真，不就是这样说说吗，我知道啦——姑，你说他将来会干什么？"

"他啊，是含着金汤匙来世上的，干什么都不用我们想的。"

"你说他会当县官吗？戏里的县官老爷多威风啊。"

"白家的孩子，将来当市长也不奇怪。"

"天啊，当市长？这么多人都归他管，那他要忙死了。"

喜妹发现小满戴上了玉手镯后一举一动学着太太的模样，不过学得不像，喜妹觉得有些可笑。太太有一次来小屋，见到小满这模样，脸黑了。不过太太就是太太，说话依旧是笑眯眯的，她说："小满，同你商量个事，这玉镯虽然是先生送你的，不过原本是我从娘家带来的……"

没等太太说完，小满当即从手上把玉镯摘下来还给太太。太太一时尴尬起来，推托了一下，但最终还是收起来，太太说："家里还有一对南红的，我过几天拿来送你，也很值钱的。"

小满沉着脸，低头不语。

过了几天，太太送来一对南红。小满把南红放在一边，再没戴上。有一天，喜妹看到垃圾筒里有一对砸碎了的南红。喜妹感到惋惜，这么好的东西，小满不识货。不过她假装没看见。

下午，小满对喜妹说："姑，我不喜欢太太。"

"要死了，我们做姨娘的不可以这么说主人的。"

"你是姨娘，我不是。"

"太太待你这么好，要记恩。"

"我不喜欢她，我替先生憋屈，守着这么个老女人。这女人命硬，把自己亲生儿子克死了。我担心以后对我儿子不好。"

"小满，不要乱讲，肚子里不是你儿子！"

小满突然生气了，她端着架子说："姨娘，我想吃红烧狮子头。"

"反了你了。"喜妹说。

一次，喜妹替小满整床铺，发现在小满的床头下压着先生的照片。喜妹慌了，心里直叫罪过。这是最要不得的，做下人的不可以有这样的心思。小满真不懂事，她是来挣钱的，不是来动感情的。不过，几个月来，她们成天谈先生，先生毕竟是个男人，小满又怀着先生的种，小满有些想法也是正常的。以后不能再谈先生了。

可能是小满吃得太好，肚子大得吓人。小满担心自己怎么把这么大家伙生下来。喜妹安慰她："肚子大不一定孩子大，里面都是水。"喜妹还说："我从前生国庆时，倒不是太显肚子，后来生出个大胖小子。"

也就是在那几天，喜妹接到国庆他爹的电话，说国庆被人打残了一条腿，没把命丢掉算万幸。喜妹想，她整日整夜担心的事还是发生了。她急得不行，回了一趟老家。国庆一条腿打着石膏，脸上也都是伤痕，头发还沾着好多血迹。看到国庆这个模样，喜妹挺内疚的，长年在城里做姨娘，真的没好好管教过儿子。喜妹泪流满面，可说出来的却是狠话：

"为什么不被人打死，打死了就用不着我操心。"

时间过得飞快，转眼就到了冬天，小满怀孕也有八个多月了。小满提出想去大屋看看。喜妹知道小满一直有这心思，她很想知道先生家是什么样子，想知道肚子里的孩子以后住什么样的地方。喜妹犹豫了一下，答应了。反正先生和太太也不在家，要是邻居问起来就说是亲戚。

先生家的豪华超出了小满的想象，把小满吓着了。那天，小满一进门就显得有点儿畏畏缩缩的。

"天哪，这么大，就他们两个人住？"

"马上会有宝宝住到大屋里来了。"

后来小满坐在先生家的客厅里，沉默不语。偌大的客厅里，她几乎是蜷缩在那里，既暗淡又渺小，好像这会儿她变成了客厅里看不见的尘埃。看着她这样子，喜妹有点可怜她，但转眼一想，也好，省得她有什么痴想。

喜妹没想到太太回来了，看到小满，脸色大变。她把喜妹叫到一边，"你怎么能带她来？她以后找上门来怎么办？"

喜妹没想到太太想得这么深，一脸愧疚。

小满惊骇地朝她们看。喜妹想，太太刚才的话她一定听到了。

回到小屋，小满一副闷闷不乐的样子。那天中午，喜妹做年糕给小满吃。小满不吃。喜妹命令道："白家的宝贝可在你肚子里，不能饿了他！"

小满白了喜妹一眼，犟道："我饿死他。"

喜妹教训小满："别说不吉利的话，对你有什么好处？你记住白家只是花钱买了你的肚子。"

小满不服气，"他是我儿子！"

喜妹说："你昏了头了。"

小满说："他就是我的宝宝。"

喜妹回了趟大屋，回来后发现小满不在小屋里。喜妹急死了，她在小区四周的街巷，附近的公园，满世界找，没有小满的影子。喜妹只好回家等着。直到天黑，小满才回来。喜妹长长地松了一口气。

小满生孩子的日子到来之前，天下起了雪。过了一夜，整个城市白皑皑的一片。先生安排小满住进了妇儿医院的一个包间。这包间非常安静，外人也进不来。小满搬去那天，天气很好，雪已停了，太阳照在雪地上，整个世界亮得晃眼，亮得让人心里暖和。想起一个孩子将要降临到这世上，喜妹就欢喜。想当年，喜妹生儿子时是多么欢喜啊。她不知道小满是什么感觉，小满看上去似乎有些惊恐。

一切顺利，小宝宝顺顺当当生了下来。喜妹跟着先生和太太进入产房。是个大胖小子，躺在医院的一只育婴盒里面。先生和太太看着小孩一脸欢喜。喜妹看到先生太太这么满意，比什么都高兴。先生和太太的注意力都在婴儿身上，喜妹看到小满疲倦地躺在床上，喜妹说："小满，你立功了。"小满闭着眼睛，不说话。这时孩子哭了，喜妹连忙把孩子抱起来。小满睁开眼，让喜妹把孩子放床边，也不顾先生在，拿出奶子让孩子吃。孩子在奶子上拱了会儿，叼着奶头，不哭了。小满又闭上眼睛，不再看任何人。

太太原本想另请一个奶娘来乳孩子，让小满回家。喜妹怕新来的奶娘取代她，对太太说："小满年轻奶水足，换一个人未必有小满好。再说小满总归要坐月子的，现在回老家给人说三道四也不好。"太太想了想，决定让小满乳一个月。

先生和太太每天来小屋看孩子。他们一见到孩子就欢天喜地，眼里除了孩子，就没别人。中年得子，有谁不是这样的呢？小满不服。小满说："先生高兴的时候还看我一眼，那黄脸婆一眼不看我，不把我当人。"头一个礼拜，小满还忍着，只是脸拉得长长的，看上去既落寂又不甘。后来，每次先生和太太来，小满就乳孩子，太太想抱抱也不能，抱起来，孩子就大哭，只好交给小满，弄得太太老大不开心。喜妹知道小满是存心的，先生和太太回家去后，喜妹骂道：

"小满，你这样让我怎么做人？"

"我不喜欢她，不许她碰我儿子。"

"你搞搞清楚，这孩子同你没一点关系，他是先生和太太的种。"

小满一脸不屑，"我不信，她生得出为什么自己不生？"

"你脑壳敲瘪了是吧？你瞧瞧，孩子眉眼同太太一模一样。"

"我没看出来，他像我。"

小满抱着孩子，在孩子额头亲上一口，"宝宝像我，像妈妈，嘻嘻。"

喜妹听得汗毛一根根竖起来。

小满毕竟年轻，身体好，坐月子闷死她了，快满月时，小满想抱着孩子去外面走走。要抱孩子出门，喜妹绝不同意，孩子是白家命根子，万一有个闪失，谁担当得起。喜妹警告她："不好好坐月子，当心落下病根。"小满反倒攻击起喜妹来："你每天做的什么菜，猪都不吃，还说这个营养好，那个催奶。"喜妹说："你嘴吃刁了，太太都没你挑剔。"

小满趁孩子睡着，去外面逛。也不知她去哪里，喜妹也不去管她。喜妹是寸步不离孩子，即使孩子睡着也要有人守着。有一天太太来时，刚好小满不在，也顾不得孩子在熟睡，当即抱在怀里。太太那个慈祥，那个满足，喜妹是多年未见了。后来太太要抱着孩子去外面转转——太太又有了个儿子心里一定是骄傲的。喜妹想跟着去，太太说她想一个人和孩子静静待一会儿。

那天小满回来，买了一堆甘蔗。小满说一个冬天没吃甘蔗了，馋死了。喜妹说冷东西，月子里不好吃的。这时小满看到婴儿床上孩子不在了，脸色大变，"宝宝呢？宝宝哪里去了？"喜妹说："你急什么呀，太太抱着外面去了。"

小满像一只没头苍蝇一样，奔下楼，在巷子里高叫："宝宝，宝宝。"

喜妹跟着小满。小满的叫声引来路人好奇的眼光。喜妹说："小满，你不要叫，你是不是脑子搭牢了？"

小满不理，还是叫。

这时深巷里传来婴儿的哭声。小满耳朵竖起来，辨认哭声的方向。小满说："我的儿，我的宝宝。"

小满往哭声奔去，太太背对着她们，在哄孩子。小满一把把孩子夺过来，拿出乳头就喂，"哦，宝宝饿了，妈妈给你吃哦。"一点不顾太太的脸色。

太太虽然大肚大量，终于也忍不住了。太太觉得不能再留小满了。她把喜妹叫到一边，让喜妹收拾小满的行头，明天就送小满回乡。太太说话的时候，原本和善的目光变得像一根刺。喜妹很不自在，连连点头。

喜妹带着小满回到小屋。小满太过分了，喜妹不想再理她。喜妹黑着脸，不声不响整理小满的行头。小满抱着孩子，蜷缩在沙发上，目光一直打量着喜妹。一会儿，行头整好了，喜妹放到桌上。

"姑，我要走了吗？"

喜妹没回答。小满低着头，盯着地板，显得既无助又固执。喜妹想总有这一天的，小满应该想得通。

既然明天要走了，喜妹打算从菜场买点好吃的回来，给小满好好做一顿饭。看到小满刚才可怜的样子，喜妹有点于心不忍，月子都没坐满呢。算是给小满送行吧。

喜妹从菜市场回来，发现小满和孩子不在了。喜妹的心都跳出来了。喜妹坐在房子里，静静等着。她清晰地预感到小满不会再回来了。这段日子小满这么反常，应该想到呀。这怎么向白家交代呢？不过小满的行头还留在桌上，喜妹存着侥幸，也许小满只是抱着孩子去外面走走。到了傍晚，小满没回家，喜妹只好报告先生和太太。

喜妹带着先生太太到了老家。小满没回去过。小满爹急得不行，拉着喜妹问："小满出事了吗?"喜妹冷冷地说："小满这孩子，真不懂事，偷了孩子跑了。"小满爹说："喜妹，我好好一个人给你，钱没见到一分，人不见了，这事怎么说?"

一个星期后，警察找到小满和孩子。小满躲在永江边的一间废弃的闸门房里，因为是冬天，小满穿得少，孩子倒是被她包裹得很紧。她把身上的衣服都脱给了孩子，整个人在瑟瑟发抖。江风很大，孩子细嫩的脸红扑扑的，皮肤都被吹破了。见到先生和太太，小满紧紧地搂着孩子，像一只母老虎一样保护着幼崽，眼中带着敌意。

先生叫来厂里的保安，把小满绑了起来，然后带走了。喜妹不知道先生把小满弄到哪里去了，听说去医院了。喜妹心里不踏实，耳边全是刚才小满的尖叫。第二天，先生说，要把小满送回老家，让喜妹陪着一起去。

先生亲自开车去的。小满坐在车上，比昨天安静不少，不过神志有点不太清醒。可能是躲在闸门间那一周，她的脑子有些搞坏了。那些日子她吃的东西都是从别人家里偷来的，几次被人当作小偷抓住，免不了被揍，吃了不少苦头。喜妹想，过些日子小满就会平下心来的。

先生的车在快到老家时停了下来。村路太窄，车开不进去。先生从汽车后备厢内拖出一只麻袋，扛在肩上，向村子走去。乡下的雪比城里的厚，雪地上留下三串歪歪斜斜的脚印。村头那个疯女人不在了。以往即便在冬天她也是安静地立在村口的，对所有人微笑。后来喜妹听人说，那疯女人死了。

先生到了小满家，迅速打开了麻袋。喜妹这才知道里面装的都是钱。小满爹第一次见到这么多钱，把他的眼睛都刺痛了，他微闭眼睛，眼缝里露出一丝少见的光亮来。小满爹咽了一口水，好像他此刻渴得要命。他愣在那儿不知如何反应。先生把麻袋推给小满爹，让小满爹收下这钱。

"以后就是亲戚了，有什么困难来找我，找她姑也可以。"

先生看了小满一眼。小满一直安静地在旁边傻笑，好像那堆钱在她看来非常滑稽。

送走小满后，太太担心小满会来大屋，决定换地方住。"好在我们还有别的房产。"太太说。

喜妹跟着先生太太搬到了城西。

白家又有了欢乐。这欢乐是小家伙带来的。他真是个可爱的宝宝，皮肤白里透红，眼珠子黑漆漆的，乍一看还真有点像小满呢。但在这屋子里小满是一个禁忌，没有人提起。

国庆又来城里了。自从被打残了一条腿，他老实了许多，不再来白家。喜妹去他住的旅店看他。一见到国庆，她就知道国庆又在赌了，国庆的目光里重有了贪婪的盼望。喜妹心痛得像被针扎了一样。喜妹想，国庆这辈子改不好了，他会死在赌桌台上。她真是觉得做人没有意思。

喜妹照例在给钱前骂了儿子一通。儿子也随她骂，不回嘴。骂够了，娘俩儿闲聊了一阵儿。国庆竟说起小满来。

"娘，小满现在每天站在村头。"

"为什么?"

"她脑子搭牢了，她爹管不住。"国庆说，"村里的孩子捉弄小满，小满就说，我儿子将来要当县官老爷的，你们可得待我好一点。"

喜妹一时不能接受，她慢慢把脸转向窗外，眼中酸涩。

（原载《作家》2016年第3期）

天气预报今晚有雪

◎张悦然

第一次见面，周沫就意识到蒋原对她感兴趣。

"你和她们不太一样，"他说，"我是说，不像她们那么焦躁不安。你看起来——很平静。"

当时他们正站在簇拥着人群的大厅的一角，望着两个穿着紧身长裙、忙着跟人合影的漂亮姑娘。

"那是因为我比她们大很多，已经过了那样的年纪。"她说。

"你是说你从前也和她们一样吗？"

"可能境遇不太一样，那时候我在国外，生活很简单，"她承认，"但是年轻的时候总归要浮躁一些吧，不是吗？"

"不，不可能，"他连连摇头，"和年龄没关系，那种平静是天性里的东西，你相信我。"

"好吧。"她笑起来。有人要走了，推开了大门，寒风从外面涌进来，吹在她发烫的额头上。

周沫没打算去那个慈善晚宴。收到那两张请柬的时候，她看了一眼，就把它们和庄赫的信用卡账单一起丢进了废纸篓。到了平安夜前一天，她受凉了，开始发低烧。昏昏沉沉睡到第二天中午，被宋莲的电话吵醒了。每逢节日，宋莲一定会约她出门，她觉得自己有责任不把周沫一个人留在家里。周沫也不想拂她的好意。就算不是宋莲，是别的什么朋友来约她，周沫也不会拒绝。她害怕他们都放弃了她，她会就此把自己藏起来，变成一个古怪的老女人。那样的故事她从前听过很多。

事实上因为发烧，她根本没有听清宋莲约她去哪里，直到快挂电话的时候，听到宋莲在听筒那边大声说"欢迎重返名利场！"她猛然打了个寒噤，顿时清醒了一半。

187

"慈善晚会？"她说，"是为我募捐吗？一个离婚、无业、没有孩子的可怜女人。"

"得了，你每月的生活费够给五十个白领发工资了。"

"可是我没有积蓄，还要还房贷。"

"别告诉我你在为这些发愁。你每天唯一会想的问题是，今天应该买点什么呢？"

这十几年，她确实没怎么为钱的事发过愁。家里有多少钱也不知道。所以直到离婚，她才知道庄赫把钱都拿去做地产生意，结果项目出了问题，土地被收回，钱没了，他们住的那套房子也被抵押进去了。她是到那时才意识到庄赫对财富有那么强烈的渴望。也许他想要的是私人飞机或者游艇之类的东西。可他为什么没有跟她说过呢，也许是怕她笑话吧，她会说不如收藏印象派的画以后还能捐给一个博物馆。

所幸投资失败并不会击垮庄赫。猎头们清楚这位斯坦福毕业、经验丰富的跨国公司副总裁的价值，离婚后不久，他跳槽去了另外一家更大的公司，收入增加了三成。这三成刚好用来支付前妻的生活费。

周沫每个月都会领到一笔钱，她觉得这种感觉很新鲜。她已经十几年没有工作过，现在终于有了一份工作，这份工作叫作前妻。很清闲，报酬还相当丰厚，只用了几个月的时间，周沫就交掉了一个房子的首付，搬进新家。

她恋旧，留了几件从前的家具，都藏在角落里，不仔细看看不出来。璐璐来的时候，就以为都是新的。

"挺好，一个全新的开始。"璐璐里里外外看了一遍，"让我想想还缺一点什么。"

然后她送给周沫一只猫。其实是她自己养的猫，她要移民去加拿大了。猫有点老了，很凶，不让周沫摸它，不过晚上又会跳上床，睡在她的脚边。

这是她第一次不以庄太太的身份参加社交活动。周沫坐在床边，思考着慈善晚会上自己应该穿什么。是应该表现得神采依旧，还是应该完全换一种装束以示重生。最终，她选了一条最常穿的裙子。虚荣会让人变得不自由，最近她经常这样提醒自己。她穿上大衣，在苍白的脸颊上扫了一点腮红，抓起手袋走出门去。

宋莲和秦宇开车来接她，一路上为春节去什么地方度假争论不休。最近周沫常跟这对夫妇一起出门。她习惯了和他们一起吃晚饭，一起看电影，习惯了听他们毫无缘故地争吵起来又戏剧性地和好，习惯了他们花一晚上的时间怀疑家里保姆的忠心或是饶有兴味地分析邻居的夫妻关系。有时他们还会询问她的看法，让她也加入到热烈的讨论中去，好像她是他们家里的一员。是啊，为什么不能三个人生活在一起呢？当她喝得醉醺醺的，和他们因为一点小事大笑不止的时候也会忍不住想。这种短暂的幻觉会在那个夜晚结束，她摇摇摆摆地走回家，一个人站在镶满大理石的大堂里等电梯时消失殆尽。电梯门合拢，她斜睨着四面镜子中的许多个自己，慢慢收起残留在嘴角的笑意。

举行慈善晚会的那间酒店很旧，门口的地毯很多年没有换过。大堂中央立着一棵灰扑扑的圣诞树，一个体型瘦小的圣诞老人站在前面，弯下腰让小女孩从他手中的红色口袋里摸礼物。经过面包房的时候，周沫向里面张望，生意还像从前那么好。有一年圣诞节，她和庄赫在这里买过一个巨大的树根蛋糕，吃了很多天，后来她想到那股奶油味就反胃。现在她试着再召唤那股味道，可是口腔里干干的，只有出门前吃过的药的苦味。

他们到得有一点早。还有些客人没有来。周沫很庆幸她的座位在一个不怎么起眼的角落里。趁着周围的人不注意，她拿起桌上写着庄赫名字的座签塞进了手袋。有两个很久没见的朋友走过来问候她，问她最近去什么有意思的地方度假了。没有，她摇头。也许在他们看来，她应该找个地方躲起来疗伤。后来，其中一个朋友说起她的狗死了，周沫觉得这个话题很安全，就详细询问了狗的死因，弥留之际是否痛苦，以及埋葬它的过程。她对这条从没见过的狗所表现出的关心令那个朋友很感动。

然后，杜川出现了，把她从狗的话题中解救了出来。

"多久没见了我们！"他拍了拍她的肩膀，大嗓门一如从前。

一个年轻的男人站在他身后，穿着黑色丝绒西装，还佩戴了领结。杜川介绍说是他的助理蒋原。

蒋原看起来挺英俊，只是穿得有些正式得过了头。向后梳起的头发上抹了很多发胶，像是要去拍上海滩的电影。特别是跟在穿着连帽滑雪衫和慢跑鞋的杜川身后，显得有点可笑。

杜川现在是很有名的画家了。周沫认识他的时候，他才从美院毕业不久。那已经是十二年前的事了。当时她和庄赫刚回国，租了一套顶楼的公寓，他们在北京的第一个家。过道的尽头有一架梯子，可以爬到天台上去。没有和庄赫在上面做爱，是周沫人生最后悔的几件事之一。杜川的画室离他们不远，有时晚上他工作完，就来坐一会儿，和庄赫喝一杯威士忌。两人没有什么共同爱好，也没有什么共同话题，却缔结了一种男人间奇妙的友谊。杜川当时可能也有一点喜欢周沫，他说过想找一个她这样的女朋友。什么样，庄赫问。温暖、体恤，杜川回答。那是你还不了解她，庄赫哈哈笑起来。他那时一定已经喝多了。周沫把手里的抱枕丢过去砸他。杜川微笑地望着他们，拿起杯子喝光了酒。杜川的喜欢对她没有意义，她从未想过去爱上别的什么人。不过可能就因为有这点喜欢，她日后回忆起来，才觉得三个人坐在一起的情景特别美好。

后来，杜川把画室搬到了郊区，庄赫总是在出差，他们的来往渐渐变少了。再后来，杜川声名越来越大，周沫有心避开光环，连他的画展开幕也没有去。她是害怕看到杜川已经变成另外一个人。

但他看起来一点都没有变。见到她很高兴，提议晚宴结束后一起去喝一杯。周沫不想去，因为一定会谈起庄赫。也许杜川知道他们离婚的事，否则他为什么没问起庄赫呢。他可能想要安慰她，或是表达惋惜之情。她不想在他面前流眼泪，这会毁掉从前那些美好的回忆。

可是杜川的热情让人没法拒绝。他还向蒋原郑重地介绍了她：

"这是最早收藏我的画的人，那张《夏天》在她那里。"

其实那张画也被庄赫卖掉了。

"您的眼光可真好。"蒋原看着她。他的眼睛让人想到雨天的梅花鹿。他没有把目光移开，直到她把脸转向一边，他仍旧看着她。

晚宴上举行了冗长的慈善拍卖。其中有一件是杜川的油画。蒋原走上舞台，举着那张油画向大家展示。也许因为要上台，他才穿得那么正式。可惜身体都被油画挡住了，脸也深陷在阴影里，只能看到头顶的一圈发胶，闪着粘腻腻的光。可怜的孩子，周沫想。

她喝了一点酒，头很晕，注意力开始涣散。她发现加入一旁宋莲夫妇的谈话变得很困难。他们正和另一对开画廊的夫妇讨论日本那些没有被观光客攻陷的温泉旅馆。看起来节日度假的话题将延续整个夜晚。她发觉和两对夫妇坐在一起远比和一对夫妇难受得多。她从手袋里拿出烟，穿上外套离开了座位。

她推开一扇玻璃门，来到户外。夏天的时候，这里有一些露天座位。有一年庄赫和他的同事常来喝啤酒。哪一年？她一用力去想，就感到头痛欲裂。

她拢起火苗，点了一支烟。她最近才恢复了抽烟。戒了八年，那时候打算要小孩。怀孕三个月的时候，她陪他到巴黎出差，在塞纳河边的一个旅馆里，她的肚子疼了一夜，孩子没了。那之后他们再也没有一起出过远门。现在有时候她点起烟，就会想到那个孩子。想到要是没去巴黎，那个孩子现在可能正在书房里做家庭作业。

玻璃门被推开了，热闹的声音从里面涌出来。她转过身，看到蒋原朝自己走过来。这可能才是她发着烧、头痛欲裂却依然留在这里的真正原因。她的鼻子忽然酸了一下，觉得自己可笑。更可笑的是，她看着蒋原走向自己，有那么一瞬，脑海中浮现出来的是大学二年级的那次舞会上，庄赫走向她的情景。她立即为自己将二者相提并论感到羞愧。没有可比性，一点也没有。不可能再有了，她知道，那样毫无杂质的感情。

"他们告诉我这里可以抽烟。我找了一圈才找到，这扇门可真隐蔽。"蒋原没有穿外套，把手抄在裤子口袋里，"幸亏你点了烟，我是循着火光来的。"

"嗯，出来透口气，里面太热了。"她说。

"你小时候肯定是那种爱逃学的小孩。"

"不，我小时候很乖，从来不做出格的事。"

"是吗？"他眯起眼睛看着她，"看起来可不像。"

他从口袋里掏出卷烟纸和烟丝，熟练地卷了一根烟：

"天气预报说今晚有雪。"

"前几天预报了也没有下。"

"要等到半夜，多数雪都是从半夜开始下的。今天肯定会下，你相信我，"他说，"明天你一觉醒来推开门，外面已经是白茫茫的一片了——我们打个赌怎么样？"

她摇了摇头，"只有你这样的小孩才那么把下雪当回事。"

"好吧。"他懊恼地耸了耸肩膀，丢掉烟蒂，"你真的不打算再进去了吗？这里的风太大了。"

他们回到大厅，拍卖已经结束了。很多人离开了自己的座位，在桌子之间的过道聊天。他们站在一个靠近大门的角落里，远远地看着人群。她以为他会被那几个穿梭来去的漂亮姑娘吸引，可他对她们很轻蔑，反倒赞美起她身上的平静。

"说说你吧，"她说，"你自己也画画吗？"

他告诉她，他大学读的是美院油画系，在重庆，毕业后在艺考辅导班教过几年素描，两年前才来北京投奔杜川。助手的工作很繁琐，从绷画布到交罚单，有时杜川应酬到很晚，他还要开车去接他。她问他是否还有时间自己画画，他说只有晚上和周末才可以。

"那可太不自由了，现在应该是创造力最旺盛的年纪。"她看了他一眼，"不过你可能并不看重画画吧，要是没有特别大的野心，现在这样倒是也不错。"

他笑了笑，没说话。过了一会儿，他从口袋里摸出两颗巧克力球。

"你吃巧克力吗？来的时候我从一个圣诞老人的袋子里拿的。"

她摇了摇头。他剥开金箔，把整个巧克力球放进嘴里。他吃得有点粗暴，她甚至能听到牙齿碾碎坚果的声音。

"我十六岁以前没有吃过巧克力。"他说，"见过几次，在县城的小卖部，晚上回家就躺在床上想，那到底是什么滋味。我第一次吃的时候，简直失望透了，怎么那么苦。到现在我也不觉得好吃，可是每次吃，又会有一种幸福的感觉。"

"谈自由我不在行，要是谈谋生，我倒是有一点发言权。有机会我给你讲讲我怎么供两个妹妹读完大学的故事。"他微微笑了一下，"这位小姐，你从来都不知道谋生为何物吧？"

她耳朵红了。刚才的话大概伤了他的自尊，但她不知道应该再说点什么。原本打算晚些和杜川一起喝酒的时候，再试着补救——蒋原应该也会参加。可是晚宴快结束的时候，杜川走过来找她，说有个台湾的朋友来北京了，今晚一定要见他，所以不能一起去喝酒了。他向周沫道歉，并说一定要再约一回，让她等他的电话。

周沫有如释重负的感觉，因为不必谈起庄赫了。但心里的失望好像多过了轻松。看着蒋原跟着杜川走远，她有点不愿意相信，这个夜晚就这样落下了帷幕。

回家的路上，因为对那对开画廊的夫妇的看法产生了分歧，宋莲和秦宇又争吵起来。周沫坐在后车座上，头靠着玻璃窗，像跟随父母一起出门的女高中生，完全沉浸在自己的心事里。她手中握着手机，不断按亮屏幕，看是否有新的消息。她没有给蒋原留电话。当然他可以从杜川那里知道，不过直接问未免有些奇怪。或许要有点策略，要是他的愿望迫切，总会想出办法。

手机忽然响了起来，她吓了一跳。是顾晨。

"你还在外面？"顾晨闷闷不乐地说。

"对。我晚点打给你好吗？"她下意识地压低了声音。

"你到哪里去玩了，酒吧吗？"

"我快到了，等会儿跟你说。"她按掉了电话。

要是让宋莲和秦宇知道她在和谁打电话，他们肯定会把她大骂一顿，从此再也不管她。不过他们正吵得不可开交，没空理会这个可疑的电话。周沫把身体探向前座，

"就在这儿停吧。我去便利店买点东西。"

"我也要下车，跟他没法过了。"宋莲说。

"很好，我也早就受够了。"秦宇说。

"什么时候开始受够了的？从黎娅回国的那天开始吗？"

"别无理取闹行吗？"

周沫趁乱跳下车，对他们说：

"晚安啦，二位。"

她刚踏进家门，外套还没有脱掉，顾晨的电话就打来了。

"你不觉得活着真的一点意思都没有吗？"她在那边说。

和庄赫离婚的第二个月，顾晨第一次打来电话。

193

"告诉我庄赫现在在哪里？"她劈头问，用那种毛玻璃般的嗓子。

她打的是床头那台几乎没有人知道号码的座机。后来她向周沫承认，她和庄赫曾在电话里做爱。而周沫只想知道当时自己在哪里。不知道，可能在隔壁房间吧，顾晨没精打采地回答。

她能想象顾晨眯起眼睛的样子。她见过她的照片，在庄赫的电脑里。天真又风尘，像有毒的花。是顾晨摧毁了他们的婚姻，但是半年后，庄赫娶了另外一个女孩。这意味着什么？周沫想，也许和谁在一起没有那么重要，重要的是离开我。

没人知道庄赫怎么想。他用一个短信向顾晨宣布了分手的消息，然后从她的生活中消失了。

顾晨去他的公司，发现他已经离职，同事也不知道去了哪家新公司。她找他的朋友，他们都躲着她，其中一个告诉她，庄赫已经结婚了，可是她不肯相信，还把那个人的鼻梁打断了。最后，她想到了周沫，就打来电话。但周沫说她也不知道庄赫在哪里。电话并没有就此挂掉。顾晨突然意识到可以跟电话那边的人谈谈庄赫，至少她比别的任何一个人都更想听。

起初，周沫接听顾晨的电话，只是出于好奇。她想弄清楚这个她曾以为强大无比的情敌到底败在哪里。顾晨相信是因为她和庄赫的感情太激烈，没有留给彼此喘息的空间。所以庄赫需要暂时离开她，出去透一口气。暂时，她强调。

后来，打电话变成一种习惯。那时候顾晨通常已经快要喝多了。她不停地讲话，然后开始号啕大哭，要是周沫不打断她，最终挂断电话的方式只有一种，那就是她醉得不省人事。

周沫很快发现，顾晨身上有一种歇斯底里的气质，好像非要拉着别人一同坠入深渊。这大概就是庄赫离开她的原因。当然可能也是他爱上她的原因，既然庄赫喜欢冒险。

"庄赫说我是你的反面，"顾晨说，"你像冰凌，而我是一块滚烫的炭。"她会告诉她庄赫说过的话，还会讲起他们做过的放浪形骸的事。

"我们在他公司楼顶的平台上做爱……接连两次，他下楼开完会就回来。"

"平台？"周沫重复了一遍。

"对，他喜欢空旷的平台。"

周沫想起刚来北京时住过的公寓上面的那个平台，秋天的时候他们在上面开过派对。派对结束后，那个晴朗的夜晚，她一个人去收拾杯盘，偶然抬起头，看到天空中布满了明亮的星。她从来没有在北京的上空看到过那么多的星星。有一瞬间，她的头脑中掠过和庄赫在这里做爱的念头。平台上风太大，得支一个帐篷，和露营一样，她的想法永远都像女学生。露营计划在她心里徘徊了一阵子，但后来庄赫总是出差，要么就是深夜才回来。有几回她问他周末有什么计划，他摇摇头，看起来毫无兴致。不如在平台上搭一个帐篷看星星吧，好几次她的话就在嘴边，又咽了下去。她担心他会嗤之以鼻，然后问她你今年多大了。

顾晨还在那边不停地讲。周沫握着电话，眼泪落下来。不是因为他们偷走了原本属于她的主意，而是因为她非常想念那个花了很多个晚上蓄谋搭帐篷的自己。那个自己相信很多现在的自己不再相信的事。

"好了，你已经喝多了，"周沫说，"现在去睡觉吧。"她从腋下拿出体温计，三十九度二。温度升高了。

"我才刚开始喝呢，你也去倒一杯。"顾晨说。

"我发烧了，今天不想喝。"

"喝一点吧，喝一点就会好的。"顾晨哀求道。

"我得保持清醒。等会儿没准还要一个人去医院。"

"我可以陪你去……"电话那边传来呕吐的声音，然后是马桶冲水的声音。

"以前有好几次，庄赫生病都是我陪他半夜去医院看急诊、打点滴的。"顾晨说，"有一次在医院病房里他打着点滴，我们还做起爱来……结果吊瓶架倒了，针也鼓了，护士把他骂了一顿，说怎么那么大的人了，打个针也不老实……"她吃吃地笑起来，笑得咳嗽不止。

顾晨很喜欢讲她和庄赫做爱的事。这是他们关系里非常重要的一部分。

然而这一次，周沫忽然意识到先前听她讲这些时的那种不适感消失了。那具男人的身体和她的联系好像割断了。好现象。不知道是不是发烧的缘故。她正打算听顾晨多讲一点以检验是不是真的如此，可是电话那边已经呜呜地哭了起来。

"他为什么要这样对我，你告诉我，为什么……"她的情敌在电话那边不断追问。

周沫吞下一片退烧药，在床上躺下来。她把电话放到旁边的枕头上。里面的人还在哭。哭声凄恻，让人坐立难安。可是这个冬天的很多个寒冷的夜晚，周沫都是听着这样的哭声入睡的。一个比自己更伤心的人在另一端。她需要这样的陪伴，或许已经到了依赖的地步。所以有时候，她会劝顾晨多喝一点酒，或者诱使她回忆那些美好的时刻，以换得她情绪再次失控，放声大哭。在那样的时候，周沫会觉得自己完全控制了顾晨，这个曾经最强大的敌人。她在榨取顾晨的痛苦，可是那又怎么样呢，这原本就是顾晨亏欠她的。她认为她所承受的不幸能够允许她降低对自己的道德要求。

她一直有一种担心，那就是顾晨会比她更早走出失去庄赫的阴影。顾晨的痛苦虽然剧烈，却可能很短暂。她年轻，感情充沛，或许明天就会投入新的恋爱。一想到这个，周沫就感到很难受，那就如同是另外一次背叛。她不知道如何阻止那样的事发生。她能做的就是接听顾晨的电话，确保她沉浸在怀念过去的痛苦中。还有，就是不把庄赫的地址告诉她。

是的，她当然知道庄赫住在哪里。每隔一段时间，她会把寄到家里来的可能对他有用的东西转寄过去，从前美国同学的明信片，或是红酒品鉴会的请柬。地址是庄赫给的，他从来没有打算向她隐瞒什么，包括结婚的事。在他眼里，她是最明事理的前妻。但她没有把地址给顾晨，绝对不是为他考虑。她只是有一种很强的直觉，那样顾晨会得到解脱。顾晨之所以那么痛苦，是因为心还没有凉透。庄赫的不辞而别，使她对他还有期待。如果再见到庄赫，听他亲口告诉她他结婚了，宣布他们再没有可能，也许她从此就放下了。她倒一点也不担心他们旧情复燃。她了解庄赫，他做了决定的事是不会再改变的。所以她没有试图挽回他们的婚姻。

在这个发烧的夜晚，周沫又梦见自己害怕的事。顾晨打来电话，说自己明天要结婚了。她失态地连说不可能。

"感觉就像生了一场大病，我现在完全好了。你呢，你怎么样？"顾晨咯咯咯地笑了起来。

周沫感到一阵耳鸣，心脏锥痛。那痛楚穿过梦直戳她的胸口，她猛然睁开眼睛。她躺在黑暗里很久都不能动，只是感觉着身上的汗慢慢冷却。

她拿起手机看时间。凌晨三点。一条新短消息跳出来，陌生的号码：

"外面下雪了。我赢了。"

他们约在美术馆的门口见面。周沫来得早，站在玻璃门里面等。

天空中飘着零星的雪花，远处的铁轨上有火车经过。美术馆门前空地上的脸孔狰狞的雕塑被积雪覆盖，变成了一个个纯真的泥坯。整个世界白得就像一个语焉不详的童话。

蒋原穿过马路，朝这边走过来。他穿着牛角扣大衣，背了一只很旧的剑桥包，看上去像个有点忧郁的大学生。他和前一天晚上如此不同，以至于她几乎没有认出来。然后，她开始感到惊诧，自己是怎么和眼前这个男孩产生关联的。

上午的美术馆里空空荡荡的，只有一对很老的夫妇，缓慢地挪着脚步。今天是莫奈展览的最后一天，明天这些画就要运回美国了。来看这个展览是蒋原的提议，不过周沫也一直想来。

"你今天不用工作吗？"周沫问。

"我请了假。"蒋原眨眨眼睛，"我说我的一个表姐到北京来了。"

"表姐？"她揣摩着这个身份。

"嗯。杜川说，你的亲戚可真多，上个月是你妹妹，这个月是你表姐。"

他看了看她，立即说：

"唔，上个月可不是跟什么人约会，是真的我妹妹来了。"

约会两个字听起来相当刺耳。

"就是真的约会也很正常啊。"她笑着说。

"可是哪里有那么多值得约会的人呢？"他看着她说。

从美术馆出来，雪已经停了。没有云，天空像一张空白的贺卡。他们踩着积雪去附近的餐厅吃午饭。

"我不喜欢莫奈。一点都不喜欢。"他看着菜单，忽然抬起头来说。

"嗯？"

"刚才我没说，因为不想破坏你看展览的兴致。不过其实我看那些原作觉得很失望，简直想掉头就走。"

"为什么？"

"因为很甜媚，像糖水罐头。"他说，"世界根本就不是那样的，有一种粉饰太平的感觉，一点也不真诚。"

"也许他眼睛里的世界就是那样的。"她说，"每个人眼睛里的世界都不一样。"

"你现在看起来就像我高中时候的语文老师。她严肃起来的样子简直迷死人。"他笑起来，放下菜单看着她。

她无奈地摇了摇头，

"既然你那么不喜欢莫奈，为什么不选一个别的什么展览呢？"

"别的？更糟。我拿着杂志，把展讯那一页仔细看了一遍。都是一些国内很可怕的画家，个个自以为是，不知所云，毫无才华可言。"

她差一点问他对杜川的作品怎么看，话到嘴边又咽了下去。她指了指菜单：

"看看你想吃点什么。"

吃饭的时候，她悄悄停下来看着他。他咀嚼的声音响亮，嘴巴动得幅度很大，好像要让每一小块牙齿都充分地拥抱食物。她不记得有什么她认识的人这样吃东西。可他还是一个男孩的模样，所以看起来并不让人反感，只是觉得有一点心疼。不过，和他吃饭会有很好的胃口。她吃掉了一整碗米饭。

吃过午饭，他们走到街上。太阳出来了，马路湿漉漉的。空气很好，周沫感觉肺里凉凉的，像窗台上的广口瓶。风吹掉了树枝上的雪，落在蒋原的头发上。他比庄赫要高，虽然很瘦，但是肩膀宽阔。路边有个雪人，堆成小沙弥的模样。走过去的时候，他摸了摸它的头顶。

"我家就在附近了。"她停下脚步，做出要告别的样子。

"时间还早呢。"他也站住脚，"好吧，今天很愉快。"

"愉快？看了那么不喜欢的展览。"

"那不重要。重要的是有好天气，好朋友。"他重新定义了她的身份。

"你怎么回去？"

"坐地铁。最近的地铁站在哪里？这一带我不熟。"

"我带你过去，我正好也往那边走。"

他们又走了一会儿，来到她住的公寓楼前。

"前面就是地铁站了。"她说。

"嗯，看到了。"他抬起头看了看大门里面的那几座公寓楼，从口袋里摸出烟盒，"今天都忘记抽烟了。你要一支吗？"

"不了。"她说。

他叼着烟，冲她挥手，"那么好，再见。"

他的神情沮丧，像游乐园关门时被驱赶出来的小孩。她站在原地，看着他慢慢向前走。等他回过头来的时候，她笑起来，他们好像在做游戏。

"上去坐一会儿吧。"她说。

他很喜欢她家。他喜欢她的旧地毯和丝绒沙发，觉得她的古董书柜很酷。她做咖啡的时候，他在屋子里四处转悠，看那些墙上挂的摄影。

"我能选张唱片放吗？"他在外面问。

"当然。"她说。

她从厨房走出来的时候，看到他正蹲在地上抚摸那只猫。猫闭上了那双令人焦躁不安的眼睛。

她不清楚自己是否喜欢他。也许只是喜欢把一个几乎陌生的男人带回家来的感觉，虽然先前在楼下她还很犹豫是否要这样做。现在她觉得无所谓，应该去尝试各种新的体验。仅仅是体验而已。

所以当蒋原从后面抱住她的时候，她的内心很安静。当时，她正跪在地上换唱片。他那双褐色的大手从后面伸过来，把她箍得很紧。

他没有动，好像在等着什么东西融化。

阳光从半掩的窗帘照进来，落在墙角的矮脚柜上。矮脚柜是从前家里的，她总是不自觉地把目光落在上面。矮脚柜会有记忆吗，它会记得那次她和庄赫谈话的时候也这样盯着它吗？

"我很后悔，"庄赫说，"当初让你留在家里不去上班，你才会变成现在这样。吹吹尺八，学学茶道，看看书和展览，你以为这就是生活了吗？你根本不知道外面是什么样。你的生活都是假的。"

她绞着手指头，盯着矮脚柜。有一只把手生锈了，她竟然从来都没发现，在阳光下特别明显，铁锈像密密麻麻的虫卵。一切都是他的错，庄赫是这么说的，而她是无辜的，无辜得像一棵因为修剪坏了而被主人丢弃的植物。一棵植物还能做点什么呢？庄赫搬走后的那个下午，她卸掉了矮脚柜上的把手。

蒋原做爱的方式有些粗暴。他按住她的手腕，像是把她钉在十字架上，他似乎很欣赏这个受难的姿势。在太过激烈的撞击中，她听到自己骨头碎裂的声音。高潮的时候，他的凶猛退去，如同现了原形，发出离群小兽的哀号。他用枕头盖住了她的脸。

蒋原抽着烟，坐在十九层的窗台上往外看。逆着光，他的裸体看起来像个少年，有山野的气息。她不记得看到过这么年轻的男人的身体。虽然她和庄赫刚在一起的时候，庄赫还不到二十岁。但他很少完全暴露自己的身体，或许是不自信。在顾晨面前好像并不这样。

她坐到蒋原的旁边。他给她点了一支烟。天已经完全黑了。窗外是林立的高楼，闪着晃眼的霓虹灯，斑斓的车河在高架桥上流动。

"我妹妹，就是上个月来的那个妹妹，"蒋原忽然说，"她来的时候就对我说，哪里是北京的中心，带我去看北京的中心。我带她去了天安门、故宫还有鼓楼，但她走的时候还是有点失望。现在想想，应该带她到一个这样的窗台边，然后指一指下面，看，这就是北京的中心。"他吐了一口烟，"早点认识你就好了。"

她看着他。

"为什么想要走近我？"她问。

"我告诉过你的啊，第一次见的时候就说了。"

"嗯？"

他指了指她手中的烟，"我是循着火光来的。"他笑起来。"这是我以前写过的一句诗，那天见到你的时候，忽然想起来了。"

他拉起她的手，"床很舒服。我想睡一会儿，可以吗？昨晚几乎没怎么睡。"

他们躺下来。他用她的手臂环住自己，屈起腿蜷缩在她的怀里。

她闭了一会儿眼睛，等他睡着以后，轻轻抽出手臂，从床上坐起来。他睡得太熟，没有醒。

她走过去，拔掉了座机的电话线，把手机也关掉了。她知道这样做她的情敌一定会难过。可是今晚她不想听到庄赫的名字。

周沫不想让蒋原留下来过夜。她无法想象他洗完澡穿着拖鞋和浴袍在屋子里走来走去以及早晨站在盥洗池前刮胡子的情景。他出现在那些日常画面里，她会有一种很怪诞的感觉。可是蒋原没有要走的意思。吃过简单的晚饭，他提议看一张影碟，然后又自告奋勇地给猫洗澡。他不断找到新的借口，推迟着离开的时间。直到他们发现外面又下起雪来。

"等雪小一点再走吧，我可以开车送你。"她说。

"好啊。"他站在窗前看了一会儿，回到沙发上，"有酒吗？这样的天气应该喝点酒才对。"

"喝了酒就没法开车了。"

"那就等酒醒了再走。"

"后半夜吗？"她笑起来。

"好主意。"

周沫开了一瓶红酒，换了一张比较欢快的CD。蒋原的酒量不好，很快有些醉了。他把她拉向自己，然后亲吻她。他们吻了整整一首歌。

"谢谢，"他说，"嗯，我要谢谢你，今天是我来北京以后最开心的一天。这儿很温暖，就像在家里一样。我可以把这里当成是家吗？对不起，我可能有点一厢情愿了……"他低下头，去喝杯子里的酒。

她有点无措，只是握住了他的手。

"我很珍惜这种感觉……"他说，"你知道吗，我只是想让你知道。"

喝了酒之后，蒋原睡得很沉。但有他在旁边，周沫无法入睡。她躺在那里想各种事情。她想要是和蒋原不再来往，他会不会很难过。她又想到杜川要是知道他们睡在一张床上，会是什么反应。但她没有想起庄赫，也没有想起顾晨。好像关于他们的问题都已经是昨天的问题，现在那一页翻过去了。不知道过了多久，她终于睡着了。可是似乎没有多久，就被他摇醒了。

"快起来，"他说，"我带你去看我画的画。"

"现在?"

"对，雪已经停了。"

"为什么不能等到天亮?"

"白天那个画室归我室友。"

他把她从床上拖起来，给她穿上袜子。

"太疯狂了。"她摇头。

他们驾车开往他的住处。凌晨四点，街道上空无一人，大片完好的积雪望不到尽头。路灯闪着疲乏的光，被雪覆盖的灌木蜷缩在马路边，像打瞌睡的幽灵。

一个艺术家将自己放雕塑的仓库转租给了他。他和另外一个朋友隔出两个小房间睡觉，剩下的作为他们的画室。画室晚上归他用，他工作到快天亮，睡两三个小时爬起来去工作。

那里冷得像冰窖，北风摇撼着铁门，发出吱嘎吱嘎的声响。七八个巨大的画框靠在墙边。在黑暗中，画布上浓稠的油彩像凝固的血。

他打开灯。

炸裂的坟冢。劈开的山丘。着火的河流。悬崖上倒挂的村庄。

她看到黑暗、愤怒和末日。这就是他眼睛里的世界。和她想象的不一样，她以为他会画一些轻盈和漂亮的东西。可她早就应该知道不是那样，和他做爱的时候她就已经知道了。

她走到墙边，仔细地看着画的局部。

"很震撼。"她轻轻地说。

"你瞧，我不是没有野心，当然不是，"他说，"我不是你以为的那样，一个庸庸碌碌的小毛孩。"

"我没有那么以为。"

"我会成功的，相信我，我只是需要时间。"

"我相信。"她走过去抱住了他。这废弃仓库里野心勃勃的男孩让她觉得难过。她喜欢那些画，虽然它们超出了她的审美范畴。

"我们走吧，你一直在发抖呢。"蒋原说。

"实在太冷了。你是怎么在这里画画的?"

"哈哈，穿上军大衣，我有两件。也生炉子，烧麦秸秆的那种，但是这两天堵住了，还没有来得及通，烟太大，熏得眼睛疼。"

"为什么不换个地方呢？"她立刻意识到自己问了很蠢的问题。

"我猜你从来没有租过房子，对吧？"他笑了笑，"我们走吧。"

外面的天空已经发白。仓库在郊外，周围一片荒寂。几公里以外，有一个新开通的地铁站。他说他每天骑自行车到那里，然后再换地铁。自行车总是被偷，现在已经是第六辆。

"你不会想知道这些。"他摇摇头。

"你拿那些画给杜川看过吗？"她问。

"他不会喜欢的。"

"为什么这么说？"

"因为这些画没有他的'痕迹'，"他说，"你不觉得他很喜欢影响别人吗？"

"不试试怎么知道呢？你不应该放过任何机会。"

"我参加了一个美院举办的新人奖评选。要是得了奖一定请你吃饭。"

"那我现在就开始想应该吃什么。"

"最好别抱什么希望，谁知道呢，看看吧。"

他们去一家茶餐厅吃了早饭。吃完之后他就要去工作了。临走之前，当他问她什么时候再见面的时候，她有点慌乱，说再电话联系。

他起身过来吻她的时候，她躲闪开了。她不喜欢在公共场合这样做，她觉得他是知道的，但他故意那么做，像是为了证明什么。

"我想快点见到你。"他说，穿起大衣，推开门走了出去。

她透过玻璃窗看着他穿过马路。他需要一件新的大衣，身上的那件料子不好，起了很多毛球，而且不够暖和。但她立即打消了给他买大衣的念头。那样就意味着和他建立更深的关系，而她现在根本无法接受这一点。

她捧起杯子，喝掉已经凉了的热鸳鸯。算起来，他们一起度过了将近二十四个小时。她已经很久没有和一个人一起待那么长时间了。

接下来的一个星期，周沫没有和蒋原见面。她把每天的生活填得满满当当：上瑜伽课，学法语，去看西班牙电影周放映的影片。蒋原常常发来短信，她会跟他说说自己在做什么。他们用短信聊天，谈论最近好看的电影，猫的肥胖症，以及杜川的新女友。蒋原告诉她，杜川的婚姻已经名存实亡，他最近在和一个比他小二十岁的模特交往。他们聊各种琐碎的事，像最亲密的朋友，她喜欢那种什么都可以说的感觉。可是每当蒋原问她哪天见面的时候，她又会说太忙没时间。

她能清楚地说出自己不喜欢蒋原身上的哪些地方。他吃饭的样子，他做爱时的粗暴，还有目空一切的骄傲，以及隐藏在那种骄傲背后的自卑。可是这些又毫无道理地吸引着她。一种蒙昧的、旺盛的生命力。像一根从高处伸下来的藤蔓，让她可以抓住它往上爬。一个好的迹象是，一天里想到庄赫的次数渐渐变少。她开始有点厌恶接听顾晨的电话。

"猜猜我今天做了什么？我把我表妹的婚礼搅砸了……"顾晨在电话里叫嚷着，她不得不把听筒拿得远一些，"这一点也不能怪我，谁让他们在桌子上摆那么多酒！而且那个主持人真的很蠢，他什么都不懂，还在那里大谈真爱啊，灵魂伴侣啊……哈哈，我是实在忍不住才跑上去抢他的话筒的，然后我说，我来给你们讲讲什么是真爱吧，我的真爱为了我和老婆离婚了，可是他娶的那个人不是我，哈哈哈，太好笑了是不是……没错，我就是那个天底下最大的笑话！"

她想挂断电话，又担心这样做，顾晨就不再打来了，然后去找别的人倾诉。那些人会开导她，把她从这个深渊里拉出来。她不能允许他们那么做。她必须亲自照看顾晨，以确保她乖乖地待在这份痛苦里。

三十一号那一天，蒋原约她一起庆祝跨年。她犹豫了一下，还是拒绝了。下午宋莲照例打来电话约她出门，她提议他们到她家来吃饭。

她忽然有了做菜的兴致，已经很久没有在家请人吃饭了。从前有一阵子，庄赫常带同事来家里。她热衷于钻研菜谱，尝试各种新菜。但那些同事都很无趣，在饭桌上永远谈论的是房产、股票和移民。她在一旁郁郁寡欢地听着，觉得实在辜负了面前这些美好的食物，它们理应和更有意义的话题匹配。后来，她就没有兴趣再做菜了，庄赫和同事要聚会的时候，她总是建议他们去外面吃。

她做了柚子沙拉、烤鸡和西班牙海鲜饭。秦宇带了一瓶饭后甜酒。食物很受欢迎，全都被吃光了。她的胃口也好得惊人。

"我说什么来着，"宋莲说，"没有什么过不去的坎。你现在看起来好多了。把所有不开心的事都留在旧的一年里，新的一年一切重新开始吧，来，干杯!"

手机响了起来，是蒋原。她离开座位，走到厨房接电话。

"新年快乐!"蒋原大声说，"你好吗?"

"我挺好。你喝酒了?"

"我现在在你的楼下。我能上去吗?"

"不能。"她脱口而出，"我的朋友在。"

他笑起来。

"别担心，我开玩笑的。我就是想问候你一声而已。好了，快去忙吧。"他挂断了电话。

她端着中午烤的纽约芝士蛋糕回到客厅。

"哇，甜点来了。"宋莲拍手。

她坐下来，看着宋莲把蛋糕切成小块。她意识到宋莲正看着自己。

"啊，对不起，我忘记拿叉子了。"她又跑进厨房。

秦宇给每个人倒上甜酒。

"试试看，这个酒庄每年只有1000瓶产量，我觉得不比贵腐差。"

"你总是相信那些卖酒的人鬼话。"宋莲说。

"他是我的朋友。"

"他首先是个卖酒的，其次才是你的朋友。"

手机又响了。她从座位上弹起来，冲进厨房。

"还是我，真抱歉。"蒋原说。

她握着听筒，太阳穴突突跳。

"我以为你和她们不一样，"他说，"可是我错了。你是个虚伪的人，不遵从自己的内心。你害怕和我在一起会被你的朋友笑话，对吧？嗯，他们会说你疯了吗，和那个穷小子在一起……"他吐字不清，声音忽大忽小。好像喝了很多酒，正在大风里走。

"不是这样。"她说。

"承认喜欢我让你感到羞耻对吗?"

"不，不是。我只是——"她说，"你有没有想过，你为什么想和我在一起?"

"我知道你想说什么，你想说我和你在一起，是为了一些别的什么。没错，我想要一个像你家那样温暖的家，还有你的帮助和支持。但这些的前提是我喜欢你。向喜欢的人索取没什么可耻。我也会把我所赢得的一切都献给她。我的每一幅画都是献给她的。我的成功也是属于她的。因为我们是一体的。你听过柴可夫斯基和梅克夫人的故事吗?"

"可是我想要的爱情不是那样。"

"好吧，"他的声音苦涩，"我明白了。对不起，我不会再打扰你了。"他挂断了电话。

她回到客厅的时候，宋莲和秦宇正在各自看手机。

"蛋糕怎么样?"她问。

"很棒，要是再多冻一会儿就好了。"宋莲说。

"是吗，我尝尝。"

她用叉子一点点吃着面前的蛋糕。眼泪不知不觉掉下来。

"怎么了这是?"宋莲摇摇她的手臂。

"没事，"她吸了两下鼻子，给了宋莲一个难看的笑容。

"谁的电话?"宋莲问。

"你知道吗，我已经不爱庄赫了，"周沫说，"真的，有一阵子想到他，还会感到厌恶，恨不得他从这个世界上消失。可是我真的很怀念我们刚在一起的日子。那时候我们刚毕业，在离市中心很远的地方租了一间公寓。浴室的地上没有下水槽，可是我们不知道。我生日那天，我们坐在浴缸里喝酒，后来喝得太醉，在里面睡着了，水漫出来把走廊全淹了，木头地板被泡烂了，保险公司让我们赔八千美金。八千美金，什么概念? 当时觉得一辈子都还不完。我们还没找到工作，已经欠了一屁股债，前途一片黯淡，什么都不确定。唯一确定的是我们要在一起，一起面对这个冷酷的世界。"她揩掉脸颊上的泪，"我总觉得那才是真正的爱情，毫无杂质的爱情……"

"亲爱的，你真的天真得像个高中女生。"宋莲说，"哪有什么毫无杂质的爱情呢?"

"我知道，我知道。"她喃喃地说。

206

"你要是问我，我觉得爱情就是陪伴，两个人一起做很多事。"秦宇悄悄地望了宋莲一眼。

"别想那么多，要是能遇到合得来的人，就应该放手试一试。"宋莲说。

"反正我也没什么可以失去的了，是吧？"她凄然一笑。

元旦后的第三天，杜川打来电话，说周日打算在他新建好的工作室举行一个派对，请她一定要来玩。

这个邀请是一种天意，她想，她知道她和蒋原不可能就此不再联系。但她没有联络蒋原，打算给他一个惊喜。

她绕路去买了一捧花，到杜川那里的时候天已经黑了。她穿过空阔的庭院，循着人声走到餐厅。长条桌边已经坐满了客人，只缺她一个。她没想到是这样正式的聚餐，蒋原大概不会出现了。她脱掉外套，有点失望地坐下来。杜川向她逐个介绍那些客人，有商人，也有教授。

他指着身旁的那个女孩说：

"小爽，我女朋友。"

周沫笑得不自然。她想到在离婚之前，庄赫大概也是这样坦坦荡荡地带着顾晨去见他的朋友的。

有个年轻的男孩走过来给她倒酒。她拿起酒杯，正要和旁边的人碰杯，就看到蒋原从一扇门里走出来，手里托着两只碟子走出来。里面是鹅肝之类的东西。

他神情严肃，像没看到她一样，快步走向长条桌，把碟子放在了客人的面前。她还没回过神来，他已经第二次端着碟子从里面走出来。先前倒酒的那个男孩也去帮忙了。

"这次太仓促了，大家多包涵。主要是得按厨师的时间，这个法国厨师真的很难请。"杜川对客人们说。

蒋原面无表情地朝这边走来。周沫低下了头。她有点难过，她真的没有想过他会这样出现。可她以为助手是做什么呢？其实她问过他的，他轻描淡写地回答说，什么都做。

他把碟子放在她的面前，虽然动作很轻，但她能感觉到他其实是气呼呼的。她想用手臂碰碰他，给他一点安抚。可是他根本没在她的身旁停留，就转身走了。

她没心情吃东西，碟子里的食物几乎没碰。上主菜前，他过来把它收走了，也没问她还要不要继续吃。旁边的男人不时转过头来和她讲话，她只能报以空洞的微笑，眼睛的余光始终在跟随蒋原移动。

最后一道甜点上来之后，蒋原走进厨房没有再出来。她把盘子里的熔岩蛋糕叉了很多小洞，喝光了杯子里的酒，然后忽然站起来，走了出去。

她很唐突地闯进了厨房。法国大厨正和先前那个倒酒的男孩用简单的英语聊天。蒋原不在。她退出来，推开门走到户外。大玻璃窗里的灯光照着外面，使院子里看起来很亮。

蒋原就在那里，站在一棵光秃秃的紫藤下面抽烟。

她走过去，停在离他还有几米远的地方。

"你是特意来看看我这个服务生当得怎么样，对吧？"蒋原说，"然后就可以尽情地嘲笑我有多么痴心妄想。你的目的达到了，可以走了。"

"我真的不知道他会这样安排。"她说。

"现在你知道了。"蒋原丢掉烟，朝院子的另一边走去。她跟在他的后面。

"别跟着我。"他恶狠狠地说。

他走到院子的尽头，那里有一扇矮门。他推开门，里面冲出一只壮硕的黑贝，扑到他的身上。他钻进小屋子，从高处的架子上取了一把狗粮，放在它的饭盆里。狗呜呜地吃了起来。

他带上门。她站在他身后。

"回到你的餐桌边去，别再来烦我，听到没有！"他对着她低吼。

他如此迫近，她闻得到他嘴巴里的烟味。他们僵立在那里。她缓缓抬起手去摸他的脸，被他挥臂甩开了。她又伸出手，再次被他打落。他突然把她按在矮门边的墙上，

"你到底要怎么样？"

她盯着他的眼睛，不说话。

他也看着她。然后勾住她的头，拉向自己，开始用力地亲吻她。他们都知

道不能在这里，却无法分开。

"我非常想你。"他用嘴唇碰着她的耳垂。

他拉起她冻僵的手，带着她爬上墙角里的楼梯，来到楼顶的平台。

他脱下身上的夹克，让她躺在上面。不知道为什么，那么冷，那么仓促，可是这一次，他却令她觉得很温柔。有一种亲切的东西包围着她，她完全打开了自己。抵达高潮的一刻，她看到有一颗很亮的星从云层中显露出来。然后她意识到这是在天台上。她一直向往的天台。

周沫决定试一试。试着和蒋原在一起。她知道，分离是迟早的事，但她现在不愿意去想。现在，她只想去想一想如何享受眼前的幸福。

"你在干什么？"第二天下午，她给蒋原打去电话。

"在机场接客人。"他说，"飞机晚点了，我正绕着航站楼兜圈呢。"

她沉默了一会儿，说：

"用完那批麦秸秆不要再买了。"

"嗯？"

"搬过来一起住吧。"

"噢——"他说，"是看我当服务员当得不错，决定给我一份兼职吗？"

"对，外加给猫洗澡。"

"好的，太太，还有什么别的吩咐吗？"

"周末之前到岗，不然我找别人了。"

"没问题，"他停顿了一下，"我能问问那个别人是谁吗？"

晚上，顾晨来电话的时候，她没有接。她坐在黑暗里，看着电话机上一闪一闪的红灯，像劈开夜色的救护车。她做了一个决定。她决定释放被她囚禁的顾晨。也许是恋爱使她变得善良起来。她终于能够宽恕这个早已不再是情敌的女人。

她给顾晨发了一条短信，写上了庄赫的电话号码。然后说，但愿你们的感情能做个了结。我已经好了，希望你也能开始新生活。

星期六的下午，蒋原带着五六个纸箱搬来她家。在那之前的几天里，她一直都很忙碌。她找物业的工人来挪走家具，腾出一间屋子给他做小画室。当然，他还需要一间更大的，有个朋友推荐了一处不错的地方，在一片新兴的艺术区，离她家也不远，她打算下周和他去看看。但小画室还是需要的，可以画画草稿，查些资料。这样有时他可以在家工作，能吃上她刚烧出来的菜。

蒋原一来，她就拉着他去看那间屋子。她把它布置得很漂亮，摆了他最喜欢的那个书柜，窗边是一张柯布希埃的躺椅，新买的，可以晒着太阳看书。还有一张敦实的长条桌，花瓶里插着怒放的白色龙胆。蒋原抱住她，很久都说不出话。

天黑之前，他们牵着手去了附近的菜市场。蒋原挑了一条鲈鱼，买了排骨、莲藕和小圆蘑菇，要给她做一顿饭。

“我能做点什么？”她站在厨房门口问。

“没什么，布置一下餐桌？”

她找出两只蜡烛，铺好餐布。时间还有富余，她给自己化了一个妆。又找出一瓶很久都没有用的指甲油，有点干了，但那是她喜欢的颜色，偏橘粉色的红。

她刚把手指都涂完，电话就响了起来。

她用两根手指捏着手机，离耳朵有些远，以至于她没有听出另一端是庄显。那声音特别细小，就好像是从天边传来的。但她能听清他说了些什么。

庄赫死了，早上的事。有人看到顾晨一早去了他住的小区，在地库里他的车旁边等他。监控录像显示，他们发生了激烈的争执。顾晨打了庄赫两个耳光。庄赫想开车走的时候，她强行拉开车门，跳了上去。二十分钟以后，那辆车冲出护栏，掉下了高架桥。

事故多半是两人在车上争执所致，但也有可能是顾晨一心求死，警察在她的公寓里发现了几瓶安眠药。

“殡仪馆定了我再告诉你。”庄显没挂电话，隔了一会儿说，“这个叫顾晨的就是个疯子。庄赫一直躲着她，还是没躲过去。”

她挂了电话，低头看到红色的指甲，吓了一跳。像血，她摸了摸，还没有干。她拼命地抹去它们，弄得手上，衣服上都是。然后她安静下来。有一种疼痛的感觉正从身体很深的地方升起。一些往日的画面在眼前晃过，越来越快，她不停地出汗，头疼得就要裂开了。

等她有知觉的时候，发觉蒋原正抱着自己。她告诉他庄赫死了，早晨的事。她越说嘴唇越抖，抖得说出的每个字都碎了。

她的眼睛一直盯着对面墙上的摄影。镜框好像有一点歪了。她迷迷糊糊地想，明天要重新挂一下。然后她意识到，明天自己可能会失去这套房子。失去那些她曾认为理所当然、并且不值一提的东西。失去她认为掌握在她自己手中的自由。

她忽然停下来，不再说了。她在黑暗里蜷缩着，感受着那双抱着她的爱人的手臂。她屏住呼吸，不敢动。也许是错觉，她觉得它们正在松开，渐渐的，一点一点，松得她就要从他的怀滑下去了。

（原载《收获》2016年第1期）

我是一只种羊

◎万玛才旦

我是一只种羊。

我的任务就是给母羊们配种。

但我不是一般的种羊，我是这个草原上唯一一只坐过飞机的种羊。

后来我跟其他的种羊讲我坐过飞机，它们压根就不相信。说实话，我对它们有点不屑一顾。我骨子里觉得我比其他种羊要天生地高级一点。所以，我也就懒得跟它们解释。但是后来它们也相信了。我觉得这是迟早的事。

我跟很多当地的牧民也讲我是坐飞机来到这个草原上的，他们也跟那些种羊一样，压根就不相信我说的话。他们斜眼瞪着我说："我们是人，我们这辈子都没福报坐一次飞机，你一只种羊就坐过飞机了？"

我对他们的看法还是比较重视的，因为他们是人。我觉得人是比我们高级一点的动物。因为这个原因，我就一本正经地跟他们说："我不是一般的种羊，我是种羊中的种羊，我是从新疆盆地千挑万选之后才被飞机运到你们青藏高原的。"

其中一个牧民不屑一顾地看着我，哈哈大笑着说："我们这里只有活佛一人坐过飞机，而且他也只坐过一次。活佛坐过飞机，那是因为活佛的福报大。你说你也坐过飞机，那你的意思是说你的福报和我们活佛一样了？"

很多时候我觉得人这种动物也很傻，他们往往不喜欢接受事实。我看着他们的样子不想说话，后来还是忍不住说了："我没说我的福报跟你们的活佛一样大，我只是说我坐过飞机而已，你们不相信就算了，我也不想再说什么了！"

我之所以忍不住说话，也因为他们是人。

另一个牧民靠近我，笑着说："飞机是那些有身份的人物才能坐的，比如说国家的主席啊，比如说我们省的省长啊，比如说我们县的县长啊，比如说我们这里的活佛啊，只有这些有头有脸的大人物才能坐的！你懂不懂？你一只种羊，你一个畜生，怎么可能有这样的福报！"

我确实不想再对他们说什么了。我觉得即便是人，有时候也跟我们种羊是没有什么区别的。

　　那个牧民对其他几个人说："你们记不记得，那次活佛坐飞机回来，我们这个草原上几乎所有的男子都骑着马去迎接了哪！那场面真够壮观啊，每个人都对活佛敬献了哈达，哈达四处飞舞，彩虹挂在天上，夹道迎接的马队足足有几公里长呢。"

　　其他人也眉飞色舞地说着当时的一些情景。

　　听着他们的话，我想起那次飞机降落到草原上时，也有一些人前来迎接我，也有一些人给我献上了洁白的哈达，就又忍不住说："当飞机降落到草原上时，也有一些人给我献了哈达呢。"

　　他们惊讶地看着我，半晌才说："是吗？那些人为什么给你献哈达！？"

　　看着他们的目光，我有点不好意思了，说："就是因为我不是一只一般的种羊啊！"

　　牧民们在笑，他们压根就不相信我说的话，有人说："都是些什么人去迎接你的呢？"

　　我想了想，说："说实话，迎接我的人肯定没有你们说的迎接活佛的人那么多。但来迎接我的最少也有一百来号人吧，他们是乡上和村里的一些干部，两个兽医，还有很多牧民朋友。"

　　他们继续在笑，其中一个牧民说："你就像个吹牛大王一样吹吧！"

　　我有点不好意思，顿了顿继续说："我不是什么吹牛大王，我也真的不是在吹！我清楚地记得当时的情景。我刚下飞机时，还有点晕乎乎的感觉呢。那些干部和兽医们应该是第一次看到我这样的种羊，他们一边在我脖子上系上哈达，一边用好奇的目光看着我。还有那些牧民们，他们没有给我献哈达，他们只是好奇地看着我。我当时也不知道哈达是个什么东西，后来才知道那是你们用来表示崇高礼节的好东西。"

　　一个牧民一副怒气冲冲、忍无可忍的样子，说："给你献哈达，给你一个畜生献哈达。你不要玷污了我们圣洁的哈达！"

　　我就没再说什么。这时，我还想起当时一个戴着眼镜的知识分子模样的家伙在我的额头上挂上了一朵大红花，说："我是这里的兽医，欢迎你来到我们美丽的青藏高原!"

另一个穿破大褂的家伙俯下身看了看我的下垂的睾丸,用手摸了摸,掂量了一下,说:"这家伙肯定行,这家伙的东西像个秤砣一样地垂着,最少也有两斤重吧,还晃来晃去的呢!"

我记得当时所有在场的人都在看着我笑。

我很生气,就拿眼睛瞪他。

他看出我在生气,就说:"我也是这里的兽医,你不要生气,我这是在夸你!就是因为你的东西大,所以才有福气坐飞机的,要不然为什么其他种羊不能坐呢。"

在场的人都笑了,我更加不好意思了。我就干脆转过脸去不去看他们。

这些我都没跟牧民们讲。一整天,那个戴眼镜的兽医和穿破大褂的兽医的样子在我的脑海里晃来晃去的,他俩的样子很滑稽,怎么赶也赶不走。

其中一个牧民看见我若有所思的样子,就踢了我一脚,说:"你还想什么呢,跟那些母羊配种才是你最正经的活儿!"

他这句话说到了点上。一下子让我清醒了。确实,就像我前面说过的,跟母羊们配种才是我最正经的活儿。那个穿破大褂的兽医说得对,把我像个大人物一样用飞机运到这片草原上,不是为了别的,就是为了让我跟这里的母羊们配种。我应该时刻牢记这一点。我不能因为坐过一次飞机就忘乎所以了。

我被装进一辆北京破吉普里面,颠簸了很长时间,才到了一个地方。

那是一个很开阔的地方,四周没有什么山,只是空旷一片,我实在没办法描述出来那是一个什么样的地方。

有人把我抱下车之后,我被外面强烈的阳光刺得睁不开眼睛。

等我慢慢睁开眼睛,渐渐适应那样的阳光时,我发现在我后面有几排砖木结构的房子,但看上去不太结实,摇摇欲坠的样子。我觉得这些房子和这片开阔的草原很不搭配。

那个戴眼镜的兽医抽着烟,吐着烟圈对穿破大褂的兽医说:"你看这家伙萎靡不振的样子,是不是有高原反应了?"

穿破大褂的兽医说:"应该是有高原反应了,当时我到这里时也是头昏脑涨的，高原反应了好长时间了呢！"

戴眼镜的兽医笑着说："自从你娶上村长家的女儿之后，我看你就没有任何反应了。"

那个穿破大褂的兽医也在笑，说："可是娶上村长家的女儿之后我就回不去了。你看还不如这只畜生呢，坐着直升机到了这儿。"

戴眼镜的兽医说："坐飞机？我看咱们这辈子也没有这个命了！"

穿破大褂的兽医叹了口气说："算了算了，不说这些了。咱们什么时候让它跟母羊们配种啊？"

戴眼镜的兽医说："是啊，乡长、书记都很着急了，他们已经在各个村子里做好了动员工作，各个村子已经选出最好的母羊准备配种呢。"

穿破大褂的兽医哈哈笑着说："是啊，是啊，各个村的村长书记们都好像在等着一个宗教仪式的开始一样！"

戴眼镜的兽医也笑笑说："是啊，是啊，但还是等几天吧，让它休息休息，万一这家伙因为水土不服出了什么事，责任在咱俩头上，咱俩可担当不起啊！"

穿破大褂的兽医说："是是，就让他好好休息几天吧。"

戴眼镜的兽医扔掉嘴里的烟头，嬉皮笑脸地说："好吧好吧，不过我觉得这家伙真是有福气啊，从那么多母羊里挑选出来的最好的母羊们在等着它呢。"

穿破大褂的兽医看着他嬉皮笑脸地说："怎么，你羡慕它了。那下辈子你也投胎去新疆做个它这样的种羊吧。"

戴眼镜的兽医拉下脸很正经地说："你这家伙说什么呢，这样的玩笑最好不要开！"

穿破大褂的兽医说："这有什么，要是有机会投胎，我就想投胎做个他这样的种羊呢，除了有那么多母羊，还能坐飞机呢！"

戴眼镜的兽医瞪了他一眼，说："那你赶快去投胎吧，我祈祷你投胎成功！"

我被这两个家伙的对话逗得笑喷了，笑了好一会儿才止住笑，对穿破大褂的兽医说："我还想下辈子投胎做人呢！你若想投胎做种羊咱俩就换吧，这样可能好投一点。"

听了我的话，那家伙火了，狠狠地踢了我一脚说："投你个头，你还想投胎做人？你就做梦去吧你，一个畜生投胎做人是需要积好几辈子的德的！"

我没再说什么，我再说他肯定还会踢我的。但是我心里觉得真的有点不公平，是他说要投胎做种羊的。我只是说我们可以换着投胎，结果他却发火！可能就是因为他是个人类吧。

戴眼镜的兽医看我不吱声了，就盯着我说："你看这家伙，刚刚眼神还迷迷糊糊的样子，这会儿就有点正常了，适应能力还挺强的。"

穿破大褂的兽医说："这一点这些畜生比咱们人可强多了。"

之后，两个人就看着我笑。

我看着他们的样子有点生气，就瞪了他俩一眼。

戴眼镜的兽医笑着对我说："你也不要瞪我了，以后咱们就是拴在一条绳子上的蚂蚱了，你的任务就是给母羊们配种，我们的任务就是好好地为你们服务，说到底都是为人民服务。"

穿破大褂的兽医听了有点来气，说："这么说咱俩还不如这只畜生了呢！"

戴眼镜的兽医说："都是革命工作，革命工作没有贵贱之分，这个家伙坐飞机到这儿给母羊们配种也是为了革命工作嘛，呵呵。"

穿破大褂的兽医没再说什么，只是拿眼睛瞪着我。

半个月之后，我就完全适应了这儿的环境。

半个月之后，大规模的配种也就开始了。

我记得很清楚，那是个秋高气爽的清晨。太阳刚刚升起来，阳光照在草地上，金黄一片，空气中充满着一种干草的味道。我深深地吸了一口气，将那种干草的味道和阳光一起吸进身体里，然后情不自禁地想："这真是一个适合配种的好天气啊！"

我被那两个戴眼镜和穿破大褂的兽医带到了一排栅栏前面，栅栏被分割成了很多块，我看见里面有很多母羊。

看见我们过来，很多人就开始争吵起来。我发现半个月前去接我的、给我献过哈达的几个村长也在中间。

我问戴眼镜的和穿破大褂的兽医："他们这些人吵吵嚷嚷地在干什么？"

戴眼镜的兽医很诡异地笑着对我说："他们这是在争你哪。"

我很疑惑，问："争我？争我什么？"

穿破大褂的兽医皮笑肉不笑地说："他们在争你第一次的配种的机会！"

我还是没听懂，说："什么？"

戴眼镜的兽医就有点严肃地说："这里有好几个村的村长，每个村的村长都带了自己村最好的母羊要跟你配种，他们都想让你第一个跟他们村的母羊们配呢。"

我突然笑出了声，说："我的第一次早就献给我们新疆那边的母羊了，我早就没有第一次了。"

两个兽医愣了一下，半晌没反应过来，最后才说："什么？你到我们青藏高原，来跟我们的母羊们配种，不是第一次？"

我还是笑着说："当然不是，我已经跟无数的母羊配过种了，而且也正是因为跟我配种生出来的羊羔质量好才被选中，然后用飞机送到这儿来的。"

两个兽医有点恍然大悟的样子，看着我说："噢噢，原来是这样，难怪你是坐飞机来的呢。"

我也有点半开玩笑地说："不过我还是很期待跟这里的母羊们配种，那一定很刺激。"

他俩的表情很严肃。我发现他俩看我的眼神完全变了。我觉得他俩开始对我另眼相看了。

他俩把几个村长都喊过来，说："现在可以配种了，你们谁先来？"

几个村长笑着对两个兽医说："小伙子，不要搞错了，不是我们要配种，是我们的母羊要跟它配种！"

大伙儿哄笑起来。

有个嗓子有点嘶哑的村长很暧昧地说："再说，我们都是公的，公的跟公的怎么配啊！"

大伙儿的笑声更大了。

两个兽医显得有点不好意思，但又理直气壮地说："我俩当然知道不是跟你们配，我俩的意思也是说哪个村的母羊们先跟他配？"

大伙儿就不笑了，又"我先来，我先来"地喊起来。

戴眼镜的兽医对几个村长说："我知道你们都想跟这只种羊第一个配，那这样吧，咱们就通过抓阄来决定你们配种的顺序吧。"

其中一个个子小点的村长对一个个子大点的村长说："你看你看，他又说成咱们要跟这只新疆的种羊配种了。"

个子大点的村长对个子小点的村长说："都什么时候了，还说这个，我看还是赶紧去抓阄吧，让自己的母羊们先配上种才是要紧的事情！"

穿破大褂的兽医已经做好抓阄用的字条，揉起来放到一个碗里拿过来让村长们抓。

没抓阄之前一个村长对两个兽医说："那天我不是跟你们一起去接它的吗？我还给它献了哈达呢！它没到这个草原之前我就听说它很厉害，没到这个草原之前我就对它充满了信心，那天见到之后就更有信心了。"

几个村长都盯着他看。

戴眼镜的兽医问："你说这话是什么意思？"

那个村长看了看其他几个村长，有点不好意思地说："我的意思就是能不能让我先配。"

其他几个村长"不行不行"地嚷嚷起来。

那个村长对我说："你还记得我吧，那天我专门给你献了一条哈达呢，你就表个态，先给我配吧。"

我有点想笑，心里说："我怎么给你配啊，我只能给你的母羊配！"

他似乎看出我心里在想什么，补充似的说："而且我的母羊们在这片草原上是以健壮美丽著称的。"

这时，其中的两三个村长嚷嚷起来，说："我们也给他献过哈达啊！我们的母羊们也不错啊！"

那个村长瞪了一眼刚刚嚷嚷着的那两三个村长，压低嗓门对我说："你不记得了吗？我献给你的是最长的那条哈达。"

他这样一说我就记起来了。确实有人给我献了一条很长的哈达。后来，那条哈达缠在我的前腿上，把我给狠狠地摔了一跤呢。

我当时还在心里骂了一句："哪个家伙这么缺德给我献这么长的哈达？"

现在这个家伙出现在我的面前就气不打一处来，瞪了他一眼说："这么多村长都在这儿等着呢，我看就通过抓阄来决定先后吧，这样也公平。"

戴眼镜的兽医就顺着我的话说："大家伙儿赶紧抓阄吧，时候也不早了。"

那个村长瞪了我一眼说："哼，我算是白给你献那条上好的长哈达了。"

我也没再理他。

村长们开始抓阄。没过十分钟，结果就出来了。

结果是那个刚才喊着要第一个配种的村长抓了第一。

他看着其他几个刚刚嚷嚷着的村长冷笑了一声，没说什么。

其他几个村长也只是瞪着他看，没说什么。

他走过来牵住拴在我脖子上的那根绳子说："走吧，去给我配种吧，这下你没有什么可说的了吧。"

我没话可说，看了一眼站在旁边的两个兽医。

两个兽医也拍了一下我的背，说："去吧，赶紧去配吧，时候不早了。"

这样我就被带进了一个被栅栏围成的羊圈里。

我一进去就傻眼了，放眼之处全是些很健壮、很美丽、处处洋溢着生命气息的母羊们。我之前没有见过这么健壮、这么美丽的母羊。

那些母羊们站成一排，远远地看着我。我感觉到了一种挑衅的意思，身上的血直往头上冲，一时间有点眼花缭乱了。

那段时间也是我的发情期。每到发情期，我就觉得我的身体里有一股血流在奔突，在横冲直撞，让我躁动不安。人们选择在这个时候把我用飞机运到这儿也是因为这个原因吧。其实，还有很多我的同类正坐着火车、坐着卡车从遥远的新疆赶往这里。我被选中在我的发情期和他们这里最好的母羊们交配，然后看配出来的结果怎么样。

我听到了人们兴奋的喊叫声，我不由地回头看，栅栏周围密密麻麻地站满了人。一时间，我的脑袋有点晕眩，我的眼睛有点模糊，看不清那些人的面孔。突然间，我听到有人喊："赶紧啊，赶紧啊，你怎么回事啊，是不是到我们青藏高原上你就吓傻了，不行了？"

这话激怒了我，我一下子清醒过来，我直直向那些母羊们冲去。

我向那些母羊冲去时，我还听到了人们一阵阵的呐喊声。

这些呐喊声更加地刺激了我，我没有回头看那些呐喊着的人们的样子，我只顾着往前冲，冲。

那些母羊们看见我的样子，有点惊慌失措。除了几个还泰然自若地站在那儿，其他的都在羊圈里四处奔逃，躲避着我。

我直接冲向那几个显得泰然自若的母羊们。

看见我冲过来的样子，它们显然也慌了，准备转身往后面跑。

我看准一只体格健壮美丽的母羊，冲过去，将它逼进某个角落里，将两只前腿搭在了它的背上，然后就什么也不记得了。

等我稍稍清醒过来时，听到这群母羊的主人、那个村长兴奋地喊着："不错，不错，这新疆来的种羊果然很厉害，很厉害！"

我留意了一下其他人的反应，其他人显然也很兴奋。尤其是那两个兽医，他们很惊讶地看着我，想说什么又说不出来的样子。

我留意了一下那只刚刚和我交配过的母羊。她还在那个角落里，低低地看着我，目光中充满柔情，身上散发着一种女性特有的气息。

我再看其他的母羊时，她们的神情似乎也变了，尤其没有了刚刚那种挑衅的意思。这一点让我很舒服。我甚至感觉到她们看我的眼神中有一种期待。

这一天接下来的事情我就不想再细说了，就是一次又一次的交配，说出来也没什么意思。

有一件事我觉得值得说一说，说出来也许你们会觉得有点意思。到了下午，有好几个村长给我戴上了大红花，他们个个都竖起大拇指夸奖我。我的胸前、背上全是那种十分鲜艳的大红花。看着他们不时竖起来的大拇指，我心里有一种满足感，脑袋有一种晕乎乎的感觉。

还有两个兽医对我的态度也彻底地改变了。尤其是那个穿破大褂的兽医，他很激动地看着我说："你真是太厉害了，你真是太厉害了！"

戴眼镜的兽医好奇地看着他说："人家厉害，你瞎激动什么呀！"

穿破大褂的兽医的脸有点红了，说："没什么，没什么，我就是觉得这家伙很厉害。"

戴眼镜的兽医就笑了笑，没再说什么。那天下午，他们给我喂了最好的饲料，这一切我觉得很享受。

有一件事我觉得值得说一说。作为一只种羊，这件事让我终生难忘。

这件事的整个过程我是后来才慢慢回忆起来的。

下午吃饲料时，我突然记起跟母羊们交配的时候，栅栏外面总是有几只体格强壮高大的种羊在远远地盯着我看。他们是这里的藏系种羊。我见过他们。

我当时有点纳闷他们为什么总是盯着我看。但当时的我只顾着和这些新鲜的母羊们交配，浑身上下全是兴奋劲儿，没顾上细想什么。

下午，当我吃完那顿上好的饲料，准备躺下来休息一会儿时，那几只种羊突然间围住了我。

他们的目光有点凶狠，盯着我看的样子有点可怕。这时那两个兽医也回自己的宿舍休息去了。说实话，看着他们的那个样子，我心里有点害怕。但我还是装作一点也不怕的样子，盯着他们问："你们想干什么？"

他们只是用凶狠的目光盯着我看，不说话。

我有点更加地心虚了，还是盯着他们，说："我刚刚看见你们了，你们就在栅栏外面。"

他们还是不说话。

我眨了一下眼睛说："你们刚才在栅栏外面干什么？"

其中一个家伙终于忍不住开口了，说："你说我们在那里干什么？"

我说："我不知道。"

那个家伙又说话了，声音里面有点怨恨的意思："之前那些都是我们的母羊，现在都被你这个丑陋的家伙给糟蹋了！以后我们的后代们就不纯了，就成杂种了！"

我也有点生气，脱口说："又不是我自己要主动跑到这里来的，是你们的人用直升机把我从老远的地方运到这儿来的。你们要是觉得不痛快，就找你们的主人们吧，这跟我没有丝毫的关系！"

其中一个身材高大的种羊说："还说什么废话，给我上！"

话还没说完，其他几只种羊就冲上来，用弯曲而坚硬的犄角狠狠地不断地顶我。有好几下我觉得他们的锋利的犄角已经扎进了我的身体里，我的身体里有一种刺痛感。我摔倒在地上，爬不起来。

我忍住疼痛说："这就是你们青藏高原的种羊们的本事啊，这么多种羊欺负我一个新疆来的种羊！"

那个身材高大的种羊喊了一声，其他种羊就马上停止攻击我了。

那个高大的种羊看着其他种羊说："他的意思是我们在欺负他，我们就单挑吧，一对一。"

然后看着我说："怎么样?"

我忍住痛说："好!"

其中一个种羊自告奋勇地站出来说:"我先上!"

他拿凶狠的眼睛瞪着我,退到了羊圈的一边。

我也退到了羊圈的另一边,瞪着他看。他的身体不是很结实,但看上去很强壮。

我们盯着彼此,几乎在同时冲向了对方。

我们的额头、犄角撞在了一起,发出一声沉闷的响声。就在我们相撞的那一刻,我意识到它不是我的对手。他趔趄着倒退了好几步,而我却站在原地没有动弹。

另一个种羊推开他,退到后面冲了上来。

我稍微后退一步就向他撞去。它也不是我的对手,它几乎不如前一个。他干脆趔趄着倒在了地上。它的样子很好笑。要是在其他地方,我早就忍不住笑了。但是在这儿我忍住了。我不想激怒他们。

后面几个也败在了我的手下。他们都气喘吁吁的,看上去很不服的样子。

最后,那只身材高大的种羊上前一步说:"还废什么话,决斗吧!"

他的样子很凶狠,它盯着我的目光更加地凶狠。它的犄角呈弯曲状,向后伸展着,看上去很坚硬。它的鼻子微微地颤动着,"哧哧"地呼着气。它的嘴角明显地耷拉下来,流下几滴浑浊的口水。

它稍微往后退了退,就向我扑来了。我也后退一步,迎了上去。我们的头猛烈地撞在了一起,发出了"嘭"的一声巨响。我使劲地抵着他的头,他也使劲地抵着我的头,丝毫没有互相让步的意思。他的同伴们在为他呐喊助威。

突然间,他后退一步,又冲了上来。我几乎来不及后退积聚力量,就迎了上去。我俩的头猛烈地相撞,互相较着劲,还是不分胜负。

呐喊声越来越大。有种羊大声地喊:"它快不行了,赶紧让它完蛋!"

那只高大的种羊就慢慢地退到了羊圈的一边。我也退到了羊圈的另一边。

它向我扑过来时,我感觉它的身上带着一阵风。我也使出了浑身的力气,向它扑去。

就在我们的头相撞的那一刻,我听到了一声清晰的颅骨碎裂的声音,我随后倒在了一边。那只高大的种羊站在那里，岿然不动。

周围的种羊们兴奋地喊叫着，有种羊大声地喊："快，快，赶紧解决了它！"

那只高大的种羊后退几步，准备再次向我进攻时，两个兽医赶到了。他俩挥舞着一根木棍使劲打它。

那只种羊急了，有点歇斯底里的样子，也不顾木棍打在自己身上，一个劲地往我和两个兽医身上冲。

说实话，当时我真的有点惊慌失措了，我觉得我真的差点就死去了。之前，为了争一个母羊，我也跟其他种羊打过架，但从来没有遇到过一个这么疯狂、这么不要命的家伙。

后来又来了几个牧民，才彻底把它们给拉走了。

我受了重伤，躺倒在地上不能起来。

两个兽医很紧张，对着我说："你千万不能出什么事啊，你要是出了什么事，我们俩的铁饭碗就完蛋了，我们俩的这辈子也就完蛋了。"

我忍住疼痛，一边喘气一边安慰他们俩："放心吧，我不会有事的，你们也不会有事的。"

戴眼镜的兽医看着我头上的伤痕，对穿破大褂的兽医说："这些家伙真狠啊，要不是咱俩及时赶到，恐怕就把这家伙给活活弄死了！这是为什么呀，它们都是种羊，它们之间有什么深仇大恨啊！"

穿破大褂的兽医看了我一眼，又看着戴眼镜的兽医说："亏你是个男人，这个也不懂！就是因为嫉妒，就是因为这个家伙霸占了它们的母羊，伤了它们的自尊心！"

戴眼镜的兽医看看穿破大褂的兽医，又看看我。

穿破大褂的兽医继续对戴眼镜的兽医说："你也是个男人，你也想想看，要是你的老婆被别人霸占了，你会不会发怒？"

戴眼镜的兽医这才说："你这是什么话？"

穿破大褂的兽医只是看着他笑，没有说话。

这时，我忍住痛，脸上努力挤出一丝笑，说："我想就是因为这个原因，我可以理解。"

穿破大褂的家伙说："你看看，人家虽然吃了亏，但是人家能理解这是怎么回事。从这点讲，可能咱们人还不如这些畜生呢！"

戴眼镜的兽医这才笑了，对穿破大褂的兽医说："我理解了，我理解了，我听过很多这样的故事。"

然后又看着我说："这样说你伤成这样也真是有点活该啊，你看看你今天在那些母羊中间威风凛凛、不可一世的样子，也太有点嚣张了。"

我忍不住笑了。一笑浑身就痛起来，嘴里开始"哇哇"乱叫。嘴里还流出了血。

穿破大褂的家伙看着我的样子赶紧说："你可千万不能死啊，你要是死了，我俩就真的完蛋了。"

他俩就仔细地为我包扎伤口，为我做治疗。

第二天，我感觉好了很多。两个兽医把我带到外面晒太阳。太阳暖洋洋的，照得我身上有点痒痒。

几个村长听说我的情况后，也赶过来看我。他们看着我的样子说："你怎么样啊，还能不能跟我们的母羊们配？"

听到他们的话我就来气，原来他们跑来看我，不是来看我伤得重不重，而是来看我有没有力气跟他们的母羊们配种。

我没有理他们。

他们又问两个兽医："看他伤得挺重的，还能不能跟我们的母羊们配啊？"

两个兽医说："我们已经仔细检查过了，他伤得不算太重，过几天就好了，过几天就可以跟你们的母羊们配了。"

几个村长用将信将疑的目光看着我。

我看见一辆卡车缓缓地开过来，司机停下来跟村长和兽医们说话。

这时，我注意到卡车车厢里装着几只羊。再仔细看时，车厢里面装着的是昨天跟我过不去的那几只种羊。

我有点好奇，问戴眼镜的兽医："这是怎么回事啊？它们为什么被装到了车里？"

戴眼镜的兽医想都没想就说："噢，它们啊？它们因为昨天伤害了你违反了这儿的纪律，乡上经过讨论决定要惩罚他们，准备把它们运到县上的屠宰场卖了。再说现在留着它们也没什么用了嘛——"

我的脑子里"轰"的一声巨响，像是有什么东西在里面爆炸了，接着就什么也听不到了。

等我清醒过来时，那辆卡车已经开远了。但我似乎能看得清那几只种羊，能看得清他们的面孔，甚至能看得清他们的眼神。我觉得他们在用怨恨的眼神看着我，眼神里甚至充满了一种仇恨。

这一刻我的眼睛湿润了，我觉得是我把他们送向了可怕的屠宰场。如果我不到这个地方，他们就不会因为我替代了他们而被送到屠宰场面临被屠宰的命运。

我扬起后腿踢了一圈我周围的人，一边踢一边喊："你们这些可恶的人类，你们为什么要把他们送往屠宰场！需要的时候你们利用它们，不需要的时候你们又抛弃它们，这就是你们人类吗？"

我周围的人都被我吓住了。

他们定定地看着我，似乎在想着我说的话。

几天之后，我的伤完全好了。

几天之后，我又开始跟其他村的母羊们配种了。

所以，之后几天的事情我就不想再说了，都让我有点烦了。

配种在十五天之后就结束了。

十五天之后，人们又为我戴上了几朵大红花，当然也有人给我献了哈达。说实话，现在这些东西已经对我没有太多吸引力了。虽然在别人看来这些都是至高荣誉的象征。那时候，我最大的愿望就是好好地吃上一顿好饲料，然后美美地睡上两天两夜。

因为我的出色表现，两个兽医也特别照顾我。他们每顿都给我吃最好的饲料。还说现在你的任务基本上都完成了，你自己想休息几天就可以休息几天了。

我虽然身子很累，但心里还是很高兴。说实话，要是在新疆，我是不会有这般的待遇的，我是到了青藏高原之后才有了这般待遇的。

这时候，其他的种羊也都陆陆续续地到了。有了他们，我的任务就少了，压力也小了。对于那些一般的母羊，两个兽医都是让新来的种羊去配，从不让我去。看着人们为我戴上大红花，献上长哈达，我那些同类就很妒恨我。再加上我是坐直升机来的，他们是坐火车卡车来的，心里就更加不平衡了。很多家伙都对我爱理不理的样子。虽然我一般不会把这些放在心上，但是时间长了，心里也有一些难受，毕竟是自己的同类嘛。

休息了一个星期之后，我算是缓过来了。

那天太阳很好，我就出去晒太阳。晒着晒着，刮起了一阵风。那风有点冷，我不由地打了个寒噤。我正想着这会儿哪来这么寒冷的风时，两个兽医从远处走过来了。

他们远远地向我挥手，跟我打招呼说："喂，伙计，你休息得也差不多了吧？"

我伸了个懒腰，说："差不多了，今天出来想舒展一下身子呢。"

戴眼镜的兽医说："正好正好，今天我们有任务，我们要到下面的村子走一趟。"

我问："什么任务？"

戴眼镜的兽医说："去了你就知道了。"

我又问："咱们要去哪个村？"

穿破大褂的兽医抢着说："别问那么多了，你去了就知道了。"

我们开着三轮摩托车往那个不知名的村庄行走时，我发现这一带路上的风景出乎意外地美。两个兽医在聊天，我只顾欣赏一路的风景。我这是第一次坐三轮摩托车，我坐在里面有一种很奇妙的感觉。我觉得这种感觉比上次坐直升机时的感觉还奇妙。但是我没跟两个兽医讲，我怕他们笑话我。还有一点虚荣心在里面，因为我坐过一次飞机，才得到了很多人的刮目相看，但是三轮摩托车这里几乎所有的人都坐过，所以我不能把自己真实的感觉说出来。

太阳挂在头顶时，我们到了那个村庄。

两个兽医直接带我去了一户人家。那户人家的羊圈就在他家门口。两个兽医指着羊圈里的十几只母羊说："你今天的任务就是要把这些母羊给配了。"

我看着那些母羊有点兴奋，那些母羊确实很不错。我发现那些母羊也在好奇地看着我。我觉得他们是知道我的。

戴眼镜的兽医打开羊圈门，把我推进羊圈里，放开，然后说："去吧，好好发挥吧！"

我正要往前冲时，迎头挨了一记闷棍。我有点晕乎乎的感觉，虽然没有倒下，但还是晃了好几下。

这时我才看到一个老牧民举着一根粗壮的棍子，准备再次打我。

我准备躲开时，两个兽医冲上来了。他俩从两边抓住老牧民的胳膊，嘴里骂道："你是吃了豹子胆了吗？组织上派来的种羊你也敢打！"

老牧民怒气冲冲地说："有什么不敢打的，再这样连你们也要一起打！"

穿破大褂的兽医说："亏你还是个村长呢！你就不怕被带走蹲监牢吗？"

我这才知道他是这里的村长。

老村长顿了顿说："不怕，不怕！我什么都不拍！"

然后又指着我说："我就是不让这家伙配，我不想让这种丑八怪把我们高贵的血统给毁了！"

两个兽医看着老村长显得有点目瞪口呆。

我用头碰了一下他们俩，问："这是怎么回事啊？这也太危险了，我差点连命都没有了！"

戴眼镜的兽医说："这家伙是我们这个草原上最顽固、最保守的家伙，别说是我们，就是乡上的书记乡长来给他做工作他也听不进去。"

我还是不太明白，就问："这到底是怎么回事啊？"

穿破大褂的兽医叹了一口气，说："说白了就是他不想让他们村的母羊们跟你们这些新来的种羊配种，他说他压根就看不上你们这类种羊。"

我也生气了，说："走，那还等什么呢？我也听见他刚才骂我了，骂得还那么难听！我也不是闲得没事才来这儿的。好歹我也是坐飞机到这儿的。你问问这个老家伙，他坐过飞机没有，我看他这副德行，就是再轮回几次也不见得能坐上个飞机！"

话一出口我就意识到自己说的太刻薄了，但说出去的话就像射出去的箭，已经收不回来了，就干脆将头颅高高抬起，装出一副高傲的样子，斜眼看老牧民和两个兽医。

两个兽医说："你可千万不能这样啊，咱们来这儿是上级的指示啊，要是完不成任务咱们都不好办啊！"

两个兽医的话还没说完，旁边就传来一声粗壮的声音："你们这些狗东西还滚不滚，要是还不滚，我就放开我手里的狗了！"

我回头看时，一个体格强壮的年轻人手里牵着一只牛犊大小的藏獒在瞪着我们看。那只藏獒朝我们叫了几声，声音很恐怖。

　　我平时很怕狗，尤其是藏獒，就不由地躲到两个兽医后面了。

　　那个年轻人对旁边的老村长说："阿爸，您先进去吧，他们要是还不走，我就放狗去咬他们！"

　　老村长赶紧说："你可千万不能做这样的事啊，在咱们草原上来到门口的就是客人啊。"

　　小伙子说："我不欢迎这样的客人！"

　　看着情况不对，我对两个兽医说："咱们还是赶紧走吧。"

　　两个兽医也没再说什么，把我扔进车厢，发动三轮摩托车。

　　老村长说："你们还是进去喝个茶再走吧，这么大老远跑来也不容易。"

　　摩托车老是发不着，我都急得不知该怎么办。

　　老村长扔下手里的棍子，看了我一眼说："刚才有点冲动，不该打这只种羊，我知道来这儿不是它的主意。"

　　我的头还是很痛，我很生气，我没有理他。

　　三轮摩托车终于发动了，戴眼镜的兽医对老村长说："怎么，这下你又害怕了吧？"

　　老村长没有说话。

　　三轮摩托车发出刺耳的声音，离开了老村长家。

　　回去的路上，我完全没有了那种赏心悦目的感觉，我只记得回去的时候路上的阳光很刺眼。

　　一路上，三轮摩托车也颠颠簸簸的，我心想："比起三轮摩托车，还是坐飞机舒服啊！"我也不知道这个时候我心里怎么冒出了这样的想法。

　　草原上大面积的配种活动就这样结束了。我的身体像是经历了一次洗劫，空荡荡的，有一种像是被淘空了的感觉。

　　哈达、大红花挂满了专门为我做的那个小羊圈的墙上，这些曾经成为我的荣耀的象征的东西，我现在甚至连看一眼都懒得去看。乡政府表彰了两个兽医，给他们每人发了奖状，还在他俩的胸前戴上了大红花。他俩像是得到了什么宝贝似的，展开自己手里的奖状，一边看上面的领导点头哈腰，一边看奖状上面的字兴奋不已。我看见奖状上面写着一模一样的字，除了名字："×××同志在今年新品种羊的配种工作中表现出色，成绩突出，特此表彰，以资鼓励！"后面还有政府部门的名称和红公章。看着两个兽医的高兴劲，好像给这里的母羊们配种的是他们，而不是我。我虽然对政府部门的这种做法和他们俩的这种表现有点生气，但这个时候我确实没有力气去理他们了，我觉得很累很累。

冬天过去之后就到了春天。这里的冬天很冷，这是我早就听说了的，没想到这里的春天也一样冷，冷得就跟刚刚结束的冬天似的。

在这个冷得跟冬天几乎没什么两样的春天里，母羊们开始大面积地产羔了。

结果很惨，母羊们产下的羊羔有一半没有活下来，死了。

草原上到处都是小羊羔的尸体。有些羊羔产下来就死了。那些母羊们看看自己产下的羊羔，眼神中没有一点怜爱之情，好像那些羊羔不是它们产下来的。我有时候觉得它们有时候还有些厌恶自己产下的羊羔，看一眼就匆匆地离开，也不回头看一眼。

看着草地上成片的羊羔的尸体，我心里倒是有一种很疼痛的感觉，毕竟那些都是自己的骨肉啊。

一时间我好像成了造成这一切的罪魁祸首。人们对我的态度完全变了。没有人再为我献哈达了，也没有人再为我戴大红花了。我的饲料也明显地不如以前了。

乡上的领导们来了好几次，他们把两个兽医叫到跟前大声地问到底是怎么回事，两个兽医也吓得不知所措，说我们也不知道是怎么回事。

领导们就更加地生气，把两个兽医办公室里挂在墙上的奖状撕了下来，扔到地上，用脚踩个不停。

两个兽医不敢看那些领导的脸，只是低着头不停地喘气。

我看着他俩觉得很可怜，就对几个领导说："领导同志，这个不是他俩的错，这可能是我的问题。"

几个领导回头瞪我，气得说不出话来。

最后，一个情绪稍微镇静一点的领导对其他领导说："你们说说这可怎么办啊，上面把我们这里定为全县的试点进行推广，现在成这个样子了，我们怎么向上面交代啊！"

说着说着，这位显得镇静一点的领导的情绪也激动起来了。

我不知该说什么，心里想："原来他们上面也有人在管着他们啊。"

过了两天，来了一辆北京吉普车把两个兽医给拉走了。临走前，他俩往我前面扔了一麻袋饲料，也没说什么。

他们走后，那个死活不让我跟他的母羊们配种的老村长来看我了。

我以为他看到我时肯定是一副幸灾乐祸的样子，但是他不是。他一脸严肃，很长时间看着我不说话。我以为他在心里笑话我，就把头扭过去了。

过了一会儿，我听到他说："要是这些人当时听我的话，不瞎搞就好了。这么多羊羔死掉，其实不能怪你，一个新品种适应一个新环境是需要一定时间的，是需要一个过程的。"

这是我到这儿之后听到的最中肯的一句话。

之后是一阵沉默。再之后，我就听到老村长离去的脚步声。他的脚步声听起来有点沉重，让人心生一种莫名的担忧。

这一刻，我从心里对他产生了一种信任感。我回头从后面喊："喂，老村长，我问你，既然我不适应这儿，那他们为什么用飞机把我运到这儿跟这儿的母羊们配种？"

老村长停住脚步，顿了顿，像是在想什么，然后慢慢转回头，看着我说："你真的不知道你是为什么到这儿来的？"

我摇摇头，一脸茫然地说："不知道。"

老村长说："可怜的家伙！"

我还是一脸茫然地说："我真的不知道。"

老村长叹了一口气说："就是因为你身上的羊毛比我们这儿藏系羊的羊毛好一点，值钱一点。"

听到他的话，我有点目瞪口呆，我万万没想到他们把我用飞机运到这儿，就是为了这么个原因，真的没想到。

老村长笑着说："要不是为了这么个原因，你会被运到这儿来吗？你看你长相没有我们的藏系种羊英俊，又不精神，看起来无精打采的，而且胃口还那么大！"

我没说什么。老村长说得很对。论长相我确实没有这儿的藏系种羊那么英俊，那么有精神，而且我的胃口也确实很大，到这儿之后老是觉得吃不饱肚子，为此，两个兽医也曾奚落过我。

看着我若有所思的样子，老村长没再说什么。

他走了。走了几步，还停下来摇了摇头。

之后，我脑子里昏昏沉沉的，好像是睡着了，又好像是没有睡着，就这样一直睡到了黄昏。一阵喇叭声把我从这种状态中惊醒了。

我抬头看时，那辆北京吉普在前面不远处停下了。两个兽医从里面跳下来，又回头跟北京吉普里面的什么人打着招呼。

北京吉普开走之后，他俩就朝我的羊圈的方向走来了。

我远远地感觉到他俩的情绪比早晨要好很多。他俩的脸上虽然没有露出微笑，但也没有早晨那种悲伤的表情。

待他俩走近时，我远远地问："你俩回来了？"

他俩异口同声地说："回来了，回来了。"

他俩的声音里充满了一种掩饰不住的喜悦。

我忍不住问："到底怎么回事啊？"

他俩也忍不住似的说："上面说了，不是咱们的问题，咱们没事了。"

我更加莫名其妙，又问了一句："到底是怎么回事啊？"

他俩这才说："上面的专家说了，是咱们配种的时间不对，让羊羔产在了初春。要是算好时间，就不会有这样的事了。"

我自己也舒了一口气。

一方面因为他俩找到了这样一个理由，另一方面也因为他俩对我的态度的转变。

那些没有死的羊羔后来基本上都活下来了。

他们的长相看起来有点奇怪，既不像我们新疆那边的羊羔，又不像青藏高原这边的羊羔。很多牧民编各种笑话来取笑他们的长相。

第二年到了我的发情期，我又开始躁动不安起来。我渴望着和这里的母羊们尽情地交配。但是恰恰在这个时候，两个兽医却用一块帆布把我的下体给紧紧地围起来了。

我在那些母羊们中间横冲直撞，但是没有用，我只能将精液撒在底下的帆布上面。两个兽医看着我的样子在偷偷地笑。我觉得以前跟我配过的那些母羊们也在笑我。我也觉得我的样子一定很好笑。我觉得我受到了莫大的侮辱。

我身上的血一个劲地往头上涌。我觉得我的眼睛里充满了血，我觉得我的头快要爆了。我使出身上所有的劲冲向两个兽医。两个兽医看见我的样子慌了，嘴里说："这家伙疯了，疯了！"他俩拔腿往回跑，但很快就被我撞了个仰面朝天。他俩见逃不开，就跪在地上向我求饶："求求你，求求你，不要这样，我们这样做也是没办法，上面不让你在这个时候配种，所以只能出此下策了。这个办法也是上面想出来的，我们怎么可能想出这么不靠谱的办法呢。只有上面才能想出这么不靠谱的办法。我们是兽医，我们知道无论是人还是畜生，都要遵循自然规律，要是违反自然规律，那就真的连畜生都不如了！"

他俩的样子很可怜，他俩说的也有点道理，我没有理由继续再跟他俩过不去。但他俩最后说的"那就真的连畜生都不如了"这句话让我感到不快，我知道这是人类从骨子里瞧不起我们这些动物的一种表现。但是有什么办法呢，人类被天生地定义为某种很高级的动物啊。

又过了两个月，才开始了大规模的配种。因为已经过了发情期，我的血液里早就没有了那种躁动不安的激情，我只是应付着，就像是完成一件差事。

后来，羊羔的成活率上升了很多，乡上的领导们很高兴，两个兽医也很高兴。

他俩把之前撕烂的奖状拼起来，用胶水粘上，装在相框里，又挂在了墙上。

上面的领导也来我们这里视察工作了。他们表扬了乡上的领导，村里的干部，还有两个兽医。乡上的领导们也一个劲地拍马屁说这一切是因为上面给了他们正确的指示。上面的领导们看上去也很高兴。

上面的领导还给我戴了大红花。

那个给我戴大红花的领导一边给我戴花，一边问我："取得这么好的成绩你感到高兴吗？你感到骄傲吗？"

我不知道该说什么，看着他没有说话。

戴眼镜的兽医跑到我旁边说："它当然高兴啊，这两天我看它高兴得经常睡不着觉呢！"

我真想踢他一腿。我不知道这两天他什么时候看见我高兴得睡不着觉了。

这两天我睡得很好。也许是因为我太累了。

领导也不在乎我有什么样的反应，回头和其他人说着话。

这次，那个上次拒绝配种的老村长算是倒了大霉。他因为没有执行上面的指示，被撤掉了村长的职务。他的职务被另一个他们村的年轻人取代了。那个年轻人很快就执行了上面的指示。没过几天，他就组织人把他们村里的母羊们拉到这里，和新疆来的其他的种羊们配了种。我没有参与这次配种，我说我身体不舒服。那段时间我的身体确实也不太舒服，但我确实也不想参与这次的配种，不知道为什么。我的那些同伴们很兴奋，配完之后还兴奋不已地议论了好几天。

需要交代的一件事是，那个老村长坚决不让他们家的母羊们和我的那些同伴们配种。因为那时候牲畜已经包产到户了，所以乡上的领导也拿他没办法，只能由他去了。听说我没有参与这次的配种，老村长后来还专门来看了我一次。他没说什么话，只是盯着我看了一会儿就走了。

接下来的两年几乎和前面没什么两样。配种依然进行着，羊羔的成活率也稳定了。两年后，那些羊羔们也长大了。那些改良羊也开始产羊毛了。跟我们新疆种羊配种后产的羊毛确实也比之前纯种藏系羊的羊毛产量大，颜色也白一点、纯一点。那年头羊毛价格很好，牧民们的收入很不错。

县上的广播、省上的报纸，甚至电视里也在宣传报道这件事。很多地方把我们这里作为一个成功的范例开始在其他草原上推广，似乎要把青藏高原上的羊的品种完全改变成另一种，看上去很是红红火火的样子。听说又从新疆运来了更多的种羊。但据我所知这次都是用火车或卡车运来的，没有一只种羊是用直升机运来的。从这点看，我是这里所有种羊中最幸运的一个。但是现在我也不觉得这有什么值得骄傲的。

后来，我听说乡上和村里的很多干部都去劝老村长了。但是老村长依然我行我素，没有改变自己的初衷。这点让我很佩服他。后来，两个兽医甚至想让我去劝老村长，但是我没有去。两个兽医很失望，说你变了，不像以前了。我不知道自己有没有变。也许我是真的变了。

又过了两三年，情况变得不一样了。我们的后代改良羊们身上的羊毛不再那么值钱了。也因为改良羊们的食量比原先的藏系羊们大，所以也影响到了整个牲畜的生存问题。

上面的一些领导开始反思说人为地改变畜种的做法可能是错的。但他们也只说可能是错的，没有说完全是错的。

一些牧民也开始抱怨说除了改良羊们产的羊毛不值钱，吃的也多，不好饲养。有些甚至说吃我们的后代改良羊的肉时有一种特别的味道，不好吃。这让我们种羊们很生气，集体通过绝食来抗议这种言论。但我们绝食，那些人似乎更高兴，说这样正好节约了很多的草料。我们内部开始分化了，有些种羊说这样做完全没有什么意义，跑到草场吃草去了。所以，绝食活动没再坚持下去，这时候，我对我的同类们也产生了一些失望。

这时候，藏系羊身上的羊毛反而开始值钱了，说可以远销到国外了。很多牧民跑去别的草原买来纯正的藏系种羊，跟这边的改良母羊们配种，想把种给配回去。我的那些同伴们自然很失落。我倒是没什么失落感，只是觉得这世上的事儿谁也说不清道不明。

这时候，老村长成了我们这里的焦点人物。县上的广播、省上的报纸、电视都报道了他。在电视里，我只看到了他的画面，一个陌生的声音一直在说他的事情。后来有一次，我终于听到了他自己的声音。那次他被请到省上参加了一个表彰大会。我看见电视里有个记者在问他："老村长，那些年您为什么坚持不让自己的母羊们跟那些新疆来的种羊们配种？"

老村长瞪着他说："我早就不是什么村长了，你就别叫我村长了。"

记者犹豫了一下说："那您作为一个有远见的老人，您还是说两句吧。"

老村长看了看镜头又看着记者不自然地说："我没有什么远见，我真的没有什么远见。"

记者有点急了，说："那您就随便说两句吧，随便说吧。"

老人说："在电视里说话，大家都能看到的吧？"

记者高兴地说："能看到，能看到，您赶紧说吧。"

老村长说："那就更不能说了，怎么能在大家都能看到的地方说配种这种不雅的事情呢，要是被我们村里的人看到我就没脸回去了。"

记者瞪老村长。这时候电视里出现了其他画面。

老村长回来之后，村里请求老村长重新担任村长，但是被拒绝了。他们就选老村长的儿子当了村长。

村里或附近的村里也有一些牧民带着自己的改良母羊到老村长家里请求用他的纯正藏系种羊给他们的母羊配种，但被拒绝了，说这样配出来更加四不像了。人们就说这个老头子很怪，不正常。老村长也不管人们说什么，我行我素着。

后来，我的同类们被分批卖掉了。它们被分批卖到了县上的屠宰场里。

剩下的我的同类们的情绪很低落，看上去就在等死。

我有几次去跟两个兽医说："我们种羊们的肉不好吃，硬，没人吃，不要把我们卖了。"

两个兽医说："不把你卖了就不错了。肉好吃不好吃不用你操心，总会有人吃的。再说，那些城里人你就是把狗肉当羊肉卖给他们，他们也区分不出来，还能区分出这个？"

我哑口无言了，只能在心里悲伤。我心里想："这就是人和牲畜的区别啊，牲畜总是要被人主宰的。"

秋后的一个早晨，两个兽医带着一个人进了我的羊圈。我看见那人我就知道了他是个屠夫。从他的身上散发出一股很重的血腥味。我一下就闻出那是我的同类们的血的味道。我知道要发生什么了。

两个兽医只是看着我，不说话。他们有话却又说不出口的样子。

我心里没有丝毫的惧怕，看看他俩问："你们要把我卖到屠宰场吗？"

戴眼镜的兽医犹豫了一阵之后说："上面指示把我们这里所有从新疆运来的种羊给卖掉。"

我笑了一声，调侃道："包括我这只用飞机运来的种羊吗？"

穿破大褂的兽医对我的调侃似乎没有什么反应，只是说："我们知道你跟别的种羊不一样，我们也知道你当时的贡献很大，但是现在一切都变了，我们也没办法。"

我一直纳闷他为什么一直就穿着这么个破大褂，就问："你为什么一直穿着这么个破大褂不换呢？"

他有点意外，似乎也没听懂我的话，问："什么？"

我说："我问你你为什么一直穿着这件破大褂不换？"

他好像这才听明白了，说："噢，没什么，就是穿习惯了。"

我半开玩笑半认真地说："如果可以就用卖掉我的钱给你买件新大褂吧，这件也太破了，太旧了。"

他似乎有点感动，说："谢谢你，谢谢你。不过这钱我们还得交上去，跟我们没有关系。"

之后，我就被那个屠夫拉到了外面。

我没做任何的反抗，我只是跟着他走。屠夫看了我一眼，他似乎有点奇怪，说："你为什么连一点反抗的意思都没有？"

我没有说什么。

外面的拖拉机里已经有几只我的同类了。他们看上去很悲伤的样子。我跟他们打招呼，他们似乎也懒得理我。

我被屠夫扔到了他们中间。还没等我站稳，拖拉机就开走了。我回头看了一眼，没有看见两个兽医。

拖拉机行驶了一段时间之后，好像被什么人喊住了。之后，外面是屠夫跟什么人说话的声音。

过了一会儿，屠夫爬到车厢里，抱起我准备往外扔。

我有点急了，问屠夫："你要干什么？"

屠夫说："不干什么，有人把你买下了，现在给我滚下去！"

我被屠夫扔到了外面。

拖拉机开走之后，我看见老村长站在那里。

我有点纳闷，看着老村长。

老村长过来，在我脖子上系上一根红线，然后又念了很长一段经文。

我莫名其妙地看着老村长。

老村长说："今天开始你被放生了，这个草原上谁也不会拿你怎么样了。"
我还是用不解的眼神看着他。

老村长指了指远处白皑皑的雪山，说："去吧。"

（原载《青海湖》2015年第11期）

发声笛

◎弋　舟

第一次，酒杯掉在了盛着牛肉羹的汤盆里。

夏惊涛狂笑，哇哈哈，老马你醉得连杯子都拿不住了。

换了杯子再来，举起胳膊便跌向桌面，一头栽进还没来得及撤下的那盆牛肉羹里。

此时，卧床的马政感觉右脸虫咬般地刺痒，又像是有密集的蚂蚁爬动。

妻子王晰在床头调试智能康复机，身上散发着来苏水味儿。这可能是幻觉，现在如果嗅觉还灵敏，闻到的也该是那股挥之不去的牛肉羹味儿吧。

房间的窗帘一直被风吹送到了天花板上。马政想就这股气味发表些意见，呜噜了一声，才意识到自己如果不专门将注意力集中在嘴上，就连话都说不利索了。

王晰怎么会把医院的气味带回家？不可能的。她可是那种每天至少要洗两次澡的女人，为此，她留了二十多年的短发，可不就是为了方便洗浴吗？

年轻时留着短发，让王晰有种少年般的美，人到中年，短发可就显得偏狭和严厉了。

马政端详着王晰的头顶，她正埋头将护具套在马政的双脚上。

居然也有白发了啊。这个发现让人心生感慨。原来换一个角度打量，真相就会露出马脚。

有几对中年夫妻还能够看到彼此的头顶呢？那需要一个特殊的视角吧？

康复机运转起来，双脚被动地跟着机器做踏步动作。还好，后遗症不算严重，出院后只是右侧身子略感麻痹，再加上有些轻微的失语和吞咽困难。

王晰离开了一会儿，回来后将一块牙胶不由分说地塞进马政嘴里。

她做了个开始的手势，示意马政用力咀嚼。这是用来增强下颚感知的，可以训练吞咽和发声功能。

马政听话地用力咬起那块强韧的硅胶。

咬牙切齿，有种难以名状的形同茹毛饮血般的快感在口腔里弥散开。儿子马讯小的时候，嘴里不是也会被塞进这么一个类似的玩意儿吗？

王晞俯身观察康复仪显示屏上的数据，头顶又暴露在马政眼里。真相再次露出马脚，让人不可避免地想起了夏攀。

——女孩那个黄昏坐在墙角，马政看到的就是她的头顶。

时隔四年，那是夏攀去美国前的事情了。

记忆力减退也应该是后遗症的症状之一吧？但此刻那团橘色的毛球清晰地在眼里浮动。

夏惊涛那天在酒桌上说女儿要回国了，马政便血往上涌。平时马政还算是有些酒量的，这差不多算是他晋升处长的本钱之一，尤其和夏惊涛在一起，他大概能喝一斤白酒。两人在一起喝了有三十年了。但那天听到这个消息，马政斟满杯子去敬夏惊涛，手却不听使唤了。

勉力为之，结果脑中风发作。

把夏攀送到国外去，对于夏惊涛来说也是无奈之举。

如今家境优越的孩子，行为乖张的可能不在少数吧，但夏攀的问题似乎更让人棘手。在垃圾桶里发现了女儿堕胎的病历后，夏惊涛捶胸顿足地做了决定。他已经无力面对一个十八岁辍学在家的女儿。夏攀没有母亲，看起来这就是全部危机的根源。夏惊涛的姐姐在美国，他觉得把女儿送到姑姑身边，差强人意，也许能弥补夏攀缺失的母爱教育。

事情出在夏攀去美国之前。

那天马政回来得早，停好车，从后备厢搬出两箱苹果准备放到储藏室去。

苹果是下属送的，他们好像已经掌握了处长夫人的这个喜好。过了四十岁后，王晞开始每天用一个苹果代替晚餐。

储藏室也在地下，从车库搬东西进去很方便。

当初夏惊涛提议两家合买下这个储藏室，马政还有些犹豫。首先是太贵了，算下来居然比房价都贵。其次是太大，将近两百平方米，快赶上一座容积不小的仓库了。

可夏惊涛坚持自己的主张，说老马你要是钱不够，我买下来两家合用好了。又戏谑地说，还是要个储藏室的好，马处长受了贿，也有个窝赃的地方嘛。再说，万一打起仗了，我们也能躲原子弹。他就是这么一贯地胡言乱语。

钱，马政倒是还拿得出，吃力些罢了。

两个男人从小玩儿到大，如今成了一梯两户、对着门的邻居，相处起来，谈不上攀比，但至少有了点儿彼此映照着什么的意思。何况中间还夹着个王晰。要知道，夏惊涛中学时就追求过王晰的。

于是储藏室还是合买了下来。

在这栋高层落户，也是夏惊涛力促的结果。他本身就做地产生意，和这个楼盘的开发商熟，价格优惠得不能不令人动心，而且户型也好，王晰一眼就看中了。买下这套房子，对夏惊涛可能是九牛一毛——实际上他都不怎么来住——对马政却是倾家荡产。所以，即便算不得勉强，在马政心里，也还是感到有些身不由己，觉得自己是被蛮横的力量推拉着，不得不顺从了什么。

最后还得被迫买了这偌大的储藏室。

夏惊涛自作主张做了装修，居然连四壁都包上了雕有花纹的橡木板。储藏室被弄成了一座地下宫殿。对此，马政还有什么表示异议的余地呢？这就是与一个土豪为友需要承受的压力。

那天放下苹果准备离开时，马政才看到有个人蜷在储藏室的墙角。夕阳透过窗井，在地面上打了两块昏黄的光斑。那个席地而坐的人，头埋在膝盖里，只有两只脚被窗井投下的光束照亮着。

"是夏攀吗？"

马政被吓了一跳。

没人回答他。

定睛看了几秒钟，马政落实了自己的判断。伸手去摸墙上的开关，但女孩好像感觉到了他的意图。

"马叔，别开灯。"

马政走过去，弯下腰问她："干吗坐这儿？"

夏攀一动不动。马政闻到了酒气。

"喝酒啦？"

夏攀摇头。她的头发完全披在前面，马政看不到她的脸。

"上楼去吧，不舒服更该躺到床上去。"

马政伸手扶她。

她不为所动，身子陷在暗处，脚摆在光亮里，就这么黑白分明地埋头坐在墙角。

马政无处下手。夏攀已经不是个孩子了，即使有些单薄，蜷在脚下，也分明是一个丰满到令人为难的对象。还是打个电话给王晰吧，如果她到家了，就喊她下来帮忙。手机刚刚摸出来，腿却被抱住了。

夏攀的脸埋在马政的两腿之间。

马政愣了愣，拨弄一下她的头发，"怎么了？"

夕阳的光影这时移动了位置，将夏攀的头顶罩上了一层毛茸茸的橘色。她的头开始摇摆，像一团橘色的毛球在马政的双腿间浮动。女孩穿着件肥大的牛仔夹克，从上往下看，空荡荡的犹如随时会飘落在地。

马政有些僵硬，握着手机的手举在半空中。之后他在心里跟自己说，那一刻，就是如堕魔道。

上楼后王晰已经在家了，刚冲完澡，擦着湿漉漉的头发来给马政开门。这个穿着睡裙的短发中年女人，看上去竟然有些吓人。

马政心神不定，没告诉王晰储藏室里还有个需要帮助的女孩。上楼时他原本打算这么做的。婚后马政和其他女人有过几段交往，回家后面对土晰，心里可谓惊涛骇浪，但此刻的心情要复杂得多。他冒犯了什么吗？好像是，但那个被冒犯了的对象以及冒犯的程度，却说不清楚。其实也没发生什么吧！马政在心里给自己开脱，但这没什么用。惴惴不安地留意着对面的动静，直到传来开门的声音才稍微舒了口气。他知道夏惊涛不会回来这么早。

一度，他都担心女孩会不会死在储藏室里。

第二天马政回家，从车库进到单元，没什么需要搬运的，但下意识地，他又打开了储藏室的门。

窗井透入的夕阳还是固定在那个位置上。

马政慢慢踱进那块光斑，看到自己的影子投射在木墙上，从腰部折叠成了一个直角。

夏攀只比马讯大半岁吧？马政暗忖。

旋即，就是尖锐的羞惭，仿佛这个念头本身就是邪狭的，是猥亵的权衡和隐晦的贪婪。但的确又有一丝抑制不住的兴奋。正是因为抑制不住，才有另一股更大的力量形成新的抑制。马政的心也在经受折叠，比墙上的影子还要嵯峨，一重复一重，层层叠叠地对折。

夏攀好像还坐在那里。

昨天她哭了起来，脸埋在马政的双腿间，动作渐渐失控。马政想，也许邪火作祟，那只是自己着了魔；也许女孩只是在磨蹭她的眼泪。总之那时马政的身体不再听自己使唤。女孩肯定也感觉到了。后来马政抽身离开时，她仰起的脸上也是写满了诧异和困惑。

——是不是还有一点儿小小的、恶作剧般的得意呢？

猜不透，这个女孩从小就让人摸不准，谁知道她会使出什么手段来和大人过招。马政仔细去想女孩那张脸上的表情，就有点儿不寒而栗了。

当时还做了什么？对了，后来他的手还插进了女孩的头发里。他摸到了钱币那么大的一块疤，位于发旋附近。这块疤光滑极了，就像穿着冰鞋的脚站在了冰面上，他中指的指腹忍不住要在上面画着圈地摩挲。

女孩发出了呻吟般的呜咽。

这块疤马政记得。那时候孩子们大概只有七八岁吧，马讯在一次玩耍中推倒了夏攀。女孩的头撞在石头上，她没哭，倒是马讯被吓得号啕不已。王晰闻声跑来，还以为是儿子受了什么委屈，自顾将儿子搂在怀里百般抚慰。跟过来的夏惊涛也不问青红皂白地呵责女孩。女孩咬着手指淡漠地看着大人们。没准儿，从那时候起她就开始琢磨怎么跟这个世界周旋了。

是马政发现了女孩头上的血。

往事将马政唤醒。他十分吃惊地看着自己的手插在一团橘色毛球般的长发里。像是被开水烫着了，那只手骤然缩了回去。

夏攀走之前，夏惊涛专门安排了只有两家人参加的晚宴。

王晰对马政说，可惜马讯不能赶回来一起给夏攀送送行，孩子们小时候还定过娃娃亲的。马政叮嘱王晰，少在夏惊涛面前提马讯，那样只会刺激老夏。他们的儿子马讯如今正在北京上大学。

晚宴上夏攀穿着黑色的长裙子，胸前是白色的荷叶边，脖子上还系了条丝巾，一点儿不良少女的影子都找不着。

王晰包了红包给夏攀。女孩斯斯文文地站起来鞠躬，很有礼貌地说："谢谢马叔，谢谢王姨。"

这么得体，让人都觉得把这样一个孩子避难似的送走，是一个莫大的冤案，真的是委屈了她。

夏惊涛一贯地难以淡定，饭吃到后来，太阳穴上的青筋暴起，眼睛里都噙着泪水了。王晰挨着女孩坐，当夏惊涛情绪激动时，她的手就会搭在女孩的肩膀上拍一拍。在马政眼里，王晰这样做，李代桃僵，不过是在对夏惊涛曲折地传递着安慰。

"夏攀走了，老夏就更孤单了。"

回来后王晰果然这么说。

"你怎么不想想一个女孩子远渡重洋孤单不孤单？"

马政没料到自己话回得这么快，只好装着点烟，躲开了王晰的眼神。

四年间，马政下班回来，在车库停好车，经常会有意无意地到储藏室待上一会儿，站在窗井熹微的光束里，抽支烟，或者漫无边际地想点儿心事。

渐渐觉出了这间储藏室的好。它是一个地下的堡垒，可能防不了原子弹，但能庇护一颗疲惫孤独的心；它是一座地下的宫殿，即便塞着苹果和可能永远不会再派上用场的家什，也依然可以让人在里面徘徊徜徉，做惆怅的王。

有一次他喝醉回来，觉得自己看到了夏攀。女孩依旧埋头坐在那个墙角，被夕阳的光一分为二地照着。其实当时漆黑一团。马政就那么躺在了黑漆漆的储藏室里。其间醒了片刻，睁眼看到窗井那么大的一块夜色，繁星点点，静谧而又迷乱，美得不可思议。

后来是王晰喊了夏惊涛帮忙把他扛回家的。超过了约定俗成的晚归时间，焦灼的王晰跑到车库里等，等不到，就不停地打他手机，结果如丝如缕，电话铃声从储藏室传了出来。

马政睡着了一会儿。

"咬得倒是紧！"

王晰正从他嘴里拔出牙胶。

怔忪地看着眼前的女人，马政好半天才发现自己左手的食指在拇指的指甲盖上机械地摩挲着。手感和摩挲那块钱币大小的疤如出一辙。王晰好像又洗澡了，头发是半干的，但看起来却是一种陌生的偏狭和严厉。

"寇处长刚才打电话来了，说要上门看你。"

"呃。"

马政发出打嗝般的声音，比较成功地表达出了他的厌恶之情。

"我谢绝了。"

马政想点点头表示赞许，但脑袋和脖子都不大听使唤。

寇处长是他的副手，多年来两个人都是一种竞争的关系。现在好了，他被撂倒了，能够想象这个对手心里的窃喜。

当上处长可是费了九牛二虎之力啊。原本还有更高的目标，现在只能清零了。

王晰又换上了新玩意儿。感知按摩棒，指套的形状，顶端是一组凸起的硅胶颗粒。马政总觉得这东西有些性意味。王晰套在食指上，伸进马政嘴里，开始来回搅拌、摩擦。

涎水流出来，一股一股的，宛如泉涌。嘴里没什么明显的触感，倒是脑子里如同有一只笨拙的大鸟在迟钝地扑闪着翅膀。

"喔。喔。喔。"

活动自如的左手不由自主地去摸王晰的腰，却被王晰反手打开了。

只好索然地闭上眼睛任由她捣鼓。

窗帘贴在天花板上，让人感觉空间是悬置倒转着的。

"儿子要回来看你。"

"喔。"

"就让他回来几天吧。正好夏攀也要回来了，也能见见。"

"喔。"

"学校又催我上班了，得抓紧找个保姆。"

"喔。"

王晰是中学老师，这学期好像还带了毕业班。

"保姆太难找了。我才知道,像你这岁数的,找保姆最难。伺候老头儿的倒好找一些,人家一听你这岁数,多数都会打退堂鼓。"

"喔。喔?"

"其实也好理解,伺候个中年男人,龙精虎猛的,有点儿那种意思吧。"

"喔?喔?"

真是个难题啊。马政在心里感慨。半新不旧的机器最讨厌,一旦出了故障,没准儿都会跳起来咬人吧?

说话功能受阻看来也不错——人类大多数语言可以用抑扬顿挫的"喔"来替代嘛。这种状况还能持续多久呢?想来是持续不了多久的。医生说症状并不是很严重,康复绝非遥遥无期。

"找个年纪太大的来,好像也不合适。"

"喔!喔!"

太想说"不合适!不合适!"了,根本无法想象被一个老太婆把手指捅进嘴里搅拌嘛!

心情一激动,两条腿跟着痉挛起来。它们一直被固定在康复机上,随着机器轮转,没准儿都走了十几公里了。

"喔!喔!喔!"

王晰扑过去关了康复机,手按着胸口说:"吓死人!就是得这么操心,稍不留神,没准儿你就永远站不起来了!"

"喔!"

马政也感到害怕。处长不去当了也罢,才四十五岁,就再也站不起来了,这个还是很让人恐惧的。

再次睡醒,睁开眼看到的是夏惊涛那张刀砍斧劈般的脸。

这张脸太有局限性了,三下五除二的,不通情理,缺少过渡与调和,天然就不再适合扮演人生的许多角色了吧?比如,长了这样的一张脸,怎么可以去当一个处长呢?

歹徒,他就是个刚愎自用的歹徒。

夏惊涛蹙眉瞅着马政,他离得太近了,鼻息都扑到了马政脸上。

"你说，你要是真有个好歹，我怎么给王晰交代？"

马政估摸了一下，觉得他这是在倒打一耙。

"还好是跟你在一起，要是跟他们局里的那些人，这就是一个事件了，他以后还怎么做人。"王晰在一旁说，听上去分明是在给夏惊涛推卸责任。

"太吓人了，他太吓人了。"夏惊涛像是在告状。

"没事了，还好后果不算严重。以后别喝酒就是了。你也要记住教训。"

"没以后了，我跟他没以后了。"

这话将近三十年前就听到过。

当年他们跟夏惊涛摊了牌，王晰说尽管现在马政成了她男朋友，但大家"以后还是最好的朋友"。夏惊涛听了就是这么回答的：没以后了，我跟他没以后了。

那时马政也觉得有点儿对不住夏惊涛。他和王晰都考上了大学，夏惊涛落了单，本身就遭受着人生的第一个重大打击。雪上加霜，落井下石，一直追求着的女神又跟别人好上了。这个"别人"，还是跟他交情最好的马政。

但其后他的人生不是翻转了吗？他成了挥金如土的富豪，储藏室都要买两百平方米那么大的，为什么还总要让人觉得亏欠了他什么？

"他就是这种性格，像个小孩，故意跟人赌气。"

这是王晰的说法。

可当年谁不是小孩啊？两个少年最喜欢听港台的流行歌曲，躲在家里模仿Beyond乐队的演唱，一个打鼓，一个弹吉他，手里却空空如也，是想象中的酷姿。

也没见马政跟谁赌过气。

夏惊涛的气赌得有点儿狠了，跑到学校跟两人喝了绝交酒，酩酊大醉后回家，不知怎么就在路上惹了事。

被抓前又跑到学校找马政。

"王晰就交给你了。"

马政半天回不过神儿。那时候他刚入学，心情却谈不上意气风发，反而是种无从说明的落寞。跟王晰确定关系，没准儿也是这落寞之感使然。两个人都被一种青春的不适感困扰着，所以干脆就谈谈恋爱好了。像是面对一只空杯子，总要填充点儿什么进去才对。聊胜于无吧。

"你要干吗去？"

还是有些不放心这个伙伴。

"去死！"

夏惊涛说得毅然决然。

呆若木鸡的马政站在秋阳里，看着夏惊涛轻轻松松地走远了。身后是在操场上打篮球的同学，他们真够闹腾的，反而让马政觉得那个走远了的背影，不是去死，是去往天国和乐园。

他还真去死了。

后来有一次对酌，夏惊涛忽然说："那天我去卧轨了。"

马政没太当回事。他习惯了，夏惊涛总是口出狂言，尤其有了钱后，更是肆无忌惮，口不择言。

"我在铁轨上躺了半天，眼睛都快被太阳照瞎了。"

继续喝酒。

马政有马政的情绪。生活总是像处于一个不无失望的焦急期待中，总是像怀着一种紧张的情绪在担忧什么倒霉事儿的来临；有什么重要的东西总是遥不可及，但你都能够预知，当它一旦变得不重要了，又会让你唾手可得。

每一天都错综不安，已经让人心力交瘁。一起喝酒可以，互诉衷肠就算了。

"眼睛越疼，我就越是要盯着太阳看。我就不信了。"

这像是夏惊涛的做派。

"火车开过来的时候，我跳起来跑了。"

当然是跑了，否则哪有眼下的酒局。

"知道为什么吗？"

问完这句就没下文了，夏惊涛开始逗身边的女孩。

喝酒的场所太奢华，单独一座四合院，两个人的局，倒有六个穿着旗袍的女孩在伺候。每口菜都是被人夹到碟子里的，只差被喂进嘴里。酒是三十年的茅台，红烛摇曳，耳畔是若有若无的丝竹声。地产商夏惊涛就是这样的排场。

"我是不放心把王晰留给你。"

冷不丁来了这么一句。

不知道怎么回他才好，怎么说都不舒服。

马政后来跟王晰一起去看守所探视，才知道夏惊涛惹的事不小。他竟然捅伤了一个当兵的。也就是挤公车的时候发生了摩擦，当兵的凶，夏惊涛更凶。估计那时候的夏惊涛也被落寞之情所困吧，没考上大学，追求的女神跟自己的哥们儿好了，就成了犹斗的困兽。

为这份落寞之情，夏惊涛坐了三年牢。

起初两人还一同去探监。后来马政去的次数就少了，因为事情渐渐像是王晰一个人的事情了，马政不过是个多余的陪客。于是也就疏懒了。他也受不了夏惊涛的口气，隔着铁栅栏，夏惊涛还要教训人，让马政感到身份倒置、乾坤挪移，自己成了一个囚徒，铁栅栏里的那块地方才是自由之地，而广袤的世界，倒成了牢狱。

"夏攀明天到，你最好精神点儿，别吓着孩子。"

夏惊涛这话说得有些不讲理了。

"你别在他跟前抽烟，大夫都让他戒烟了。"

王晰拿来只烟缸让他掐灭了烟。

掐灭之前他又使劲吸了两口。

"我是为他好，我不想让他在夏攀眼里毁了形象。他可是著名的马叔呢。"

夏惊涛振振有词，说着自己先坏笑起来。

这个消息还是令马政有些激动。四年来，每次在储藏室待着，他都会感到自己的身边有一个假想的陪伴。有时候他会觉得自己与女孩之间有种奇怪的相似性。

忽然这么想：自己对夏攀那些糟糕的念头，潜意识里，是不是含有一点儿报复的意思呢？

也不对，报复这个词不准确——好像"抗议"更恰切些？

"命名性失语"也是后遗症的症状之一。看到一件物品，能说出它的用途，但却叫不出名称。更何况指认一个无形的欲念。

就算是"抗议"吧。这也不能令邪念变得正当啊。还是——脏。

何况，抗议什么呢？

长久以来，自己是被夏惊涛的春风得意刺恼了吗？他其实够苦的了。女儿才半岁，妻子就跟他离了婚。那时候他连二十平方米的落脚地儿都没有，遑论后来两百平方米的储藏室。他发达了，可这算是时代的传奇。如果这个时代没错，他也就没错。就算不把他和时代打包在一起，又能诋损他什么呢？自己其实也没有什么道德上的优势啊——凭一个处长的那点儿工资，怎么买得起有两百平方米储藏室的房子？

　　"没钱你跟我说。"

　　马政反感的是夏惊涛说这种话时的口气。

　　"知足吧老马，你这辈子活得够舒服了，我是差不多连屎都吃过的人。"

　　还有他将人划分为两类时的理直气壮。

　　他像是真理在握，得享着什么特权：他吃的苦头是能够被说出来的，而一个处长吃的苦头却没法说。一个快意恩仇，一个只能忍气吞声。

　　可马政坚决不会认可自己"这辈子活得够舒服了"。

　　大致在夏惊涛"吃屎"的那个阶段，马政刚刚被分配到机关。最忍无可忍的时候，他当众在办公楼的楼道里兜头给自己浇了盆冷水。实在是没法忍。但还是得忍。浇完自己，再灰溜溜地找来拖布将楼道的水拖干净。

　　和王晰也是分分合合。当年留着短发、少年一般美的王晰，从来不乏追求者。每一次挽回，马政都没有胜利者的喜悦，只堆积了屡败屡战的心酸。

　　王晰似乎应该有个更好的前程，结果只当了中学教师。这笔账，似乎也该算在他马政头上。

　　那么，他想要对之抗议的，就是这无力自辩的人生吧？

　　"不行你到海边度假去，休养一段时间。"

　　夏惊涛提议。他怂恿人买房，怂恿人度假，怂恿人去做一切力所难逮的事情，好像从来不曾怀疑过对方的能力。这既让人愤慨，又奇怪地满足着人的虚荣，起码看上去，旗鼓相当，他也把你视为了一个和他一样对世界手拿把抓的家伙。

　　"你真的能戒了烟？"

　　夏惊涛故意将一根烟伸在马政鼻子前晃。

　　真想吸一口啊！

"咱俩是在一起抽的第一根烟吧?"

没错,华山牌,两毛钱一盒。

"我给你枕头下藏几根吧,别让王晰发现。"

王晰可能是去做饭了。夏惊涛果然塞了几根烟在枕头下。

"喔。"

本来想说"没火",但嘴里居然懒得发出"喔"以外的声音了。

王晰端来了一碗糊状物。

连见多识广的夏惊涛都对这碗食物的复杂构成表示惊叹。

"菠菜,西红柿,蒜,大葱,土豆,香蕉,橘子……"

他一一例数,努力辨认着。

"这些都是高钾食物。"

王晰咬着一只苹果说。

"我来喂。"

夏惊涛自告奋勇。

王晰咬住苹果,腾出手,将一块红色围嘴儿系在马政脖子上。

真猥琐啊!马政揣测着自己此刻的模样。倒下后他就没照过镜子,现在他想象自己那张胡子拉碴的脸,没准儿是一副面瘫者的白痴相吧,五官歪斜,晚上出去都能吓死人。

实际上当然没有这么夸张,中风只是令他脸上的肌肉有些僵硬。但他愿意将自己想象得骇人听闻,好像一那么想,就有种可以对人生不再担责的如释重负之感。爱谁谁吧!就是这种撂了挑子的心情。

夏惊涛喂得挺耐心,侧坐在床边,小口小口地伸勺子过来,样子要多滑稽有多滑稽。

马政心理上是安之若素的,生理上却还是有些抵触。吞咽也的确费劲,每一口下去,都感觉是吞了一回自己的喉头。这感觉就像是自己在吃着自己。

王晰的手机响起来,是儿子马讯发来了视频请求。王晰绕到床头,把手机对准马政。

"老爸安好!"

马讯在手机里做鬼脸。

"喔。喔。"

"老爸你像个老婴儿啊,太酷了!"

"喔……"

"我后天回来,机票已经订好了。"

"喔!"

喉头一空,像是水落石出那么大的动静。

马政惊悚地发现,手机里儿子的那张脸,刀砍斧劈,居然有了歹徒的雏形。

夏攀只比马讯大半岁吧?

阴暗的念头再次滋生。一连串打嗝般的声音从喉咙里滚出,这其实是忍俊不禁的窃笑。好像那种心甘情愿着自暴自弃的愿望又得到了一次满足。

那时候的王晰真美。

马政将目光移到了手机里王晰的头像上,是她年轻时的照片,只有小拇指甲盖那么大,但依然美得令人惊心动魄。

马讯出生的时候正是夏惊涛跟他妻子离婚的时候。马政记得当时夏惊涛陪着自己等在产房外,怀里还抱着夏攀。那场景,真像是一对难兄难弟。

一眨眼,半辈子就过去了。

夏攀没有试着找找自己的生母吗?还好,女孩没有继承她父亲的基因,单眼皮,高颧骨,眼睛细长,长得不算很漂亮,但也绝对不像一个歹徒。

记得产后的王晰还给夏攀喂了几个月的母乳。

哺乳期的王晰奶水充裕,有着地母一般的胸襟。哺育的结果是,她从此没有了少年的身姿,胸部膨胀,怎么看都是一个不打折扣的女人了。

吃了小半碗马政就拒绝再吃了。瞪眼,"喔,喔",表示自己受够了。

可能完全是出于好奇,夏惊涛将剩下的大半碗给吃掉了。他竟然能吃得下去,看来真是个差点儿"吃过屎"的。

"就不能拌点儿沙拉酱吗?"

一边吃一边倒是给了个不错的建议。

"对啊,储藏室的冰柜里还有好几罐呢。我去拿一罐上来,顺便再抬箱苹果。"王晰是恍然大悟的口气。

"我帮你。"夏惊涛抹着嘴。

临走，王晰又给马政嘴里塞了个哨子一样的东西。

这东西是叫发声笛吧。住院时，马政就在护士的指导下训练过。它靠哼鸣来练习，嗓子发出延长的单音，或者哼哼曲调，让声带振动笛子的声膜。失语者靠它来恢复运用气息打开喉咙发出简单声音的能力。

可不就像是个儿戏吗？但却是为患者发出自然的语调做准备。

这种玩意儿还有一堆呢，花花绿绿的，不是塑料就是硅胶，操作难度递增，低龄儿童的玩具一样。

薄暮时分，房间里的光线暗淡，窗帘依旧贴在天花板上。眼前穿着睡裙的王晰是一道朦胧的剪影，轮廓像一只几无弧度的花瓶。夏惊涛也是一道剪影，但平淡无奇，一下子想不出像个什么。他们都像是悬浮着的。

"你好好吹啊。"

王晰叮咛。

"好好吹！"

夏惊涛也跟着她学。

两个人就这么离开了。

此刻，地下那仓库一般空旷、宫殿一般豪华的储藏室，想必夕阳如橘的余晖正从窗井投入，在地面打上了两块昏黄的光斑吧？在夏惊涛眼里，王晰的头顶会不会也像一团橘色的毛球？如果他能够看到王晰的白发，会不会也要感慨大家就这么无声无息地变老了？

"你要干吗去？"

"去死！"

这样的对话，再也不会有了。

发声笛在喉咙呼出的气流下呜呜咽咽，不是如泣如诉的意思，就是一些不知所云的单调音节。马政在喉咙里说"好啊"，发出的声音是"呜呼"。马政在喉咙里说"滚吧"，发出的声音是"呼哈"。很妙啊，那种一个处长所吃下的没法说的苦头仿佛就可以这么含糊其辞地和盘托出了。

像是学到了一个不二法门，马政忽然想和这个世界谈谈。于是起劲儿地吹起嘴里的塑料笛子。他知道自己在滔滔不绝地痛陈着什么，知道自己在不无委屈地倾诉着什么，也欣然于这所有不足为外人道的心情都被转化成了虫鸣般神秘和无辜的哼哼唧唧。

最后，喉咙起伏，呜呜咽咽，暮霭中引动的鸣响其实是他记忆里Beyond乐队的一首歌。那歌词本来的内容大致是：回头有一群朴素的少年，轻轻松松地走远。

（原载《作家》2016年第6期）

敬　告

　　由于编选时间仓促、工作量大，未及与所选作者一一取得联系，请见谅。

　　现仍有部分作者地址不详，为及时奉上稿酬，请有关作者与责任编辑赵维宁联系。

地址： 沈阳市和平区十一纬路25号

邮编： 110003

电话： 024—23284306

E-mail： 249972579@qq.com

辽宁人民出版社

2016.12